LES AMANTS
DU PRESBYTÈRE

Marie-Bernadette Dupuy

LES AMANTS DU PRESBYTÈRE

ÉDITIONS FRANCE LOISIRS

Édition du Club France Loisirs,
avec l'autorisation des éditions JCL inc.

Éditions France Loisirs,
123, boulevard de Grenelle, Paris.
www.franceloisirs.com

ISBN : 978-2-298-10179-9

Personnages

Roland Charvaz (nom typiquement savoyard) : le curé, 32 ans.

Mathilde de Salignac : la femme du docteur, maîtresse du curé, 29 ans.

Colin de Salignac : le docteur, 37 ans.

Jérôme de Salignac : le fils du couple Salignac, 8 ans.

Suzanne Boutin : la bonne du docteur, 25 ans.

Annie Meunier : la servante du curé, 58 ans.

Alcide Renard : le sacristain, 62 ans.

Maurice Jarron : le métayer du docteur.

Arnaud Foucher : le maire du bourg.

Jean Dancourt : l'instituteur.

Ernest Meunier : le fils d'Annie.

Elvina Meunier : la fille d'Annie.

Patrice Guérin : le mari d'Elvina, gendre d'Annie.

Note de l'auteure

Si j'ai choisi de sortir de l'oubli une affaire aussi particulière, c'est grâce à une rencontre que j'ai faite avec une femme passionnée par son terroir, Monique Frodeau, maire de Saint-Germain-de-Montbron jusqu'en 2014, qui m'a raconté avec émotion la tragédie qui s'est déroulée là en 1849.

Une sombre histoire qui l'avait tellement impressionnée qu'elle aurait aimé l'écrire. Elle possédait, en effet, une abondante documentation sur le sujet, mais elle ne se sentait pas à même d'entreprendre ce travail en raison de ses multiples obligations. Elle me demanda donc de m'en charger et je la remercie de sa confiance.

Bien sûr, je suis allée me promener à Saint-Germain-de-Montbron, qui se présente aujourd'hui comme un beau et paisible village entouré de champs et de prairies, veillé par son clocher carré dominant les toitures de tuiles d'un rose doré.

Je suis certaine qu'en visitant nos bourgs, nos petites villes ou nos châteaux, nous marchons sur les traces effacées de mille personnages qui ont existé, dont les passions ont causé des tragédies qui, souvent, seraient dignes de faire l'objet d'un roman.

Je tiens également à exprimer toute ma gratitude aux personnes et organismes qui m'ont fourni de précieux témoignages ainsi que des documents. Je pense plus particulièrement aux archives municipales de la Ville d'Angoulême et aux archives départementales de la Charente, à Monique Frodeau, Gibert Maurellet, Jean Brouillet et Dominique Grangeaud.

Marie-Bernadette Dupuy

1

Mathilde de Salignac

Saint-Germain-de-Montbron, Charente, vendredi 29 juin 1849

Mathilde de Salignac se tenait accoudée à la fenêtre de son salon pour respirer le parfum des roses qui fleurissaient au pied du mur. Le soleil dorait ses cheveux châtain clair et la chair nacrée de sa gorge. Elle avait du chagrin, à la manière d'une fillette à qui on aurait confisqué un jouet.

L'avenir lui paraissait terne, morose. Elle recommencerait bientôt à s'ennuyer, comme pouvait s'ennuyer l'épouse d'un médecin de campagne, son aîné de quelques années.

Pourtant, elle était mariée à un homme honorable, fort estimé dans le pays. Le couple possédait des biens immobiliers importants à Saint-Germain et menait un bon train de vie. Au début de leur union, Mathilde se plaisait dans son rôle d'épouse de notable. Après des études chez les sœurs, elle s'était sentie enfin libre ; elle pouvait à loisir satisfaire sa coquetterie, son besoin de paraître. Les réceptions lui permettaient de briller au sein d'une petite société bourgeoise, sous l'œil admiratif de son époux. Mais, au fil du temps, elle s'était lassée de voir toujours les mêmes visages et de rire des mêmes plaisanteries. Oui, l'ennui était venu, pesant, source de folles rêveries, son unique consolation, car elle avait souvent l'impression de ne pas être à sa place, de gâcher ses plus belles années.

« Si seulement nous habitions Angoulême ! déplora-t-elle dans le silence de son cœur épris de romantisme. Le dimanche, je pourrais me promener dans les beaux quartiers, croiser des inconnus qui me dévisageraient... »

— J'ai cru t'entendre soupirer, Mathilde, fit une voix d'homme derrière elle. Pourtant, aujourd'hui, j'ai pu déjeuner avec toi.

— Oui, mais tu ne tarderas pas à filer dès qu'on viendra te chercher pour une cheville foulée ou les râles d'un agonisant, répliqua-t-elle en faisant face à son mari.

Le docteur Colin de Salignac ôta ses lunettes et replia le journal de la veille qu'il avait parcouru d'un œil distrait. Mathilde virevolta afin de faire bruisser sa large jupe en soie jaune. Heureusement, elle avait le plaisir de porter de jolies toilettes et d'ajouter des dentelles ou des rubans sur un corsage, sans se soucier d'économiser.

— Tu es ravissante ! Tu es sans conteste la plus belle femme du village, déclara-t-il. J'en suis fier, même si ta beauté nous attire parfois des soucis.

— Des soucis ? Tu es le seul à le croire, Colin. Les gens ne peuvent pas s'empêcher de calomnier, de juger les choses sans rien y comprendre. Le père Bissette en a payé le prix ; il a dû quitter ses paroissiens.

— Et tu regrettes son départ, puisqu'il ne sera plus question de repas sur l'herbe avec tes amies et le curé. Sans vouloir te vexer, Mathilde, admets qu'un homme d'Église, abbé, prêtre ou curé, ne devrait pas s'afficher en compagnie des jeunes femmes mariées du village.

Il ponctua ses propos d'un hochement de tête plein de sous-entendus, ce qui agaça son épouse.

— Mais enfin, Colin, c'est ridicule. Il n'y avait justement aucun risque ! Les religieux ne sont pas des séducteurs, tant s'en faut. Ils respectent leurs vœux de chasteté et leur sacerdoce. Tu me déçois en cultivant des pensées aussi vulgaires que les paysans d'ici. Et puis franchement, être jaloux de Bissette ! Il était plus vieux que toi, en plus d'être laid et repoussant.

— Je te l'accorde, mais il m'exaspérait par la façon qu'il avait de te regarder ou de te serrer la main trop longtemps.

La mine attristée, la jolie Mathilde prit place dans un fauteuil, à bonne distance de la fenêtre. Elle s'empara d'un ouvrage de broderie rangé dans une panière à ses pieds.

— Je vais coudre sagement, ironisa-t-elle. Tu n'as pas à t'inquiéter.

— Eh bien, si, je m'inquiète. On nous envoie dès demain un nouveau curé ; je l'ai su par le maire. Alors, écoute-moi, Mathilde : cette fois, tu t'en tiendras à l'écart ! Je t'interdis de l'approcher, de faire ta coquette devant lui.

Plus soucieux que furieux, le médecin alluma un cigare. Il se mit à déambuler de long en large dans le salon. Sa femme l'observait, mine de rien. Il avait un peu de ventre, les tempes déjà grisonnantes à l'approche de la quarantaine et un cou de taureau épais, souvent rouge, l'été.

Elle l'avait épousé dix ans auparavant et lui avait donné un fils, Jérôme, vingt mois après leurs noces. C'était un mariage de raison, même si Colin avait su la conquérir par de beaux discours en lui promettant une existence aisée, un statut social enviable.

Au temps de leurs fiançailles, Mathilde le trouvait charmant et galant, malgré des traits ordinaires, la mâchoire large, un bouc et une moustache qui le vieillissaient. Mais pas un instant elle n'avait ressenti les élans du cœur propres aux amoureux, émoi et impatience mêlés dont elle lisait avec un trouble délicieux la description dans certains romans.

La nostalgie de sa jeunesse sacrifiée à cet homme lui fit répondre, d'un ton âpre :

— Tu m'interdis d'approcher le nouveau curé ? Je n'aurai plus le droit d'aller à la messe, dans ce cas, de me confesser, ni de communier ! Et qui enseignera le catéchisme à notre fils ? Qui lui fera la classe, si ce n'est le prêtre de la paroisse ?

— Mathilde, ne fais pas l'enfant, tu me comprends très bien. Je te demande seulement de ne pas te montrer trop familière et amicale, comme vous l'avez fait, toi et tes amies, avec Bissette, dont je suis enfin débarrassé.

On frappa à la porte du salon. Le docteur cria d'entrer. Suzanne Boutin, la servante, fit irruption, sa coiffe blanche de travers et les mains encore luisantes d'humidité, car elle faisait la vaisselle.

— Monsieur, le petit s'est blessé. Il courait dehors et, patatras ! il a fait une chute. Il s'est fait mal sur une pierre, j'crois ben.

— Mon pauvre chéri ! s'exclama Mathilde en se ruant vers le vestibule.

Son mari la suivit sans s'alarmer outre mesure. Ils aperçurent leur fils assis dans l'herbe, en larmes. Du sang s'écoulait d'une plaie à son genou. Sa mère l'étreignit et couvrit son front en sueur de petits baisers affolés.

— Papa va te soigner, mon chéri, ne pleure plus.

Elle jeta un regard méfiant autour d'elle. Mathilde appréciait la belle maison bourgeoise qui leur servait de demeure. Seules lui déplaisaient, au fond du vaste jardin soigneusement entretenu, les trois tombes qui subsistaient de l'ancien cimetière.

— Moi, je n'aime pas voir ces croix, se plaignit-elle encore une fois. J'espère que le nécessaire va être fait pour les enlever, Colin. C'est trop triste pour le petit, aussi.

— Si Jérôme a fait une chute, ce n'est pas à cause des tombes ni des croix ! Il galope comme un fou. Ai-je tort ou raison, fils ?

— J'ai trébuché à cause d'une grosse pierre, là-bas, près d'une tombe, balbutia le garçon du haut de ses huit ans et demi.

— Ah ! triompha Mathilde. Tu en parleras au maire, Colin, tu n'as pas à payer les travaux. Viens, Jérôme, nous allons mettre de la teinture d'iode et un gros pansement sur ta blessure.

L'enfant se leva en reniflant. Ses parents lui prirent la main pour marcher jusqu'à la maison. De la cuisine, Suzanne les guettait. Elle avait écouté les doléances de sa patronne et affichait une moue méprisante.

La bonne se moquait bien des fameuses croix et des tombes moussues. Ce qui lui importait, c'étaient ses gages et les mouchoirs de dentelle que lui donnait Mathilde quand elle ne les trouvait plus à son goût.

*

Saint-Germain, samedi 30 juin 1849

Roland Charvaz venait de descendre de la malle-poste au relais de La Brande. Le cocher lui indiqua d'un geste le chemin qui menait au bourg de Saint-Germain.

— Vous ne pouvez pas vous tromper, mon père, c'est tout droit.

Le curé le remercia d'une voix chaude. Son ton affecté était parfaitement adapté à sa condition d'ecclésiastique. Il n'avait pour bagage qu'une valise en cuir. Sa soutane noire était impeccable, ainsi que son col blanc. Il darda ses yeux clairs à fleur de tête sur le clocher qu'il apercevait entre deux nuages d'un blanc pur. « Qu'est-ce qui m'attend dans ce village ? » se demanda-t-il.

Machinalement, il porta une main carrée aux doigts forts sur la croix qui ornait sa poitrine. Les cheveux noirs, séparés par une raie sur le côté, il était bâti en athlète, mais de taille moyenne. C'était un gaillard de trente-deux ans, râblé de silhouette, solide et sain.

Sans qu'il soit beau, il émanait de toute sa personne un certain charme, une impression de robustesse et de vigueur propres aux montagnards de sa Savoie natale.

— En route ! dit-il tout haut.

Des questions se bousculaient dans sa tête alors qu'il progressait vers la paroisse. Il tentait d'imaginer comment était aménagé le presbytère, si c'était une construction ancienne ou une bâtisse plus récente. Ses futurs paroissiens l'intriguaient aussi. Il s'amusa à se les représenter, fermiers, notables, femmes et enfants en habits du dimanche.

Son cœur se mit à battre un peu plus vite à l'idée qu'il se trouverait peut-être quelques jolis minois parmi les demoiselles ou les dames du pays. « Hé, où est le mal ? se dit-il. C'est toujours plus agréable de discuter avec une jeune personne rieuse qu'avec un vieux renfrogné. »

Le curé Charvaz savait pourquoi son prédécesseur avait été envoyé dans une autre paroisse, en région bordelaise. Sa conduite avait éveillé des soupçons ; on l'accusait de préférer les jupons aux sermons.

« Il n'était pas malin ! Il faut ruser, il ne faut pas se trahir et surtout prendre garde aux commérages, se répéta-t-il. De servir Dieu n'oblige pas à la solitude ni à la mortification. On doit aimer son prochain et sa prochaine, il me semble… »

Bientôt, un pli malicieux se dessina au coin de ses lèvres. Il passa devant les premières maisons de Saint-Germain en observant l'église, un bel exemple d'architecture romane, dont le clocher carré orné de damiers dominait les toitures environnantes. Lorsqu'il arriva devant un large portail en bois clouté, un homme à la tignasse frisée d'un blanc jaunâtre jaillit d'une ruelle.

— Ah, monsieur le curé, je vous attendais ! J'apporte la clef de l'église et celles du presbytère.

— Seriez-vous le sacristain ? interrogea Charvaz avec bonhomie.

— Oui, Alcide Renard, à vot' service, monsieur le curé. J'ai tout préparé pour la messe de demain.

L'apparence du nouveau berger des âmes de la paroisse, comme disait le maire de Saint-Germain, parut satisfaire le sacristain. Il s'inclina deux fois en soulevant son béret et eut un brave sourire.

— Je vous aiderai aussi à vous installer, mon père. Il fait chaud, bien chaud, mais faudra quand même allumer le feu pour votre repas du soir.

Roland Charvaz déclina gentiment la proposition.

— C'est très aimable à vous, monsieur Renard. Cependant, je me contenterai d'un dîner froid. Et puis, je ne voudrais pas vous déranger. Je dois penser à l'office dominical et me reposer un peu. Le trajet m'a semblé long.

— Pardi ! Maintenant, vous êtes à bon port ! Montez chez vous, je vous apporte de quoi pour vot' dîner froid, des grillons de porc et des cornichons, du pain et un pichet de vin.

— Ce n'est pas de refus, mon brave. Je vous remercie de m'accueillir si bien. Si vous pouviez m'indiquer le presbytère...

Impressionné par l'élocution facile et soignée du curé, Alcide Renard se dandina. Le teint sanguin, affublé d'un double menton et d'un ventre proéminent, il vouait une sorte d'adoration à son église. Aussi veillait-il à couper les lys et les roses de son jardin pour garnir les vases de l'autel. Il briquait les objets de culte et cirait les prie-Dieu de même que les bancs.

— Retournez-vous donc, monsieur le curé. C'est la maison à balet[1], là. Faut prendre l'escalier. La porte du logement est en haut, sous l'avancée du toit.

La construction, typique du Montbronnais, rappela à Roland Charvaz le vieux chalet de son hameau natal, en Savoie.

— Je suis comblé, se réjouit-il. Vraiment comblé...

*

Maison du docteur de Salignac, même jour, une heure plus tard

Suzanne sursauta quand sa patronne fit irruption dans la cuisine, très élégante. Les Salignac recevaient le soir, comme la plupart des samedis.

1. Petite maison rurale à étage desservi par un escalier extérieur surmonté d'un auvent.

— N'oublie pas d'ajouter des lamelles de truffe sous la peau de la volaille, recommanda Mathilde, et fais cuire les cèpes que le métayer nous a donnés.

La bonne farcissait un poulet. Les mains grasses, maculées de brins de persil et de fins morceaux de viande, elle rétorqua sèchement :

— Madame n'a jamais eu de reproches à me faire pour ma cuisine. Vos invités ne seront pas déçus.

— Je le sais bien, Suzanne, mais parfois tu es étourdie. Je préfère veiller au grain.

— C'est vrai, madame, excusez-moi.

La place convenait à Suzanne ; elle courbait l'échine quand c'était nécessaire et obéissait sans discuter. Cependant, elle n'était pas dupe. Si Mathilde de Salignac traînait autour de la table en prenant garde de ne pas salir sa belle robe jaune, c'était dans l'espoir de bavarder ou de glaner un petit renseignement. Elle en eut immédiatement la preuve.

— Dis-moi, Suzanne, tu es sortie, en début d'après-midi...

— Ben oui, madame, je devais acheter des œufs à la vieille Adèle. J'en ferai cuire un à la coque pour le petit, ce soir. Il aime ça, vot' Jérôme.

— Il faudra le coucher tôt, surtout... Mais, dis-moi, Suzanne, sais-tu si le nouveau curé est arrivé ? J'ai prié le Seigneur pour qu'Il nous envoie un saint homme d'âge respectable, sur lequel les mauvaises langues du bourg ne pourront pas se déchaîner. Mon époux et moi avons beaucoup souffert des affreux ragots qui ont couru sur le malheureux père Bissette.

— Sans doute, madame ! Ça, je veux bien le croire, répondit la domestique en s'essuyant le front de son avant-bras.

Il faisait une chaleur étouffante dans la pièce, la cuisinière à bois étant allumée. Mathilde agita l'éventail qu'elle ne quittait pas par précaution.

— Je te plains, ma pauvre Suzanne. Tu pourrais sortir dix minutes ! Il fait plus frais dehors.

— Je n'ai point le temps, madame, sinon vot' dîner sera pas prêt à l'heure.

— Mets le poulet à cuire, le reste attendra. Tiens, si tu avançais jusqu'au presbytère, pour voir si le curé s'installe ! Tu me dirais à quoi il ressemble, que je rassure mon mari.

Désemparée, la bonne jeta un coup d'œil sur le tas de pommes de terre à éplucher et les champignons à nettoyer.

— Si ça vous rend service, madame, je laisse tout en plan. Mais monsieur et le petit vont rentrer de leur balade et…

— Et quoi, ma brave Suzanne ? Tu ne risques pas de les croiser, ils sont partis du côté de la métairie. Jérôme voulait voir les chevreaux qui sont nés avant-hier. Quand j'y pense, j'ai une paire de bas de soie pour toi. Il y a un accroc, mais, une fois raccommodé, ça ne se verra pas.

Des bas de soie… Suzanne dénoua prestement les cordons de son tablier, mit la volaille dans le four et sortit. Une pareille aubaine ne se refusait pas.

Elle longea les murs, soulagée de marcher à l'ombre dans une fraîcheur bienfaisante. Les terres calcaires de la région procuraient des pierres de taille de couleur pâle faciles à sculpter et les maisons les plus cossues du village étaient de belles constructions aux lignes carrées, couvertes de tuiles d'un ocre rose.

Suzanne parvint près de l'église et s'avança jusqu'au presbytère. Elle ne vit âme qui vive, tout d'abord, mais le sacristain fit très vite son apparition, chargé d'un panier en osier. Il la salua d'un signe de tête, l'air surpris, néanmoins.

— Bonsoir, monsieur Renard, dit-elle assez bas.

— Bonsoir, m'selle Boutin, qu'est-ce qui vous amène par ici à cette heure-là ?

Elle préféra tricher un peu.

— Je voulais savoir si je pouvais me confesser avant la messe de demain. Il paraît que le curé arrive aujourd'hui.

— Oui, il est là, mais faudra patienter pour confesse, m'selle. Le père Roland se repose du voyage.

— Alors, comment est-il ? interrogea Suzanne, aussi curieuse, au fond, que Mathilde de Salignac.

— Il est comme un curé, pardi, en soutane, ben poli, ben sérieux. Vous le verrez à l'office.

Roland Charvaz les épiait. Il avait seulement entrouvert les volets en les laissant accrochés. Située au premier étage, la fenêtre offrait un bon champ de vision sur la rue.

Il ne trouva aucun charme à la fille qui parlait au sacristain ; un visage banal, des joues couperosées, le cheveu terne. Elle n'avait pas de taille, mais des hanches larges posées sur des jambes courtes.

Il recula et arpenta la pièce principale, ornée d'une grande cheminée. Une table rectangulaire, un banc, trois chaises paillées et un solide buffet la meublaient. Une porte s'ouvrait sur une chambre agréable, qu'occupait un lit à dossier. Il s'y était allongé un moment, paupières closes sur de tendres souvenirs.

*

Mathilde guettait le retour de sa domestique. Dès qu'elle la vit traverser le jardin, elle se précipita dans le vestibule.

— Alors, l'as-tu vu ? demanda-t-elle d'un ton impatient.

— Non, madame, il se reposait, d'après le sacristain.

— Et, le sacristain, savait-il quelque chose ?

— Ben oui ! À l'écouter, le curé a l'air d'un curé, poli, sérieux. Je vous dis les mêmes mots qu'il a dits, madame. Maintenant, je dois éplucher les patates.

— Les pommes de terre, Suzanne, souviens-toi. Monsieur et moi veillons à ton éducation. Tu t'occupes de notre enfant chéri et nous ne voulons pas qu'il prenne de mauvaises manières.

Sans penser à remercier la domestique, Mathilde regagna le salon. Elle passa dans la salle à manger voisine afin de vérifier l'ordonnance de la table. Pour tromper son impatience, elle avait mis le couvert, six assiettes en porcelaine de Limoges, l'argenterie de la famille de Salignac et les verres en cristal qu'elle avait eus en cadeau de mariage.

Rêveuse, elle s'arrêta pour admirer son reflet dans le miroir suspendu au-dessus de la cheminée en marbre. On vantait souvent la finesse de ses traits et l'éclat de son regard brun doré, des compliments que se permettaient les dames.

Les relations masculines du médecin, elles, la trouvaient fort bien faite, car elle alliait la minceur à des formes ravissantes.

« Je vais m'étioler, me flétrir ! » déplora Mathilde en se penchant pour jauger son décolleté, audacieux, certes, mais voilé d'un triangle de dentelle.

Son époux lui prouvait fidèlement son désir, du moins les soirs où il ne tombait pas de sommeil. Les étreintes paisibles auxquelles ils s'adonnaient laissaient la ravissante jeune femme insatisfaite. Il leur manquait l'élan du cœur, le déchaînement débridé des sens emportés par la passion.

Morose, Mathilde se représenta les convives qui viendraient égayer la soirée. « Monsieur Dancourt, l'instituteur, et madame, le maire, son épouse, et nous... »

Des bruits de casseroles suivis d'une galopade dans le salon la tirèrent de sa rêverie. Son fils la cherchait en l'appelant.

— Jérôme, mon chéri ! cria-t-elle. Viens me raconter ta promenade.

Son enfant comptait beaucoup, Mathilde l'adorait et le choyait à outrance. Il était le miel de son existence, un être innocent, rieur, qu'elle pouvait cajoler et embrasser. Encore une fois, elle l'étreignit, caressa ses cheveux blonds et couvrit de baisers ses joues empourprées et son front moite.

— Vilain garçon, tu es en nage... et tes chaussures sont crottées.

— J'ai joué au bord de la mare, maman. Il y avait des canetons noirs et jaunes. Le métayer m'a donné une plume d'oie, aussi. Papa la taillera pour que je puisse écrire avec.

Colin entrait à son tour, l'air tranquille. Le docteur goûtait fort ses visites à la métairie, qui lui appartenait. Il prenait plaisir à causer des cultures et des travaux de la terre avec Maurice, son métayer.

Les deux hommes buvaient un petit verre de gnôle, assis sur un banc le long de la façade où courait une vigne. Il était question des labours d'hiver, d'une vache bonne laitière ou d'une chèvre bréhaigne, de la qualité des récoltes, des rats qui pullulaient.

— Tu aurais dû nous accompagner, ma chère Mathilde, déclara le médecin. Le chemin est plaisant. Il y avait du vent, sur la colline.

— Et qui aurait veillé au dîner ? Suzanne a besoin d'être guidée, en cuisine. Maurice a-t-il trouvé d'autres cèpes ? C'est mon régal.

— Je le sais. Il m'a promis d'y retourner à l'aube, demain matin.

Mathilde approuva en souriant. Elle s'était installée dans un fauteuil, Jérôme sur ses genoux. Le charmant tableau enchanta Colin de Salignac. Il alluma un cigare, content de sa journée et fier de sa petite famille.

« Que les médisants aillent au diable ! songea-t-il. Ma femme est une perle, mon fils un bon garçon. »

Il aurait volontiers eu un autre héritier, mais les couches de son épouse s'étaient révélées laborieuses, au point qu'elle avait failli y perdre la vie. Selon un de ses confrères spécialisé en gynécologie, Mathilde ne pourrait plus avoir d'enfant. Le couple en aimait davantage Jérôme, reportant bien des espoirs sur lui.

*

Le lendemain, dimanche 1er juillet 1849

La population de Saint-Germain se pressait devant l'église, curieuse de faire la connaissance du nouveau curé. La foule composait une masse mouvante et bavarde, dans un chatoiement de costumes noirs lustrés par l'usure, de robes claires et de coiffes blanches empesées.

Les enfants gambadaient autour de leurs parents. Les vieillards bougonnaient des jérémiades si on les bousculait.

Le sacristain avait sonné les cloches avec un entrain inhabituel, comme pour exprimer son contentement. Le père Charvaz lui inspirait une entière confiance.

« Voilà un vrai bon curé ! s'était-il répété avant de s'endormir. Sérieux, tellement poli, modeste, toujours à se signer et à dire des amabilités. »

Parmi les fidèles qui envahissaient l'allée centrale de la nef, au bras de son mari, Mathilde de Salignac avançait doucement vers le premier rang de sièges. C'était un fait établi, les notables du bourg occupaient les chaises proches de l'autel.

— Que de monde, aujourd'hui, grogna le médecin, qui venait à l'office surtout pour accompagner son épouse.

Il savait aussi à quel point ses patients se seraient inquiétés s'il n'avait pas joué les bons catholiques. Le silence se transforma en une sorte d'attente intriguée. Dans la sacristie, Roland Charvaz préparait son entrée en scène. C'était ainsi que le prêtre voyait la chose.

« Maintenant, allons-y ! » décida-t-il, revêtu des atours propres à la messe dominicale. Il ouvrit la porte et s'avança tête basse d'un pas mesuré. Les deux enfants de chœur reculèrent un peu, la mine grave. Tout de suite, une rumeur d'approbation parcourut l'assemblée des villageois et villageoises. Assise non loin du bénitier, Suzanne Boutin tendit le cou afin d'apercevoir le curé. « Il paraît ben jeune ! » se dit-elle.

Mathilde se faisait la même remarque. D'abord déçue par l'apparence du religieux, elle l'étudia avec attention, à l'abri de sa voilette. L'homme était de constitution robuste ; il avait le teint hâlé, les cheveux très bruns et le nez aquilin. Il semblait empreint d'une austérité et d'une gravité dignes d'un évêque.

Cependant, il redressa la tête en bombant un peu le torse. Le regard clair de ses grands yeux limpides parcourut l'assemblée de ses nouveaux paroissiens, accompagné d'un léger sourire amical.

— Il m'a l'air bien, chuchota le médecin à l'oreille de sa femme.

Elle ne répondit pas, impressionnée par la prestance teintée de rudesse du curé.

— Il n'a pas l'œil sournois de Bissette, ajouta Colin.

En retour, Mathilde articula du bout des lèvres :

— Chut !

La messe commençait. La voix douce, profonde, pleine de sollicitude du curé, coula sur le cœur de la jeune femme. Le nez dans son missel, elle éprouvait une exaltation familière, la seule capable de chasser l'ennui de son quotidien. Sous ses allures sages, elle aimait plaire et surtout séduire. La présence d'un nouveau personnage masculin lui faisait présager des rencontres, des coups d'œil, qui lui permettraient de jouer les coquettes ou de mesurer le pouvoir de sa beauté. L'habit religieux ne l'intimidait pas, loin de là. Comme elle l'avait expliqué à son mari, une paroissienne n'entachait pas sa réputation en fréquentant son confesseur ou en discutant avec lui au grand jour.

De son côté, Roland Charvaz l'avait vue et bien vue. Dans la pénombre de l'église, Mathilde resplendissait, de ses pieds menus chaussés d'escarpins en satin à sa large jupe en moire beige, du foulard soyeux couvrant sa poitrine à son délicat visage, d'une exquise joliesse.

« Une future pénitente, sans doute ! s'était-il dit. Une pareille beauté doit se compromettre, et donc se confesser. »

*

Saint-Germain-de-Montbron,
jeudi 5 juillet 1849

Déjà, dans le village, on surnommait le prêtre le curé Roland ; le patronyme Charvaz en décourageait certains.

Il se montrait d'une rare discrétion. Selon le sacristain, l'homme de Dieu consacrait beaucoup de temps à sa correspondance, mangeait chichement et se couchait tôt.

— Un monsieur ben, ça oui ! Ben comme y faut, disait Alcide Renard à qui voulait l'entendre.

Depuis la messe de dimanche, plusieurs fidèles avaient défilé dans le confessionnal, de vieilles femmes chenues qui ânonnaient un péché mineur en patois, des gamins rieurs qui grossissaient souvent leurs peccadilles pour se vanter, des paroissiens sincères qui s'accusaient tête basse de leurs actes ou omissions.

On était jeudi. La veille, la bonne du docteur Salignac avait égrené ses envies de coquetterie ainsi qu'un baiser échangé avec un commis de ferme, sur le chemin de la Brousse, une riche demeure du siècle précédent.

Roland Charvaz distribuait absolutions et pénitences d'un ton affecté, entre bienveillance et sévérité. Il avait glané quelques renseignements auprès du sacristain à l'heure des repas et il connaissait désormais les gens influents du bourg.

« Le maire Arnaud Foucher, pensait le curé une fois couché, son épouse Joséphine, un ancien notaire retiré dans une belle maison entourée d'un parc, maître Murat, veuf et grand chasseur, Colin de Salignac, le médecin, sa femme Mathilde... Si je vois juste, il s'agit de la troublante jeune femme qui jouait les élégantes, dimanche, au premier rang... N'oublions pas l'instituteur qui se proclame athée et libéral, monsieur Dancourt. Il paraît que sa dulcinée fréquente quand même les bancs de l'église. »

En s'installant sur le siège du confessionnal, le curé pensait encore à ces personnages respectables qu'il lui faudrait amadouer, duper sans doute. Roland Charvaz cachait sous sa soutane et ses manières convenables un tempérament de feu, un appétit sexuel insatiable. Il avait déjà eu bien des ennuis à cause de sa vraie nature et, cette fois, il s'était promis d'être prudent.

Homme de goût, cependant, il appréciait sans arrière-pensée ce beau sanctuaire roman à deux nefs et son magnifique retable décoré de bas-reliefs surmontés de colonnettes torses.

Le bruissement d'une robe le fit se crisper, les sens aux aguets, tel un chat prêt à bondir sur une proie. Un parfum de violette lui parvint, ainsi qu'une voix fluette aux intonations mélodieuses. En dépit des règles établies, il tenta de distinguer son visage à travers la grille en cuivre.

« Si c'était elle, la radieuse beauté que j'ai pu observer, pendant la messe... »

Il fut vite conforté dans son pressentiment par l'intéressée elle-même.

— Je suis l'épouse du docteur, avoua la pénitente tout bas. Mon père, j'ai péché par vanité ce matin encore. Je me permets de houspiller ma bonne, de lui faire des reproches injustifiés dès que je suis nerveuse. Mais ce n'est pas le plus grave ! Des pensées impures me harcèlent, dont je voudrais être délivrée. J'ai honte. Je ne sais plus que faire.

— Quelles pensées impures, madame ? interrogea le prêtre dans un murmure.

— Je rêve d'amour, mon père, du véritable amour, car, assurément, je ne suis pas assez heureuse en ménage. Et j'ai le tort d'être romantique...

Mathilde abattait ses cartes sans aucune précaution. Durant quatre jours, elle avait vécu pour ces instants où elle dévoilerait son âme et livrerait les secrets de son cœur sous le couvert de la confession. Guidée par son instinct féminin qui soupesait le sens ambigu d'un regard, elle jouait avec le feu, avide d'aventure. Si le curé Charvaz était un saint homme, un religieux irréprochable fidèle à sa vocation, elle en serait quitte pour un sermon, une sévère mise en garde contre ses dangereux penchants romantiques. Il lui rappellerait ses devoirs d'épouse et lui imposerait une pénitence.

Mais elle ne pouvait pas se tromper, à cause de ce regard qui la hantait, de cette œillade enflammée adressée à elle seule, à la fin de l'office. Un homme d'Église entièrement engagé dans son sacerdoce n'aurait jamais fixé ainsi une paroissienne, belle ou laide, jeune ou vieille.

La réponse du curé la fit tressaillir.

— Peut-être vos parents vous ont-ils poussée à une union avantageuse en se souciant peu de vos inclinations personnelles ? Je plains sincèrement votre sort, madame, car le fait d'inciter ses enfants à suivre une voie contraire à leur nature apporte, plus tard, les peines dont vous faites état.

Charvaz s'exprimait bien, fort de ses années d'étude au grand séminaire des Jésuites. Habile à cerner l'esprit humain, notamment celui des femmes, il ne craignait pas d'être franc lui non plus.

— Je vous l'accorde, monsieur le curé. La position sociale du docteur de Salignac a dicté le choix de ma mère, et mon père a renchéri. J'étais si jeune ! J'ai obéi. Enfant, j'étais choyée, mais on m'a ensuite envoyée au couvent et, dès que je suis sortie de chez les sœurs, il a fallu me marier. Au fond, je n'ai aucun reproche à faire à mon époux, qui me comble de cadeaux. Mais il s'emporte vite… et il est très jaloux.

Le curé se demanda s'il s'agissait d'un avertissement. En faisant mine de réfléchir, il tendit l'oreille afin de guetter le moindre bruit de pas dans l'église. Le silence régnait ; ils étaient seuls.

— Madame, je vous pardonne bien volontiers. Je vous devine accablée par l'ennui que distillent la campagne et la vie étriquée d'un village. Avez-vous la joie d'être mère ?

— Oui, j'ai un petit garçon, Jérôme. Votre prédécesseur lui donnait des leçons de catéchisme.

— Je serais enchanté de poursuivre l'instruction religieuse de votre enfant. J'ai déjà un élève.

— Mon mari s'y opposera. La médisance est un fléau ! Nous avons souffert de ragots sans fondement qui concernaient le père Bissette. Il avait le tort d'être trop avenant et de se lier avec les dames de la paroisse, en tout bien tout honneur, j'en ai été témoin. Du coup, Colin m'a déconseillé d'aller à confesse et de faire votre connaissance.

— Si monsieur de Salignac me rencontre, il changera d'avis, du moins je l'espère. Dans le cas contraire, et j'en serais navré, il faudra vous en remettre au curé d'une paroisse voisine.

Mathilde retint un soupir et baissa la tête. Charvaz se détourna pour esquisser un sourire en coin, content de sa répartie.

— Bien sûr, mon père, murmura la jeune femme.

Il y eut alors le grincement d'une porte, suivi de bruits de sabots sur les dalles de l'église. Un adolescent s'approcha du confessionnal.

— Soyez en paix, madame, et tenez-moi au courant du parti adopté par monsieur de Salignac à mon sujet, chuchota le père Roland.

Elle céda la place, déconcertée, incapable de se faire une idée précise sur le nouveau prêtre du village. « Je ne dirai pas à Colin que je suis venue à confesse, songea-t-elle. Autant attendre un peu. »

Le dimanche suivant, Mathilde se rendit à l'office avec son fils, le médecin étant au chevet d'un malade. Charvaz lui adressa le même regard ardent et insistant, mais furtif. Elle en trembla de satisfaction, le cœur en émoi, ce qui la rendit encore plus jolie.

*

Église de Saint-Germain, jeudi 12 juillet 1849

Roland Charvaz patientait dans la pénombre familière du confessionnal. En quelques jours, il avait gagné la confiance de ses paroissiens, dont il écoutait les confidences d'une oreille distraite, parfois amusée. Les jeunes hommes avouaient leurs désirs refoulés, alors que les veuves se plaignaient de leur solitude.

Ce jeudi, il comptait sur la venue de Mathilde de Salignac. Il l'avait aperçue deux fois de sa fenêtre, accompagnée de son fils. Elle partait en promenade, ravissante en robe claire et coiffée d'une capeline, son ombrelle déployée pour se protéger du soleil. « Une belle dame de qualité, tellement vive, tellement gracieuse, l'air si sage ! » se disait-il, certain cependant qu'elle cachait soigneusement sa vraie nature.

Lorsqu'un pas léger retentit à l'entrée de l'église, le curé frémit tout entier. Bientôt, il perçut, entêtant, un parfum de violette. C'était elle. Sa large jupe fit le même bruissement charmant quand elle prit place derrière la grille.

— Mon père, pardonnez-moi, car j'ai encore péché, souffla la jeune femme.

— Toujours des pensées impures, madame ?

— Non, mais j'ai menti à mon mari. Je ne lui ai pas dit que j'étais venue me confesser jeudi dernier.

— Taire une chose n'est pas mentir, répliqua-t-il d'une voix douce.

— Mais ce soir, si je continue à lui cacher mes visites à l'église comme je lui cache mes rêveries coupables...

— Vous n'êtes pas la première épouse à souffrir d'être mal aimée, chère madame. Depuis la semaine passée, j'ai réfléchi au cas de mon malheureux prédécesseur. Lui aviez-vous confessé vos pensées impures ? Aurait-il osé ensuite des familiarités inconvenantes ? demanda Charvaz sur un ton plein de bienveillance.

Mathilde ne sut d'abord que répondre. Elle balbutia enfin :

— Oui, je lui avais parlé de mes états d'âme, mais le père Bissette ne m'a jamais manqué de respect. Il s'est montré trop familier, rien d'autre. Il faudrait que je vous explique certaines choses à son sujet.

Elle respirait un peu vite, désemparée, vaguement déçue par la tournure de leur entretien. Le curé le sentit et décida de brûler les étapes. Il voulait voir Mathilde de près, la dévisager à son aise.

— Notre discussion devient presque mondaine, madame. Autant la poursuivre hors de ce lieu.

Le père Roland quitta le confessionnal, fébrile. Fort de son expérience, il n'avait pas l'intention de tricher très longtemps sur ses intentions. Bien des jolies dames s'étaient montrées flattées de l'intérêt qu'il leur portait, se croyant alors d'une extrême séduction, puisqu'elles détournaient un religieux de ses vœux. De son côté, il ne concevait pas l'existence sans la fréquentation de la gent féminine, qui savait le divertir tout en apaisant ses chagrins et ses frustrations.

Émue et les joues brûlantes de confusion, Mathilde soigna son apparition. Elle voulait plaire à n'importe quel homme, et sa conduite aurait été la même devant un nouvel instituteur, un nouveau maire ou un étranger qui se serait installé à Saint-Germain, s'il avait eu l'âge et l'allure de Charvaz. Une main gantée de dentelle noire sur la poitrine, la bouche entrouverte et les yeux brillants, elle se tint immobile, le souffle suspendu.

Ils étaient face à face, muets à présent. Plus ils se regardaient, plus un courant invisible se nouait entre eux, comme s'ils se reconnaissaient, se retrouvaient, chacun étant persuadé de pouvoir comprendre l'autre. Ils appartenaient à la même race et ils en prenaient conscience, la race des insoumis, des dissimulateurs, des sans-scrupules aussi. Contraints de supporter un sort qu'ils n'avaient pas désiré et qui les avait rendus amers, ils cherchaient à agrémenter leur existence par n'importe quel moyen.

— Vous êtes ravissante, madame, chuchota Charvaz. Même à Paris où j'étais vicaire à l'église Saint-Sulpice, j'ai rarement croisé de dame aussi élégante et aussi belle.

— Si je vous écoute plus longtemps, je vais commettre le péché d'orgueil, répliqua-t-elle, flattée autant que subjuguée.

Il se tenait à deux pas et elle le découvrait ; un grand front, un visage large et osseux, des lèvres épaisses, sensuelles à souhait, comme prêtes à sourire sans cesse, des sourcils noirs fournis, de longs cils servant d'écrin à d'étranges prunelles d'un vert clair à fleur de tête.

Mathilde se félicita d'être de petite taille, car Roland Charvaz n'était pas grand. Cependant, il se dégageait de lui une impression de force contenue, de puissance et de virilité.

— Sortons. Il fait frais dans l'église et je ne suis guère couverte, dit-elle.

— Dehors, on nous verra ensemble. Je tiens à protéger ma réputation.

— Et moi, donc ! Mon époux redoute les commérages plus que tout. La femme d'un médecin doit se conduire de façon exemplaire.

— Que dire d'un curé, madame ? Je vous laisse imaginer...

Ils se sourirent, déjà complices. Le cliquetis d'un loquet les arrêta net. La porte de la sacristie s'ouvrit lentement sur la face rouge d'Alcide Renard. Vite, Roland Charvaz traça du pouce un signe de croix sur le front lisse de Mathilde. Elle s'inclina et s'éloigna.

— M'sieur le curé ? appela le vieil homme en approchant.

— Oui, mon brave Alcide !

— On vous demande du côté de La Brande pour une extrême-onction. Dites, c'était ben madame de Salignac ?

— Il se peut ! Vous savez, le nom de mes pénitents m'importe peu ; seul compte leur repentir. Bien, préparez-moi le nécessaire... À La Brande, avez-vous dit ? Seigneur, il me faut me hâter ! C'est au relais de la malle-poste ?

— Un parent du moribond vous attend devant l'église en voiture à cheval. Vous n'aurez pas à marcher, m'sieur le curé.

— Très bien, je vous remercie, Alcide.

Dès que le sacristain s'éloigna, Charvaz ferma les yeux pour mieux imaginer le moment exaltant où il sentirait contre lui, abandonné, le corps frémissant de madame de Salignac, car il en ferait sa maîtresse, c'était décidé. Ah ! l'embrasser à sa manière à lui, brusque et savante, retrousser sa robe... Il y parviendrait à coup sûr. Après les jours de séduction, il y aurait sa victoire à lui, sa défaite à elle.

Soudain enflammé, il se signa par habitude. Était-ce sa faute, en fait, si les femmes avaient le don de le perdre, de l'égarer ? Leurs toilettes, leurs fanfreluches, leurs parfums, leur voix suave étaient autant de charmes auxquels il n'avait jamais pu résister.

Peu après, il se prépara à assumer sa tâche d'homme d'Église. De songer à la conquête d'une jeune beauté ne l'empêchait pas d'exercer son sacerdoce, qu'il pratiquait à l'instar d'un métier pas plus sot qu'un autre.

*

Mathilde vit passer la calèche dont les roues cerclées de fer soulevaient des nuages de poussière grise tant le sol était sec. Encore bouleversée, elle se réfugia à l'ombre du presbytère, le dos appuyé au mur. La fréquentation du fameux père Bissette lui avait démontré que certains religieux ne respectaient pas leurs vœux de chasteté, ce dont il s'était même vanté. Elle en déduisait que Charvaz appartenait à cette catégorie et cela la réjouissait.

« C'est de lui, oui, c'est de lui que j'ai tant rêvé ! se disait-elle. Je me moque qu'il soit curé, oui, je m'en moque éperdument, car il me plaît. Je voudrais le revoir, me retrouver seule avec lui comme tout à l'heure ! »

Elle chercha une idée sur le chemin de sa maison, puis en faisant les cent pas dans son salon, oubliant la notion du temps. Un vent chaud aux senteurs de foin et de fleurs sauvages agitait les rideaux ; les oiseaux chantaient dans la haie d'aubépine.

— Une belle soirée s'annonce, affirma Colin en la surprenant en pleine déambulation. Nous pourrons contempler le coucher de soleil du perron.

— Ciel, depuis quand penses-tu à ce genre de choses ? se récria-t-elle, presque moqueuse. Colin, j'ai à te parler, et tout de suite.

— Moi de même, Mathilde. Je serai bref. J'étais au chevet d'un mourant, le père du fermier de La Brande. Le nouveau curé est arrivé pour lui administrer les derniers sacrements. Cet homme me plaît ; il respire la vocation religieuse, la compassion, la loyauté, sans manquer de finesse dans ses propos. Décidément, on ne peut pas le comparer avec le père Bissette, qui m'agaçait par ses manières de bon apôtre et ses paroles mielleuses. Le curé Roland m'inspire confiance.

— Ah, tu m'en diras tant. Lèveras-tu tes interdits ?

— Mathilde, ne sois pas sotte ! Nous nous sommes bien assez querellés à cause de Bissette. J'ai vu rouge, je l'admets.

— Alors que j'étais innocente de tes ignobles accusations.

— Je sais, je sais ! Oublions ces moments douloureux, ma chérie. Dieu ne t'aurait pas donné les traits d'un ange s'il n'avait pas mesuré avant la pureté de ton âme et la sagesse de ton corps, ce dernier point à mon grand regret. Allons, je t'autorise à prendre le curé Roland comme confesseur. Nous avons causé, lui et moi. Il aura le fils du maire pour élève au catéchisme. Nous pouvons donc envoyer Jérôme au presbytère, nous aussi. Je te prierai seulement d'être distante et polie, pas davantage.

— Je te le promets, Colin, répondit Mathilde d'une voix paisible.

— Fais-le pour nous, pour éviter que d'autres ragots nous éclaboussent et nous salissent. Et, flûte ! nous clouerons le bec aux commères.

— De quelle façon ?

— J'inviterai le curé à dîner et à jouer au loto, ici, avec nous et nos invités habituels, se rengorgea le médecin.

— Si tu veux, mais est-ce bien raisonnable ?

— Bien sûr ! C'est logique. Quand le père Roland Charvaz fera partie de notre cercle d'amis, plus personne ne pensera à mal... Drôle de nom, hein, Charvaz ! Notre prêtre est savoyard, il me l'a dit. Un montagnard, en somme.

Sagement assise dans un fauteuil, calmée, Mathilde feignit l'indifférence, mais son cœur battait à tout rompre et son esprit, ivre de joie, s'envolait déjà vers le septième ciel. Certes, si elle avait vécu dans une grande ville, il lui aurait été facile de nouer une liaison avec un galant homme bien éduqué qu'elle aurait rencontré en grand secret. Mais là, en pleine campagne, à Saint-Germain, était-ce sa faute si le seul homme plein de virilité et de charme arborait une soutane et célébrait la messe ?

Les jours à venir lui semblaient lumineux, puisqu'elle pourrait rencontrer Roland et l'attendre le samedi soir, réservé aux repas de qualité et au fameux loto.

Elle présiderait à table, coiffée avec soin, élégante, d'une honnête coquetterie, le cou orné de son collier de perles.

Le docteur la trouva adorable, ainsi perdue dans ses pensées. Il se pencha et l'embrassa, sur la joue d'abord, puis sur la bouche.

— Colin, enfin... Si Suzanne entrait !

— Au diable la domestique, Mathilde, tu es si jolie. Au fait, de quoi voulais-tu me parler ?

— Je tenais à te dire, en te regardant droit dans les yeux, que j'étais allée me confesser malgré ta défense. Eh bien, ton curé m'a paru sévère, en panne d'indulgence, pour tout dire. J'avais un poids sur la conscience et j'espérais en être soulagée, mais pas au prix d'autant de prières et de rosaires, mentit-elle effrontément.

Le médecin éclata de rire.

— Faute avouée est à demi pardonnée, ma chère épouse.

Et il l'embrassa encore.

2

Dans la chaleur de l'été

Saint-Germain-de-Montbron, lundi 16 juillet 1849

Mathilde de Salignac avait vécu trois jours en pensant à Roland Charvaz sans trouver le moyen de le rencontrer en tête-à-tête. Son mari n'était plus un obstacle, puisqu'il se disait favorable au nouveau prêtre de la paroisse.

Colin lui avait même rendu visite au presbytère avec Jérôme afin d'identifier avec lui les jours où leur fils prendrait des leçons et suivrait le catéchisme.

« Samedi, c'était encore trop tôt pour une invitation, je l'ai bien précisé à Colin ! » se remémora-t-elle, assise au piano dont elle ne jouait jamais.

Il ne fallait surtout rien précipiter. Elle tenait à prendre son temps. Pour conquérir l'homme d'Église, elle jugeait utile de se laisser désirer en paraissant inaccessible. Elle ne pensait même pas entretenir une liaison avec lui, simplement captiver son attention, être admirée, le fasciner. Au fond, c'était encore un inconnu et, malgré ses propos flatteurs et sa galanterie, il pouvait rester fidèle à ses engagements religieux.

Aussi, la veille, pendant la messe, elle avait adopté une expression lointaine et fait triste mine en évitant avec soin de croiser les regards du curé. Mais en allant recevoir la communion, elle l'avait fixé intensément et il avait répondu de la même manière, lui faisant comprendre l'espace d'une seconde qu'il attendait un signe d'elle.

« Ce sera aujourd'hui ! se dit-elle, tremblante d'une joie farouche. J'ai enfin eu une idée, une excellente idée. Ce matin, Colin reçoit ses patients et, dès qu'il en aura terminé avec eux, il doit se rendre à La Brousse. »

Déterminée, Mathilde se leva et sonna la bonne. Suzanne briquait l'argenterie à la cuisine, mais elle accourut, la taille sanglée dans un tablier gris.

— Madame ?

— J'ai besoin que tu portes un message au presbytère, Suzanne. Tu le remettras en mains propres au curé.

— J'dois attendre la réponse ?

— Oui, évidemment ! Dépêche-toi, je voudrais partir pour Marthon au plus vite, j'ai des lettres à poster.

La domestique s'exécuta, tout en pensant qu'il y avait anguille sous roche, comme disait son défunt père.

« C'est une drôle d'histoire, ça, car madame n'aime guère marcher, d'ordinaire. Et puis, le facteur, il peut bien se charger du courrier ! »

Cinq minutes plus tard, elle frappait à la porte du curé après avoir gravi les marches étroites de l'escalier extérieur. Le père Charvaz achevait de se raser. Il tamponna ses joues et se donna un coup de peigne, soucieux de son apparence.

— Oui ! Que puis-je pour vous, ma fille ? Questionna-t-il gentiment en reconnaissant la domestique des Salignac.

— De la part de madame, lâcha Suzanne.

— Une minute, je vous prie.

Son cœur cognant à grands coups, il rentra et ferma la porte derrière lui. La belle épouse du médecin avait hanté ses nuits solitaires d'homme jeune et sensuel. Fébrile, il déchiffra une écriture fine, à peine inclinée vers l'avant :

Mon père, je vais ce matin jusqu'à la poste de Marthon, à deux kilomètres environ d'ici, par le chemin du Poteau. Si jamais vous avez de la correspondance à envoyer, confiez-la à ma bonne et je m'en chargerai. Il fait si bon se promener.

Mathilde de Salignac

Charvaz replia la feuille et la respira, ravi du parfum de violette qu'elle dégageait.

— Oui, il fait bon se promener, chère madame, murmura-t-il.

Pour lui, c'était une invitation à la rejoindre et il ne se trompait pas. Il ouvrit la fenêtre, prit une mine sévère, et lança à Suzanne :

— Vous remercierez madame de Salignac, mais je n'ai aucune lettre à poster. Que Dieu vous ait en sa sainte garde, ma fille !

La domestique salua le prêtre et s'empressa de retourner chez ses patrons. Mathilde la guettait depuis le seuil de la maison, en robe de satin jaune, son ombrelle déjà déployée et un sac en tapisserie au bras.

— Vous n'emmenez pas le petit, madame ? s'enquit Suzanne.

— Non, il joue dans sa chambre. Laisse l'argenterie de côté ; monte faire sa toilette et habille-le. Ses grands-parents viennent le chercher cet après-midi. Il faut aussi préparer sa valise. Que t'a dit le curé ?

— Qu'il n'avait point de lettres à poster, madame.

— Très bien ! Alors je m'en vais. Je voudrais profiter de la fraîcheur et du bon air.

— Avez-vous prévenu monsieur que vous sortiez ? s'inquiéta la domestique.

— Tu le feras. Mon mari est en consultation et je ne veux pas le déranger. Au fait, j'ai posé la paire de bas de soie dans ta chambre, au bout de ton lit, une paire sans accroc. Et cent sous, aussi, car tu es une bonne fille.

— Merci, madame, merci ! Je ne regrette pas d'être à vot' service, sûr !

Suzanne était sincère. L'avenir la ferait changer d'avis, mais il serait trop tard.

*

Mathilde se fit discrète. Craignant d'être remarquée par les mêmes commères qui lui avaient déjà causé beaucoup d'ennuis, elle emprunta une ruelle parallèle à la grand-rue et coupa à travers un champ moissonné pour se retrouver sur le chemin de Marthon. Au départ, la route longeait des pâtures, mais elle montait ensuite au milieu d'un bois de chênes et de châtaigniers.

Le clocher de l'église sonnait neuf coups lorsque la jeune femme s'arrêta pour observer le village. Elle se sentait libre, légère et heureuse. « Il va me rejoindre, c'est obligé ! » pensa-t-elle. L'émotion lui faisait le souffle court et rapide.

Le paysage resplendissait sous la vive clarté du soleil. L'herbe perlée de rosée scintillait, ainsi que les toiles d'araignée d'une perfection géométrique tissées entre les hautes tiges des graminées sauvages. Un cortège de nuages cotonneux d'un rose pâle cheminait sur la ligne d'horizon. Cependant, parmi toutes ces couleurs, elle ne distinguait aucune silhouette sombre.

« Que fait-il donc ? s'alarma-t-elle. Il aura forcément compris ! S'il veut me parler, il profitera de l'occasion. »

Pas un instant elle n'avait douté de lui, mais son assurance faiblissait. Un peu déçue, elle virevolta, résignée à aller quand même jusqu'à Marthon.

Soudain, il fut là, lui barrant le passage, comme surgi du sous-bois par enchantement. Il souriait, les bras croisés sur la poitrine.

— Mon Dieu, vous m'avez fait peur ! s'écria Mathilde, soulagée.

— Je ne pouvais pas manquer notre rendez-vous, madame, répliqua-t-il. Et je devais vous parler d'un point important afin de dissiper un malentendu.

— Ah, vraiment ?

Elle s'affola. Peut-être qu'il voulait la sermonner, peut-être qu'elle s'était méprise sur le feu ardent de son regard clair, sur les paroles qu'ils avaient échangées près du confessionnal.

— Je vous écoute, mon père. Marchons, je vous prie, la chaleur monte et nous serons mieux sous les chênes.

— Ne m'appelez pas mon père, madame. Ai-je l'âge de vous avoir donné la vie ?

Troublée, elle murmura un non rieur. Il la frôla de son épaule, tandis qu'ils avançaient côte à côte, très près l'un de l'autre.

— Irez-vous à Marthon également ? demanda-t-elle, les joues brûlantes.

— En lisant votre petit message, j'ai décidé de rendre visite au curé de là-bas pour lui présenter mes respects. Il faut faire les choses dans les règles. J'ai obtenu d'être desservant de la paroisse de Saint-Germain grâce à l'évêque d'Angoulême. Je ne dois pas décevoir ce saint homme ni mes confrères des bourgs voisins. Mais, je tenais à vous le dire, madame, je n'ai pas la vocation religieuse et je ne l'ai jamais eue. Ma famille m'a poussé par de sages propos à entrer au séminaire. Étant le cadet, j'étais sans espoir d'héritage et j'ai préféré la soutane à l'uniforme ; on risque moins de se faire trouer la peau ainsi affublé.

Mathilde fronça les sourcils, choquée par le ton arrogant de son interlocuteur et sa subite grossièreté.

— Je ne vous croyais pas capable de tenir un pareil langage, monsieur.

— Pardonnez-moi, j'oublie mon éducation quand la colère me saisit. Une colère de plusieurs années ! Vous vous êtes plainte de votre époux, vous m'avez avoué l'échec d'un mariage arrangé. Vous pouvez donc vous mettre à ma place. Je contrains ma vraie nature depuis si longtemps ! Voilà, je serai franc, j'ai endossé la défroque d'un curé comme on accepte une profession, simplement pour avoir un toit, un lit, à manger et quelques sous.

Il la saisit par le poignet et l'obligea à le suivre entre les arbres.

— Madame, on peut servir Dieu et l'amour. J'en suis un exemple. Plus vieux, sans doute, je ferai un bon prêtre, mais je suis encore jeune, vigoureux, et je trouve tant de douceur à la compagnie féminine ! J'avais une amie, une précieuse amie, dans la Saône-et-Loire, loin d'ici. Comme elle m'était chère ! Elle savait apaiser mon cœur d'une caresse ou d'un mot tendre.

Tout de suite, Mathilde éprouva de la jalousie. Les aveux de Roland étaient sans équivoque ; il se moquait de la chasteté imposée aux prêtres.

— Je pourrais lui succéder, monsieur, oui, vous consoler, veiller sur vous et égayer votre solitude.

La main du curé étreignait plus fort son poignet menu, elle perçut le contact chaud de ses doigts sur sa chair en frémissant d'un trouble grisant.

— Mathilde, j'en serais le plus heureux des hommes, mais nous n'avons pas le droit. Et votre mari, que vous me décrivez comme coléreux, jaloux, qu'en faites-vous ?

— Il m'aime. On est jaloux, quand on aime, gémit-elle. Mais il s'absente si souvent ! Quand ce n'est pas pour ses déjeuners en ville, à Angoulême, c'est en raison de ses visites d'un bout à l'autre du pays. En plus, il vous apprécie. Vous lui inspirez confiance.

— Je l'admets, j'ai été surpris d'avoir sa visite, ce qui m'a permis de faire la connaissance de votre petit garçon, un enfant charmant qui vous ressemble beaucoup.

Roland Charvaz lâcha le bras de la jeune femme et s'éloigna d'un pas, l'air soucieux. Il fit mine de réfléchir, sans plus lui accorder d'attention.

— Qu'avez-vous donc, monsieur ? s'étonna Mathilde. Quel mal ferions-nous ? Je vous propose mon amitié, rien d'autre.

Elle le rattrapa, effarée à l'idée de voir son rêve se briser. Elle supplia avec des accents passionnés qui le réjouirent.

— Allons, dites quelque chose. Je pourrais vous rencontrer souvent au presbytère, quand je vous amènerai Jérôme ou à la maison lors de nos dîners du samedi, car mon époux tient à vous inviter. En dehors de ces occasions, je vous rendrai l'existence agréable...

— De quelle façon ? ironisa-t-il, feignant l'amertume.

— Je vous ferai porter des confitures, des confits de canard, du bon vin... Et aussi des brioches ; ma bonne les réussit à merveille.

Il la toisa. Dans ses larges prunelles limpides s'allumait l'étincelle du désir. Sa bouche aux lèvres bien rouges, comme toujours prête à sourire, s'entrouvrit.

— Et l'autre faim qui me torture, Mathilde ?

— Que voulez-vous dire ? Je ne comprends pas, balbutia-t-elle.

— Mais si, vous comprenez très bien, autant que j'ai compris votre message tout à l'heure.

Le curé l'avait appelée par son prénom. Sans la toucher, d'un regard explicite, il lui signifiait l'envie d'elle qui le tourmentait.

Jamais la jeune femme n'avait vécu un moment aussi romanesque, aussi intense. Elle ferma les yeux, vaincue.

Charvaz l'enlaça et l'embrassa avec rudesse, en conquérant certain de sa victoire.

*

Une demi-heure plus tard, ils échangeaient un dernier baiser au pied d'un grand chêne. Mathilde tremblait, hébétée par ce qui venait de se passer. Elle avait prévu de multiplier des rendez-vous clandestins, entre deux rencontres anodines au vu et au su de tous. Elle s'était promis de ne pas céder avant un mois, pas davantage, afin de le rendre amoureux, mais ses projets n'étaient plus de mise.

— Roland, chuchota-t-elle d'une voix dolente, m'aimes-tu, au moins ?

— Si je t'aime ? Tu en as eu la preuve, je n'ai pas pu résister. J'ai perdu l'esprit. Mathilde, dès que je t'ai aperçue dans l'église, à la messe, je t'ai aimée. Tu effaçais mes souffrances du passé, avec ta jolie robe et la lumière de ton visage. Je souffre déjà en me demandant quand je te reverrai.

Il savait qu'il devait la réconforter, dispenser tendresse et compliments. « Les femmes sont ainsi ! se disait-il en lui même en la cajolant. Elles nous provoquent et nous aguichent, mais, si on précipite la chose, elles sont déçues, rattrapées par la honte. »

Pourtant Mathilde n'avait pas honte ; il faisait erreur. Elle revivait chaque minute de leurs ébats, obsédée par une seule crainte. « M'aime-t-il vraiment ? » se demandait-elle.

Le curé avait eu des gestes directs, sans beaucoup la caresser. Elle s'était laissé guider vers une clairière, puis sur un lit de mousse où il l'avait allongée, troussant aussitôt jupe et jupons. Là, il était devenu son amant, ivre de puissance et de frénésie. Elle frissonna d'une peur rétrospective à l'idée qu'on ait pu les voir, les surprendre.

— Mathilde, à quoi penses-tu ? demanda-t-il.

— Au métayer de mon mari, Maurice. Il cherche parfois des champignons par ici, le matin. S'il était venu ! J'ai été bien trop imprudente.

— Je suis le plus coupable. Tu as raison, il faudra être sur nos gardes. Nous ne devons courir aucun risque. Il ne faut provoquer aucun remous ni la moindre rumeur. L'évêché serait vite au courant et, cette fois, je perdrais tout. Je n'ai pas à te mentir, j'ai dû quitter une paroisse parce que j'y avais l'amie dont je t'ai déjà parlé.

— Une véritable amie ?

— Une dame très honorable d'une cinquantaine d'années, madame Callières. Mais les gens ont cru à une relation coupable. C'était faux... Mathilde, je veux rester à Saint-Germain près de toi. Le presbytère me plaît, même si je n'ai guère le temps de faire ma cuisine et mon ménage.

— Dans ce cas, engage une servante, lui suggéra-t-elle, mais une femme d'un certain âge, surtout, qu'on n'invente pas encore des saletés à ton sujet. Je m'en occuperai, tiens ! J'ai des relations à Angoulême qui peuvent me recommander une personne sérieuse.

Ils avaient rejoint le chemin. Elle vérifia l'ordonnance de sa toilette et rouvrit son ombrelle.

— Je n'ai plus le courage d'aller à Marthon, Roland. Je vais rentrer me reposer, et rêver de toi.

— Séparons-nous vite. Viendras-tu au presbytère durant la semaine, que nous discutions de cette servante ? demanda-t-il tout bas. Méfie-toi du sacristain, il traîne souvent dans l'église.

— Demain ! Je viendrai demain quand mon mari partira pour ses visites. Mon fils séjourne chez ses grands-parents. Mes parents, pas ceux de Colin.

— Alors, à demain !

*

Mathilde se rendit chez son amant le mardi comme convenu, mais aussi le mercredi et le vendredi. Ils s'enfermaient dans la chambre, tiraient les rideaux du lit et l'alcôve recueillait leurs soupirs, leurs plaintes lascives et leurs rires étouffés.

Le samedi soir, le docteur de Salignac reçut pour la première fois l'homme qui avait séduit son épouse. Les autres convives furent un peu surpris de trouver le nouveau curé de la paroisse parmi eux, mais Roland Charvaz sut les charmer et les impressionner par sa ferveur religieuse, son instruction et sa discrétion.

Il fit aussi honneur au repas plantureux ainsi qu'au vin de Bordeaux, sans paraître s'offusquer des plaisanteries grivoises que proférait le maître des lieux quand il était éméché.

— Décidément, notre nouveau curé me plaît, déclara le médecin à Mathilde, après le départ de leurs invités.

Sa femme approuva d'un signe de tête comme si elle avait des restrictions à faire au sujet du prêtre. Colin haussa les épaules, de trop bonne humeur pour s'en soucier.

— Tu étais en beauté, ce soir, très en beauté, lui souffla-t-il à l'oreille. Allons vite nous coucher, ma chérie.

L'allusion était claire et habituelle. Le docteur prit son plaisir, dans la chambre obscure où flottait un parfum entêtant de violette. Il s'endormit aussitôt sa besogne accomplie. Mathilde soupira, attristée. Elle ne pourrait pas retrouver Roland avant lundi.

*

Angoulême, mardi 7 août 1849

Les rues de L'Houmeau étaient déjà très animées en ce matin du mois d'août. Gabariers et rouliers se pressaient en direction des quais, le centre prospère du quartier situé au bord de la Charente. Les eaux vertes du fleuve miroitaient si lentement au soleil qu'elles paraissaient immobiles.

Annie Meunier avançait péniblement, à contre-courant de cette marée humaine. Un charretier qui dut l'éviter la gratifia d'un juron auquel elle ne daigna pas répondre.

Elle devait rejoindre au plus vite le relais de poste, au cœur du faubourg. Il faisait déjà chaud et elle s'arrêta un moment pour s'éponger le front avant de reprendre à la hâte son chemin.

C'était une femme de forte corpulence qui n'aimait guère la marche, mais il n'était pas question pour elle de manquer le départ de la malle-poste. Son fils Ernest lui avait conseillé ce moyen de transport, assez onéreux, mais plus confortable que la patache.

— Au diable l'avarice ! lui avait-il dit. Je serai plus rassuré de te savoir bien installée. Et, puisque tu vas avoir une place convenablement payée, autant voyager à ton aise.

Le clocher de l'église Saint-Jacques se mit à sonner, ce qui fit sourire Annie Meunier :

— Eh ! murmura-t-elle. Je n'ai pas fini d'entendre les cloches, là où je vais !

Son cabas et sa valise lui semblaient de plus en plus lourds. Souvent, elle les changeait de bras en soufflant, mais elle arriva enfin devant le relais.

Un cocher lui indiqua la voiture qui partait en direction du Montbronnais. Elle confia sa valise au postillon, un adolescent chargé de ranger les bagages dans le coffre arrière destiné à cet usage.

Annie se hissa péniblement à l'intérieur de la voiture. Il y avait déjà trois autres voyageurs, une élégante personne et ses deux garçons, qui la dévisagèrent avec curiosité.

— Venez à côté de moi, les enfants, laissez de la place, enfin, dit aussitôt la jeune femme.

Les efforts de cette grosse dame rouge et en sueur pour prendre ses aises avaient quelque chose de cocasse. Ils gloussèrent, tandis que leur mère les foudroyait d'un regard réprobateur.

Annie n'y prêta pas attention. Elle était rassurée et le reste avait peu d'importance. Maintenant qu'elle avait pris place dans la malle-poste, elle n'avait plus qu'à se laisser conduire. Elle resserra contre elle son ample robe et son cabas.

Les deux garnements se tinrent tranquilles un moment, admirant les quatre chevaux. Ils détaillaient aussi la livrée du postillon, une veste courte de drap bleu et rouge avec parement, un filet de drap rouge lui aussi avec bouton de métal, une culotte de peau jaune et un chapeau haut de forme.

Mais le calme fut de courte durée. Ils se mirent à échanger des grimaces, à se pincer mutuellement. « Il y a des coups de pied au derrière qui se perdent ! pensa Annie. Mon Ernest avait de meilleures manières, au même âge. Pardi ! je l'ai bien élevé, sa sœur aussi. »

Dans sa rue, on l'appelait la veuve Meunier. Elle approchait de la soixantaine, mais ne l'avouait pas volontiers. Ainsi, elle avait déclaré à la personne qui l'avait engagée qu'elle n'avait que cinquante-deux ans. « Pourquoi ne pas prendre la liberté de se rajeunir un peu, quand il s'agit de gagner son pain ? » se dit-elle, impatiente de quitter la ville où la chaleur continuait de monter.

Après son veuvage, Annie Meunier s'était retrouvée sans le sou, son époux ayant dilapidé leur modeste fortune. Elle était contrainte depuis des années à travailler comme bonne à tout faire. C'était en partie de la fierté, afin de ne pas dépendre de ses enfants. Pourtant, cette fois, elle se réjouissait de travailler à la campagne, dans un presbytère. « Mon Dieu, oui, ça me changera des maisons bourgeoises à trois étages de la rue de Paris et des vaisselles à n'en plus finir », avait-elle pensé, enthousiaste.

Annie devait cette aubaine à une pâtissière de son quartier qui avait vanté ses mérites à l'une de ses clientes, la sœur d'une certaine madame de Salignac.

La dame en question, l'épouse du docteur de Saint-Germain-de-Montbron, cherchait une domestique sérieuse pour le curé du village récemment arrivé au pays. Comme le lui avait dit Ernest :

— Si ça te convient, maman, vas-y. Si tu ne t'y plais pas, tu reviendras ici, chez moi. Hé ! tu ne seras pas mariée à ce curé !

Ernest n'avait pas pu l'accompagner, à son grand regret. Ancien garde mobile, il exerçait à présent le métier de tailleur. Les commandes n'attendaient pas ni les essayages. En se remémorant l'instant des adieux, la veille, Annie soupira. Elle avait ressenti un pincement au cœur en embrassant son fils à plusieurs reprises. C'était un homme mûr, mais il restait son petit et de s'éloigner de lui la contrariait.

De même, un petit détail la préoccupait. De la part d'une dame de la bonne société, ce n'était pas courant de s'enquérir d'une bonne pour un curé. L'homme d'Église n'aurait-il pas pu le faire lui-même ? Mais, après tout, ses gages seraient convenables et, comme Ernest le lui avait affirmé, elle aurait toujours sa place auprès de lui.

La lourde voiture s'ébranla enfin. Les sabots ferrés des chevaux claquaient sur les pavés. Les enfants furent captivés un instant par le départ, puis ils continuèrent leurs chamailleries sous l'œil presque indifférent de leur mère.

Annie la dévisagea avec un air lourd de reproches. Le visage ombré par un chapeau à voilette, vêtue d'une ample jupe rose assortie à un corsage de soie, la jeune femme était coquette et distinguée.

C'était une manie, chez elle, d'observer les manières des uns et des autres. Comme la plupart de ses voisines, manquant de distractions, elle était un peu cancanière.

Aux pavés succéda bientôt la terre sèche de la route de Périgueux bordée d'arbres, des platanes centenaires. Le cocher encourageait ses bêtes par des cris répétés en faisant claquer son fouet.

Par la vitre, Annie voyait défiler des champs moissonnés, des vignes et les toits ocre des villages. Le ciel était d'un bleu de dragée et le soleil poudrait d'or le vert des frondaisons. « Sans la canicule et ces vilains drôles, le voyage aurait du bon », se disait-elle.

Les deux garçons continuaient à chahuter. En le faisant exprès ou non, ils en vinrent à renverser le cabas qu'Annie avait posé à ses pieds.

— Charles ! Alphonse ! tenez-vous tranquilles ! s'égosilla leur mère. Excusez-vous immédiatement auprès de madame.

L'aîné des enfants balbutia un vague pardon, tandis que le cadet, tout émoustillé, lançait d'un air réjoui :

— On ira quand même pêcher dans le Bandiat, dis, m'man ?

— Oui, si tu me promets de ne pas faire comme la dernière fois où tu as poussé Alphonse dans l'eau ! Vous en profitez toujours lorsque votre père ne nous accompagne pas. Mais attention, nous sommes bientôt arrivés. Encore une sottise et vous serez punis.

Annie hocha la tête, l'air d'approuver, dans l'espoir d'engager la conversation. Mais la jolie femme l'ignorait. Alors, la future servante ferma les yeux, se laissant bercer par ses pensées et le roulis monotone du véhicule.

« Après tout, chez un curé, il n'y aura pas de marmaille querelleuse à calmer, pas de grands repas à préparer et pas trop de linge à laver. Oui, mon existence va prendre un tour douillet et tranquille, se disait-elle. Quand même, je suis pressée de voir à quoi il ressemble, mon futur maître... »

*

Pendant qu'Annie Meunier était en route vers son destin, le curé Roland Charvaz se rasait comme chaque matin. Après un rinçage soigneux, il étudia d'un œil sagace sa physionomie dans le miroir suspendu à un crochet.

Satisfait de l'examen, il recula avec un mince sourire, puis il alla se poster à la fenêtre. Le village semblait envahi par un grand calme, peut-être un effet de la pénible chaleur qui oppressait les gens et les bêtes. On aurait pu croire le bourg endormi par un mystérieux enchantement.

« C'est aujourd'hui qu'arrive ma servante ! se dit-il. J'espère que cette bonne femme ne sera pas trop gênante. Je n'aurais pas dû écouter Mathilde. Elle m'a débité ses arguments sans réfléchir aux conséquences. Il ne nous sera plus possible de nous retrouver seuls dans ma chambre. C'était pourtant bien commode. »

Agacé, il passa en revue les discours de sa maîtresse, sûre de son fait.

— Réfléchis, Roland ! La présence d'Annie Meunier coupera court aux éventuels ragots, avait affirmé Mathilde. Mon mari sera rassuré pour de bon, même s'il l'est déjà. Je pourrai te rendre visite sans crainte, puisqu'il y aura ta servante à demeure.

— Oui, je suis d'accord, mais nous n'irons plus batifoler dans l'alcôve, ma chérie, sinon elle aura vite la puce à l'oreille.

— Nous trouverons un moyen de nous éloigner. Et puis, une domestique n'a pas à se mêler de la vie de son maître ou de sa patronne. Suzanne l'a bien compris, crois-moi. Je m'en suis fait une alliée grâce à de petits cadeaux de temps en temps.

Ils avaient réussi à duper tout le monde, le docteur de Salignac le premier, le sacristain en second. Mathilde venait au presbytère à l'heure où Alcide Ménard sacrifiait à la sieste dans son modeste logement à la sortie du bourg, un moment qui correspondait au départ du médecin pour ses visites dans la campagne.

« Oui, la situation me convenait. Alors, pourquoi une servante ? se dit-il encore. Enfin, faisons confiance à ma douce amie. Le plus important, c'est d'être à l'abri des soupçons, puisque je succède au curé Bissette. Quand j'écoute Mathilde, il me semble qu'il n'était pas très rusé. Elle lui autorisait des familiarités ; aussitôt, la rumeur publique a conclu à l'adultère. »

Nerveux, il s'interrogea. Sa maîtresse était-elle sincère, lorsqu'elle affirmait en jurant qu'elle n'avait pas couché avec son prédécesseur ?

— Me donner à Bissette ? s'était-elle indignée. Je ne l'aimais pas ! Il m'apitoyait, à rouler des yeux de merlan frit dès que je le croisais. Nous l'invitions, mes amies de Marthon et moi, à boire le thé ou pique-niquer, mais aucune ne le laissait franchir certaines limites.

Roland était bien obligé de la croire sur parole, comme de céder à ses caprices en engageant une servante. « Si ça trompe les gens, tant mieux ! Je tiens à rester longtemps à Saint-Germain. Je suis bien logé, bien vu des notables et adoré par la plus jolie dame du pays », se rengorgea-t-il.

Depuis qu'il avait terminé ses études chez les Jésuites, au séminaire de Chambéry, en Savoie, le curé Charvaz avait trop souvent changé de paroisse.

Il se remémora brièvement son parcours en dents de scie. On l'avait envoyé comme vicaire à Semur, d'où il était parti après quinze mois en raison de sa conduite assez légère, en contravention de ses vœux religieux. « Est-ce un grand mal, de se montrer aimable à l'égard de mes pénitentes ? ironisa-t-il. Pourquoi ne pas porter la soutane pour s'assurer une existence confortable ? »

On l'avait ensuite nommé à Charolles, toujours en Saône-et-Loire. Là aussi, sa relation avec une certaine madame Callières avait causé un scandale. Au souvenir de cette femme, il sentit son cœur se serrer. Malgré sa liaison avec Mathilde, elle lui manquait, car elle était douce, affectueuse et intelligente. Pour atténuer la douleur de la séparation, ils correspondaient, échangeant de nombreuses missives pleines de mots à double sens dont eux seuls pouvaient tirer une consolation.

Enfin, Charvaz se revit de retour à Saint-Sulpice, demandant bien en vain d'être envoyé dans une nouvelle paroisse. Après des manifestations de repentir pathétiques, il avait pu enfin obtenir une place à Angoulême où il lui avait paru judicieux d'exercer sérieusement son sacerdoce. Ce que voyant, l'évêque s'était décidé à lui confier les paroissiens de Saint-Germain-de-Montbron, où la belle épouse du docteur de Salignac avait tout de suite réveillé ses instincts de conquêtes féminines, son besoin d'être aimé et d'aimer.

*

De son côté, Mathilde tournait en rond dans le salon, à la fois impatiente et inquiète. Elle portait une robe en linon blanc très légère au décolleté audacieux que pouvait justifier la chaleur étouffante. Du seuil de la pièce, Suzanne lui fit signe.

— Je rappelle à madame que monsieur veut déjeuner de bonne heure. J'pourrais faire une omelette au persil et une salade de tomates.

— Fais donc à ton idée ! rétorqua la jeune femme. Moi, je n'ai pas faim. Je déjeunerai plus tard, quand mon mari sera parti.

La bonne recula, accoutumée aux mouvements d'humeur de sa patronne. « Ces derniers jours, madame passe du rire aux larmes. Soit elle picore, soit elle dévore, pensa-t-elle en regagnant la cuisine. Avec ces chaleurs, aussi, il y a de quoi être chamboulée. »

Dès qu'elle fut à nouveau seule, Mathilde s'accouda à l'appui d'une fenêtre. Son regard chercha le toit du presbytère, dominé par le clocher de l'église. Que faisait son amant, son cher et fascinant amant ?

« Roland, si je pouvais courir vers toi... me donner à toi ! » Elle ferma les yeux pour évoquer leurs étreintes rapides, hâtives même, mais tellement passionnées. Elle vivait en suspens tant qu'il ne la serrait pas contre lui, ardent et fiévreux.

Certes, il ne ressemblait guère aux héros des épopées chevaleresques qu'elle lisait dans son adolescence, mais quel feu dans ses yeux clairs, quelle suavité dans sa voix lorsqu'il citait le péché de chair comme le plus petit, le plus excusable, avant de lui mordiller le cou !

Le clocher sonna onze coups. Tirée de sa rêverie, Mathilde se précipita dans le vestibule en criant :

— Suzanne !

— Oui, madame.

— Va donc au presbytère voir si cette veuve Meunier est arrivée. C'est aujourd'hui que nous l'attendons.

La domestique poussa un soupir. Les mains grasses, car elle bardait de lard un rôti en prévision du dîner, elle n'avait aucune envie de laisser son travail pour si peu.

— Ce n'est pas encore l'heure, madame. La malle-poste s'arrête à la Brande dans une heure, vers midi. Ensuite, depuis le relais, il faudra une dizaine de minutes à cette femme pour atteindre le village.

— Tu pourrais aller à sa rencontre.

— C'est que j'ai mes œufs à battre et le persil à cueillir. Saint-Germain n'est point si grand, pour qu'elle s'y perde. Elle trouvera bien le chemin de l'église.

— Mais elle ne doit pas se rendre directement au presbytère. Dans ma lettre, je lui ai demandé de frapper d'abord chez le docteur de Salignac. Comme ça, je l'accompagnerai pour lui présenter le curé. J'espère qu'elle lui conviendra ! Le père Roland m'a prié de choisir une personne d'un certain âge et très convenable.

— La dame Meunier fera sûrement l'affaire, affirma Suzanne. Vous lui avez rendu visite à Angoulême ; elle vous a fait quelle impression ?

— Une excellente impression.

Mathilde eut un sourire en coin.

« Il n'y a pas de danger que Roland me trompe avec la veuve Meunier ! songea-t-elle non sans malice. Il aura une servante énorme, qui paraît proche de la soixantaine et qui n'a rien de séduisant. »

*

Annie transpirait à grosses gouttes. La chaleur devenait insupportable. La malle-poste cahotait toujours sur le large chemin blanc, à travers la campagne charentaise.

La lourde voiture s'arrêta enfin à l'auberge de Marthon qui servait de relais. La veuve avait eu le temps d'apercevoir la haute silhouette d'un donjon massif, des demeures pittoresques, le ruban argenté d'une rivière, une église au clocher trapu. Ce village lui plaisait. La région lui parut accueillante. « Finalement, j'ai de la chance ! J'espère que Saint-Germain est aussi agréable ! » pensa-t-elle avec satisfaction.

La jeune élégante et ses garnements de fils descendirent. Annie ne put s'empêcher de pousser un soupir de soulagement. Un homme à l'aspect strict monta à son tour. « Avec lui, au moins, je serai tranquille », se dit-elle.

Correctement vêtu, il paraissait très intéressé par le paysage. Souvent, il grattait son collier de barbe et soupirait, comme en proie à de graves réflexions. Annie le trouva intimidant. C'était peut-être un fonctionnaire ou un clerc de notaire. Elle l'examina sans gêne. Il dut percevoir ce regard, car il se retourna et la dévisagea.

— Alors, ma brave dame ! s'écria-t-il. Où êtes-vous partie comme ça ?

— Je vais à Saint-Germain-de-Montbron. J'ai une place de servante chez le curé. Attendez voir, Charvaz, qu'il s'appelle.

L'homme leva les bras au ciel, amusé.

— Quel hasard ! Nous allons être voisins. Je suis monsieur Dancourt, l'instituteur du bourg. J'aurais pu faire le chemin de Marthon à Saint-Germain à pied, mais autant profiter de la malle-poste, puisque c'est son heure de passage. Il fait si chaud ! Eh bien, une fois arrivés au relais de coche de La Brande, nous monterons au village ensemble.

Annie ouvrit des yeux effarés.

— Faut-il marcher longtemps ? demanda-t-elle avec un brin d'inquiétude dans la voix.

— Mais non, rassurez-vous, le presbytère est à trois cents mètres à peine de la Brande ! J'ignorais que le père Charvaz cherchait une domestique. Le presbytère a besoin d'entretien, sans doute.

« Ouf ! Pas de longue marche par cette chaleur ! C'est toujours ça de gagné », se réjouit-elle.

La malle-poste quittait Marthon, laissant sur la droite un grand édifice trapu.

— Y a pas à dire, certains doivent avoir de l'argent, par ici, s'exclama Annie, surprise.

— Oui, commenta l'instituteur, heureux de faire profiter la future servante de son savoir. C'est le château de la Couronne, il était jadis destiné à recevoir les invités des chasses à courre. Et il y a une autre belle demeure seigneuriale, le Château neuf, construit par Hubert de La Rochefoucauld.

— Vous êtes savant, dites ! Et moi, je suis bien bête ! Je ne m'attendais pas à voir de pareilles constructions à la campagne, seulement en ville. Je suis angoumoisine, du quartier de L'Houmeau.

— Je vous accorde qu'on peut admirer de très beaux édifices, à Angoulême, comme l'ancien château des Valois ou la cathédrale Saint-Pierre, renchérit Dancourt.

— Eh oui ! approuva la veuve. Je connais tout ça, pensez donc !

Des maisons bordaient la route, qui ne tarda pas à grimper. Les chevaux peinèrent, malgré les encouragements du cocher. Enfin, la côte fut vaincue.

— Nous ne sommes plus très loin, précisa Dancourt. Vous verrez, madame…

— Annie Meunier.

— Je vous disais, madame Meunier, que notre village est fort plaisant. Des vignes, des prés, des champs, des sources et du grand air.

— Et le curé, comment est-il ?

Elle ne vit pas l'instituteur faire la moue. Il prit son temps pour répondre sur un ton où perçait une certaine gêne.

— Je ne le connais pas bien. Bonjour, bonsoir… Vous en saurez plus que moi bientôt. Je dois dire quand même qu'il est bon prédicateur.

Ce furent les seuls mots qu'ils échangèrent au sujet du religieux.

Sous la lumière éblouissante de midi, la voiture et les quatre chevaux continuèrent à avancer. Le cocher les fit bientôt s'arrêter.

— La Brande !

Annie empoigna son cabas. Dancourt ouvrit la portière et aida sa compagne de voyage à descendre. Le postillon sortit la valise du coffre.

— Elle pèse, monsieur, bougonna le garçon.

Galant homme, l'instituteur s'empara du bagage. Il estimait normal de le porter jusqu'au bourg.

— Le soleil tape dur. À la prochaine ! ricana le cocher en faisant claquer son fouet.

Les deux silhouettes dissemblables, en marchant côte à côte, se détachaient nettement sur le décor bucolique que composaient les chaumes dorés et le vert des prairies ombragées.

— Si je vous disais, ma brave dame, déclara Dancourt, qu'en ces lieux, il y a plus de cent ans, s'est déroulée une terrible tragédie, un duel aux conséquences tragiques.

— Un duel ? s'étonna la veuve Meunier que chaque pas mettait au supplice.

— C'est ici, devant le logis de La Brande, le 27 mars 1727, que l'affaire a eu lieu. Quand je parle de duel, il serait plus exact de dire assassinat ! En effet, lors d'un duel, les deux adversaires conviennent de lutter devant témoins à armes égales.

— Ah, il me semble bien, oui, mais je n'en ai jamais vu, monsieur. Dites, je ferais bien une petite pause, à l'ombre sous cet arbre.

Annie s'immobilisa brusquement, déjà essoufflée. Alliée à son âge, sa forte corpulence la gênait dès qu'il s'agissait de se déplacer, surtout en pleine chaleur.

— Si vous voulez, madame, concéda-t-il, compatissant.

Heureux de trouver une oreille complaisante, il reprit le fil de son récit.

— Je vous parlais de ce duel. Il s'agissait donc de François de Viaud, sieur de Cherbonnière, et de Claude Roux, un juge de Pranzac. Les Viaud étaient des nobles de très vieille souche, orgueilleux et célèbres dans le pays pour leurs nombreux actes de violence. Quant à la famille Roux, elle appartenait à la bourgeoisie de robe. Le juge était un homme très apprécié, honnête, intelligent et rigoureux. D'ailleurs, on disait souvent, paraît-il : « Raide comme la justice de Pranzac ! »

— Eh bé ! Rien que ça ! s'écria Annie, trop contente de se reposer et prête à écouter bien d'autres histoires si cela lui permettait de flâner en route.

— Donc, le sieur de Viaud avait provoqué Claude Roux en duel, reprit l'instituteur, mais le magistrat refusa de se battre sans raison valable et il s'enfuit à travers bois. Il fut poursuivi par François de Viaud, qui le rattrapa au Clos Brunet. Le juge s'opposait toujours à l'idée de croiser l'épée, mais l'autre, furieux, hurlait qu'il allait le pourfendre.

— Le pourfendre ! Seigneur, en voilà, un drôle de mot !

— Je l'admets, il n'est plus guère employé, mais laissez-moi terminer. Le malheureux juge a tenté de venir se réfugier chez son ami, monsieur Bonin, sieur de La Grange, à La Brande, derrière nous. Mais François de Viaud, l'épée à la main, le prit en chasse. Ce pauvre Claude Roux arriva sur ce chemin au grand galop en appelant : « Au secours, monsieur de La Grange, je suis mort ! »

Impressionnée, car l'instituteur était bon conteur, la veuve Meunier balbutia :

— Et alors ?

— Alors, frappé au ventre, le juge est tombé de son cheval pour agoniser sur le sol, là, tout près du pigeonnier. François de Viaud essuya son épée ensanglantée à son justaucorps et la remit au fourreau avant de s'en aller à bride abattue vers Chazelles. Claude Roux est mort presque aussitôt ; le chirurgien venu à son chevet n'a rien pu faire. Il avait cependant eu le temps de dire qui était son agresseur, Cherbonnière. On enterra ce pauvre Claude Roux dans la nef de l'église de Saint-Germain afin d'honorer sa mémoire.

Annie se mit à regarder le chemin et le pigeonnier du logis de La Brande coiffé d'un toit d'ardoises. Puis ses yeux se posèrent sur les graviers du chemin, comme si on pouvait encore y voir des traces de sang. Enfin, elle hocha la tête, prise d'un frisson malgré la canicule.

— Eh bien ! monsieur l'instituteur, en voilà, une bien vilaine affaire ! J'en ai mal au cœur.

Il se mit à rire en l'aidant à se relever.

— Allons, madame, du courage ! Ce duel date de plus de cent ans. Le pays est bien tranquille, par ici, si ce n'est quelques mauvais sujets dont je ne dirai pas les noms.

— Bah ! gémit la veuve, au moins, en me plaçant chez un curé, je ne risque pas de les rencontrer, vos mauvais sujets. Ce pays, il ne me dit plus rien qui vaille, à présent. Je ne passerai plus là sans penser à ce pauvre homme qui a été saigné par un sieur de je ne sais quoi...

Dancourt haussa les épaules. Il hésita un peu avant de reprendre la valise, mais il mettait un point d'honneur à se montrer serviable, une qualité qu'il avait à cœur d'inculquer à sa poignée d'élèves.

Les premières maisons apparaissaient. Ils commencèrent à gravir le raidillon qui menait à l'église et au presbytère. De nouveau essoufflée, Annie fit halte contre un muret.

— Venez donc, ce n'est plus très loin ! Regardez, on voit le clocher de Saint-Germain. Le presbytère est presque en face, une maison à balet.

— Je ne vois point de balai, moi, à cette distance, protesta-t-elle. Et il faut m'indiquer tout d'abord la maison du docteur de Salignac. Sa dame a insisté, je dois aller chez elle en premier.

— Excusez-moi, il y a balet et balai. Ici, dans le pays, le mot désigne une construction typique avec un escalier extérieur. Vous comprendrez vite quand vous y serez. Quant au médecin et à sa dame, vous les trouverez sans peine. Ils ont une belle demeure assez proche du presbytère, édifiée sur l'ancien cimetière. Tenez, ce porche en pierre, là-bas, donne accès à leur jardin. Je vous laisse, à présent.

— Merci bien, monsieur.

La face cramoisie, la malheureuse dut reprendre sa valise. Elle éprouvait une sorte d'angoisse, si loin de son quartier de L'Houmeau et de son fils. Le récit de l'instituteur avait jeté sur son enthousiasme une note sanglante.

3

Maître et servante

Chez le docteur de Salignac, même jour, mardi 7 août 1849

Mathilde sursauta en entendant le heurtoir de bronze à tête de lion ébranler la porte principale. Certaine qu'il s'agissait de la veuve Meunier, elle alla ouvrir, devançant Suzanne, toujours lente à abandonner son travail.

— Laisse, dit-elle à la servante qui observait la grosse femme en sueur, haletante, plantée sur le perron.

— Bonjour, madame. Quelle chaleur ! Et il a fallu que je marche un bon bout de temps, avec ça, se plaignit Annie.

— Mais c'est un exercice salutaire, madame Meunier, rétorqua l'épouse du docteur sur un ton assez sec. Venez, je vous emmène au presbytère.

— Si vous aviez un verre d'eau fraîche, au moins ? J'ai tellement soif !

— Suzanne, va chercher ce qu'il faut, ma fille.

Le face à face entre la servante de Charvaz et Mathilde de Salignac fut pour chacune l'occasion de jauger l'autre.

« *Boudiou*[1] ! en voilà, une jolie bourgeoise ! Arrogante et bien moins enjôleuse qu'à Angoulême. Elle me flattait à outrance parce que j'hésitais à me placer à la campagne. On me ferait même pas entrer au frais », se disait Annie.

« Ciel, quelle allure ! pensait la jolie bourgeoise en question. On dirait un épouvantail, ainsi coiffée de ce chapeau de paille minable ! Roland va en tomber des nues. »

Suzanne apporta le verre d'eau, attendit qu'il fût vide et s'en retourna à la cuisine. Le docteur sortit à cet instant précis de son cabinet d'examen. Il eut un geste excédé en apercevant une inconnue sur le seuil.

— Si cette dame vient me consulter, Mathilde, j'en ai terminé pour aujourd'hui, gronda-t-il d'une voix rogue. Je dois déjeuner bien vite pour me rendre au logis de La Brousse. Notre ami le notaire est encore souffrant. Il a envoyé son valet au petit matin.

— Va te restaurer, Colin, j'accompagne madame Meunier chez le curé. C'est sa servante.

— Ah ! fit le docteur. J'avais oublié ce détail.

Sans ajouter un mot de bienvenue, il tourna les talons et se dirigea vers la salle à manger.

Annie Meunier allait de déception en déception. Après l'épouse hautaine, le médecin considérait son arrivée au village comme un détail. « Seigneur, j'espère que mon maître sera plus accueillant ! » songea-t-elle. Elle commençait à s'affoler.

1. Signifie « Bon Dieu ».

*

De sa fenêtre, le curé Roland Charvaz vit approcher les deux femmes, qui formaient un contraste saisissant. En robe couleur ivoire toute en dentelles et froufrous, le teint pâle, Mathilde était fine et gracieuse. En contrepartie, vêtue de gris et de noir, sa nouvelle servante au visage rouge avait une expression hébétée. Elle lui parut énorme et grotesque.

Son accoutrement lui sembla néanmoins correct. Lorsqu'il entendit frapper à sa porte, il ajusta le col de sa soutane et passa une main dans ses cheveux. Il prit l'air sérieux, vaguement songeur, qu'il imaginait convenir à la physionomie d'un honnête religieux. Enfin, il ouvrit, avec un léger sourire.

— Bonjour, monsieur le curé ! fit Annie. Dites, votre escalier, il est raide et, le chemin du relais à ici, il monte dur ! Mais j'ai eu de la chance, l'instituteur m'a aidée à porter mon bagage. Il y a aussi une caisse qui arrivera après-demain. Elle contient mon linge.

— Bonjour, mesdames, répliqua Charvaz en jetant un regard impassible à Mathilde, qui se tenait derrière la servante. Entrez vite, ma pauvre femme, et prenez un siège. Nous devons avant toute chose faire connaissance. Vous vous appelez Annie Meunier, n'est-ce pas ?

— Oui, c'est ça ! Veuve Meunier. J'ai perdu mon mari il y a quinze ans déjà, paix à son âme ! J'espère que je me plairai au pays, car, à Angoulême, je n'étais pas à plaindre. Les voisins, les voisines, le marché du samedi… et mon fils Ernest est tailleur, un bon métier. Mon gendre, le mari de ma fille Elvina, est coiffeur, lui, dans notre quartier aussi. Mais je cause, je cause… peut-être bien que madame de Salignac voudrait prendre congé.

— Non, je ne suis pas pressée, Annie. Je peux vous appeler Annie ? s'enquit Mathilde.

— Sûrement, ça ne me gêne pas.

La servante remarqua à quel point l'épouse du docteur s'était soudain faite aimable, presque familière. Elle en conclut que c'était sans doute pour jouer les humbles en présence du prêtre.

Charvaz l'avait écoutée sans broncher, assis de l'autre côté de la table. Décidément, cette grosse femme ne lui plaisait guère. Il lui trouvait le regard aigu des commères et la langue trop bien pendue. « Mathilde est là, chez moi, et je ne peux pas la culbuter sur le lit. Bon sang, dans quel pétrin nous sommes-nous fourrés ! » s'exaspéra-t-il.

Le silence se fit pesant. Annie en profita pour détailler son maître, qu'elle jugea bien jeune pour un homme d'Église. Il ressemblait plus à un solide gaillard habitué au plein air qu'à un curé ayant voué sa vie à Dieu.

— Suivez-moi, Annie, je vais vous conduire à votre chambre, proposa Mathilde. C'est la porte que vous voyez, à gauche de la cheminée. Il y a des draps dans l'armoire dont vous disposez. Je connais la maison, mon fils vient au catéchisme et j'ai dû souvent le récupérer dans le grenier où il aime se cacher. Vous devriez prendre un peu de repos, à présent. Ne vous tracassez pas pour le souper, Annie, nous invitons monsieur le curé à dîner chez nous, ce soir.

La servante fut soulagée. Elle avait besoin de s'allonger et de s'accoutumer à sa nouvelle existence. Avec un soupir, elle se laissa choir sur le lit, composé d'un sommier aux ressorts fatigués et d'un matelas peu reluisant. Une table de nuit, une armoire au bois délavé, un parquet en mauvais état, elle ne pouvait rien attendre de mieux.

*

Pendant ce temps, Charvaz haussait les épaules, de mauvaise humeur. Il n'aurait pas l'occasion de satisfaire son désir. Lorsque Mathilde revint, il n'avait pas bougé, toujours accoudé à la table. Elle lui trouva un rictus déplaisant. Elle se pencha et l'embrassa sur la bouche.

— Qu'est-ce que tu as ? interrogea-t-elle en lui parlant à l'oreille.

— Je suis contrarié, rétorqua-t-il tout bas. Tu n'aurais pas dû venir avec elle, ça me torture de ne pas pouvoir te toucher. Comment ferons-nous, maintenant ?

Exaltée par ce qu'elle considérait comme une preuve d'amour, la jeune femme voulut lui donner un autre baiser, mais il se leva brusquement.

— Je vous remercie, madame, d'avoir escorté ma servante, jeta-t-il assez fort. Et je suis au regret de décliner votre invitation.

Mathilde lui décocha un regard incrédule, affolée. Il désigna alors la porte de la pièce voisine, comme si Annie Meunier avait pu entendre leur dialogue chuchoté. Malgré sa cuisante déconvenue, elle se plia à sa volonté.

— Mon mari sera déçu, père Roland, déclama-t-elle. Jérôme viendra demain pour le catéchisme ; la bonne le conduira.

Mais, dans un élan fébrile, elle se jeta à son cou et se serra contre lui, éperdue.

— Je serai dans mon jardin, à onze heures. Colin dormira. Rejoins-moi, aie pitié ! souffla-t-elle près de sa tempe.

— D'accord, répondit-il de la même manière.

Elle le quitta, consciente de son erreur. Une servante âgée au presbytère était un gage de sécurité, mais aussi un obstacle de taille à leur passion.

*

Jardin des Salignac, le soir

Le curé commençait à perdre patience. Il était plus de vingt-trois heures et Mathilde tardait à le rejoindre. Un mince quartier de lune éclairait le jardin, en préservant cependant de larges zones d'ombre.

« Que fait-elle ? Il n'y a plus de lumière, pourtant, se dit-il. Enfin, la servante ronflait tout son saoul. Elle n'ira pas vérifier si je suis dans mon lit ! »

Il posa un œil songeur sur une des croix qui se dressaient près de la haie d'aubépine. La pierre blanche captait la faible luminosité du ciel étoilé, tel un triste rappel de la destinée humaine. « La vie est si courte, parfois ! Pourquoi se priver de ce qu'elle a de meilleur ? » médita-t-il, incapable de s'en aller, de renoncer au plaisir escompté.

Un bruit ténu attira son attention. La porte de la maison s'entrebâillait sur une silhouette féminine. Mathilde accourait, en chemise de nuit, les bras nus et les cheveux défaits. Il ne l'avait jamais vue ainsi, sans robe, sans bijou, sans coiffure retenue à grand renfort d'épingles. Elle venait à lui tel que son mari la contemplait à loisir, quand le couple se couchait.

— Ah ! tu es là, murmura-t-elle. Je croyais que tu étais reparti. Tu es tout en noir ; j'ai à peine deviné ton visage. Roland, mon amour, Jérôme s'était réveillé. Un cauchemar. J'ai dû attendre qu'il se rendorme.

Elle l'étreignit, tremblante, en quêtant un baiser, un de ses baisers d'homme dominateur qui lui faisaient perdre la tête.

— Et ton mari ?

— Je déserte souvent notre lit pour aller au chevet de notre fils. Colin ne serait même pas surpris, s'il se réveillait, de ne pas me trouver à ses côtés. Roland, je suis là et je n'ai guère de temps. Ne le gaspillons pas.

Il la plaqua contre lui, émoustillé par sa nudité voilée d'un fin tissu blanc. Ses mains solides de montagnard s'égarèrent, impérieuses. La peau de Mathilde était satinée et tiède. Il la parcourut de caresses hâtives.

— Je t'aime tant, balbutia-t-elle quand il l'allongea sur l'herbe.

Lascive, comblée, la jeune femme oublia tout ce qui aurait pu freiner son ivresse : la soutane de son amant, la présence d'Annie Meunier au presbytère, les risques encourus en se livrant à l'adultère dans le jardin familial.

Leur étreinte fut brève. Charvaz se releva et aida sa maîtresse à en faire autant.

— Rentre vite, ordonna-t-il.

— Tu reviendras demain soir ? implora-t-elle.

— Je ne peux rien te promettre. Le curé doit rester à la disposition de ses paroissiens. Si on venait me chercher et que je ne sois pas dans ma chambre, ça ferait un effet déplorable, admets-le.

— Mais il faut profiter de l'été. Les nuits sont si douces, si belles, Roland ! Déjà, tu dîneras chez nous samedi. Nous serons un peu ensemble et le repas sera délicieux. J'y veillerai.

— J'aviserai, trancha-t-il. Ce n'est pas agréable de te voir auprès de ton époux.

— Serais-tu jaloux ?

— Bien sûr ! Va donc, nous devons être prudents, tu le sais.

Un long baiser précéda la séparation. Mathilde se sauva, au bord des larmes, plus amoureuse que jamais. Charvaz la suivit des yeux, puis il s'en alla, le cœur serré. « Pourquoi n'ai-je pas le droit, moi aussi, de dormir près d'elle ? Il faudrait nous enfuir, tous les deux, gagner notre liberté. »

C'était la première fois qu'il concevait ce genre d'idées, au fil de son sacerdoce ponctué d'aventures galantes.

*

Saint-Germain, sous le toit du presbytère, dix jours plus tard, vendredi 17 août 1849

Assise à la grande table en bois sombre du presbytère, Annie Meunier épluchait des pommes de terre. La servante appréciait la fraîcheur de la pièce qu'elle venait de balayer et où l'ordre régnait, désormais.

Elle n'avait pas à se plaindre de son maître qui, de son côté, semblait satisfait de son travail, même s'il lui reprochait parfois d'être lente.

Ce matin-là, le curé était parti pour Marthon, laissant le petit Jérôme de Salignac à sa garde.

— Je suis ben contente, mon garçon, d'avoir un peu de compagnie. Je vois moins de monde qu'en ville, ici.

Penché sur son livre de catéchisme, l'enfant approuva d'un signe de tête.

— Personne ne me connaît encore, au village. Je n'ai pas souvent l'occasion de causer, ajouta-t-elle. Dis-moi, où est ta mère ? Avant-hier, elle est restée pendant ta leçon.

— Maman avait de la visite, aujourd'hui. Elle est retournée à la maison.

Le garçon adressa un regard oblique à la servante, dont la corpulence, le franc-parler et l'accent prononcé l'intimidaient. Jérôme aurait préféré jouer dehors au soleil, mais son père prônait l'obéissance et la discipline, si bien qu'il continuait à lire les pages indiquées par le curé Roland.

— Tu es sérieux, toi, nota Annie en riant. Mon Ernest était pareil, gamin. Ernest, c'est mon fils.

J'ai une fille aussi, Elvina. Ils me manquent. À Angoulême, je les voyais tous les jours.

— Oui, madame, murmura l'enfant.

— Bon, j'vais mettre le ragoût à cuire et des haricots à tremper pour demain. Mon maître n'est pas difficile. Un plat de monghettes[1] au lard ou une omelette aux herbes font son affaire.

Annie laissa filer un gros soupir en repoussant sa chaise. Elle rêvait d'une bonne sieste, en ce début d'après-midi, car il faisait encore très chaud.

— Il n'y a point trop de distractions, dans le bourg, dit-elle à mi-voix. Par chance, je peux faire la causette avec monsieur Renard, qui est bien brave.

La servante eut une pensée pleine de sympathie pour le sacristain, le seul villageois qu'elle connaissait un peu en raison de ses fréquentes visites au presbytère. Elle avait croisé une ou deux fois l'instituteur, mais monsieur Dancourt s'était contenté de la saluer d'un geste, sans engager la conversation. On le disait, pour l'instant, un peu en froid avec le curé. Elle l'avait appris par Alcide Renard, justement.

Certes, en matière de commérages, Annie n'avait pas grand-chose à se mettre sous la dent. De plus, les vieilles femmes du pays parlaient en patois et elle ne comprenait pas la moitié des phrases.

— Monsieur le curé devrait rentrer, à présent, soupira-t-elle, agacée. Et toi, petit, as-tu fini tes lectures ?

1. Haricots dans le sud de la France.

Jérôme, qui s'ennuyait, ferma son livre.

— Oui, madame. Est-ce que je peux monter au grenier ? Le curé, il m'en donne la permission.

— Fais à ta guise, mon pauvre garçon, tant que tu ne fouines pas dans ma chambre. Attends une seconde, je t'accompagne là-haut pour m'assurer qu'il n'y a pas une bêtise à faire.

Grimper une volée d'escaliers ne l'enchantait pas. Cependant, elle se méfiait. Un galopin de cet âge pouvait ouvrir une lucarne, se pencher et tomber, ou encore se salir.

— Je passe devant ; toi, tu me suis ! indiqua-t-elle.

Essoufflée, elle se campa à l'entrée du grenier. D'un œil suspicieux, elle examina l'état du plancher poussiéreux, mais ne vit rien de dangereux. Des noix de l'année précédente étaient étalées sur un drap usagé.

— À quoi tu t'amuseras ? lui demanda-t-elle.

— J'ai des billes dans ma poche ; je les ferai rouler par terre.

— Hum… c'est défendu d'approcher la lucarne. Compris ? Je redescends, sois sage, surtout. Je ne veux point d'histoire avec ta mère.

L'enfant promit dans un murmure presque inaudible. Dès qu'il fut seul, le regard pétillant de malice, il trottina vers le mur opposé à la porte et s'agenouilla à un endroit précis, où il avait repéré une planche trouée. C'était une fente suffisante pour observer la pièce située en dessous, la chambre du curé Charvaz.

*

Annie sortait des assiettes du buffet lorsque son regard fut attiré par une bouteille de vin cuit déjà entamée.

« Hé ! je ne l'ai pas vue, hier soir, se dit-elle, tout de suite tentée. Bah, je peux bien en boire un petit verre, ça ne fera pas crouler la maison ! »

Elle se servit et fit claquer sa langue ; le breuvage était de qualité, mais trop sucré à son goût. Vite, elle effaça les traces de sa dégustation tout en s'interrogeant sur la provenance de la bouteille.

— D'ordinaire, monsieur le curé boit de la piquette et moi aussi, hélas ! bougonna-t-elle.

Un joyeux éclat de rire provenant de la rue la figea sur place. C'était sûrement madame de Salignac. En marchant avec précaution, la servante alla se poster à la fenêtre. Le prêtre de Saint-Germain et l'épouse du docteur discutaient à quelques mètres du presbytère.

La jeune femme faisait tournoyer son ombrelle d'une main, en apparence fort intéressée par le discours du père Roland, dont la chevelure noire luisait au soleil.

« Qu'est-ce qu'ils se racontent ? Ils ont l'air de bien s'entendre, en tout cas », se dit Annie, intriguée.

Soudain, ils se dirigèrent vers l'escalier, tout en poursuivant leur conversation. Elle recula et alla jusqu'à l'évier, creusé dans le mur. Un rebord en surplomb servait à caser un seau d'eau. « Flûte ! faudra que j'aille au puits, ce tantôt ! » déplora-t-elle en voyant le récipient à moitié rempli.

Mathilde entra la première dans le presbytère, les joues roses et un sourire rêveur sur les lèvres.

— Où est mon fils ? demanda-t-elle.

— Il est allé jouer dans le grenier, madame, répliqua Annie d'un ton sec. Le pauvre gosse trouvait le temps long.

— Mais il fallait le lui interdire, protesta le curé avec un regard courroucé à sa domestique.

Une galopade retentit à l'étage. Jérôme descendait en courant. Il se précipita vers sa mère, qu'il cajola.

— Vraiment, Annie, vous agissez en dépit du bon sens, s'emporta Charvaz. Je défends à mes élèves de quitter la pièce où nous sommes et Jérôme le sait.

— Mais le petit prétendait qu'il avait votre permission ! Faudrait savoir ! Et dites, ce n'est pas mon élève ! Je ne suis pas payée pour garder un gamin de huit ans, rétorqua-t-elle, vexée d'être ainsi réprimandée. Vous pouviez aller à Marthon demain.

Sidéré, il la regarda avec mépris. Jusqu'à maintenant, il s'était accommodé de sa paresse évidente et de sa silhouette difforme, mais, tout à coup, elle le répugnait et l'exaspérait.

— Les rôles sont inversés, dirait-on, ironisa-t-il. Depuis quand une servante ose-t-elle faire des reproches à son maître ? Vous êtes témoin, madame de Salignac ! Votre bonne a-t-elle coutume de vous critiquer ?

— Suzanne sait rester à sa place, croyez-moi, répondit Mathilde. Je vous laisse régler le problème, père Roland. Mon mari doit nous attendre pour déjeuner. N'oubliez pas, samedi soir, il y aura du gigot d'agneau et de la tarte aux pommes.

Sur ces mots prometteurs, elle sortit en tenant son fils par l'épaule.

*

Chez le docteur de Salignac, samedi 18 août 1849

Après un véritable festin, les invités des Salignac venaient de s'installer au salon pour la traditionnelle partie de loto. En robe noire et tablier blanc, une coiffe neuve sur ses cheveux tirés en arrière, Suzanne préparait le plateau réservé aux liqueurs, le régal de ces dames, et au cognac destiné aux messieurs.

« Ils ont la vie belle, les notables ! ronchonnait la bonne en son for intérieur. Avec ça, je vais encore me coucher à minuit. »

Elle jeta un regard rancunier sur les invités. Le maire débitait des plaisanteries à l'oreille de sa femme, une brune aux yeux verts sujette à l'embonpoint ; Colin de Salignac, de son côté, allumait un cigare, confortablement assis dans un large fauteuil. Fait assez rare, l'instituteur, Jean Dancourt, avait accepté de participer à la soirée, mais seul.

« Pardi, il la tient à l'écart, sa jeune épouse, et il fait bien, songea la domestique. On en entend des vertes et des pas mûres, ici, quand monsieur a trop bu ! Mais ça n'a pas l'air d'embarrasser le curé, pourtant, un homme d'Église. »

Mathilde se creusait moins la cervelle. Radieuse, sa chair nacrée par la lumière des lampes à pétrole, elle distribuait les cartons du jeu. En parfaite maîtresse de maison, elle s'inquiétait de chacun et distribuait des sourires exquis, ses petites dents blanches faisant concurrence à son collier de perles. Elle portait une robe au décolleté en pointe qui dévoilait le charmant sillon niché entre ses seins. Avec l'accord de son mari, elle avait dédaigné le triangle de dentelle dont elle cachait habituellement sa poitrine.

« Diablesse ! se disait Roland Charvaz, fasciné. Je ne dois pas être le premier qu'elle capture dans ses filets ! Elle prétend le contraire, mais comment en avoir la preuve ? »

Il pensa au père Bissette, confronté à une aussi séduisante pénitente, et finit par le plaindre. « Mathilde m'a juré qu'elle n'avait pas cédé à ses avances. Il devait se consumer de désir, le malheureux ! Ah, le sort d'un prêtre n'est pas enviable, sauf si on s'arrange avec sa conscience. »

Dancourt, qui avait pris place en face du curé, étudiait sa physionomie en suivant la moindre de ses mimiques. Il s'était décidé à dîner chez le docteur dans l'unique but de cerner une bonne fois pour toutes la personnalité de Roland Charvaz. Selon l'instituteur, l'homme était habile comédien, capable de duper son monde. Il s'appuyait notamment sur l'opinion de sa femme, Mariette, fervente catholique et qui assistait à la messe.

— Quand je me suis confessée, avait-elle rapporté à son mari, le curé m'a posé d'étranges questions. Il m'a demandé aussi pourquoi tu ne suivais pas les offices religieux. Quand je lui ai expliqué ta tendance à l'athéisme, il m'a dit que j'étais en état de péché, à vivre ainsi auprès d'un mécréant.

— En quoi cela le concerne-t-il ? s'était écrié Dancourt, furieux. Je voudrais bien savoir qui est le plus mécréant des deux, moi ou ce type avec ses yeux de fauve et son faciès de bandit ! Je me méfie de lui, malgré sa soutane et ses manières doucereuses.

La discussion entre lui et sa femme datait de quatre jours et depuis l'instituteur ruminait une rage froide. Aussi décochait-il à Charvaz, occupé à siroter un bon cognac, des œillades glaciales.

— Commençons, mes chers amis ! déclara le médecin. Mathilde, à toi l'honneur. Pioche, ma chère.

La partie ne demandait guère de concentration, ce qui autorisait des plaisanteries ou le récit de quelque anecdote. Colin de Salignac était le plus en verve, le sang échauffé par la viande d'agneau et le vin de Médoc dont il avait abusé.

— Hier soir, vendredi, je me trouve au chevet d'une jeune fermière qui accouchait de son premier enfant, déclara-t-il sur un ton malicieux, en oubliant de prendre un pion. Il y avait là son mari, la belle-mère et la grand-mère. Pendant que la parturiente poussait des cris à glacer le sang, tous ces gens plumaient des volailles. Oui, ils la laissaient s'agiter et se tordre, sans songer à lui donner du réconfort ni à chauffer de l'eau. Bon sang, j'y ai mis bon ordre ; je les ai traités de crétins. Une chance que je parle un peu leur fichu patois !

— La naissance s'est-elle bien déroulée ? demanda Joséphine, l'épouse du maire.

— Oui, j'ai sorti un gros poupon de cinq kilos, mais la mère était déchirée, elle n'est pas prête de satisfaire son idiot de bonhomme.

Mathilde battit des cils, la mine offusquée.

— Colin, tu deviens grossier, là ! N'est-ce pas, père Roland ? Nous n'avons pas besoin de pareils détails.

— Nous sommes des adultes. Tant qu'il n'y a pas d'oreilles chastes qui pourraient en être choquées, monsieur de Salignac est libre de s'exprimer à sa façon.

— Vous ne vous comptez donc pas parmi les oreilles chastes, monsieur le curé, persifla Dancourt, trop content de l'occasion.

Charvaz eut un fin sourire en fixant l'instituteur dans les yeux.

— Ne jouons pas sur les mots, monsieur Dancourt. Je faisais allusion aux enfants. Un prêtre, bien souvent, n'est pas tenu à l'écart des bassesses humaines. C'est même son devoir de connaître la vie ordinaire de ses fidèles paroissiens afin de pouvoir les guider.

— Ah, évidemment, quitte à sermonner dans le confessionnal les femmes dont le mari manque de religion.

— Cher monsieur, vous instruisez et éduquez vos élèves, je veille au salut des âmes de mes brebis.

— Oui, en vouant le bélier au purgatoire ! rétorqua Dancourt, furibond.

La querelle risquait de s'envenimer. Mathilde s'empressa d'intervenir d'une voix paisible, mais ferme.

— Messieurs, je vous en prie, calmez-vous. Ce n'est ni le lieu ni le moment pour une dispute. Allons, continuons à jouer, j'ai presque rempli mon carton.

— Je suis d'accord avec ma charmante femme, renchérit le docteur. Nous sommes entre gens d'aimable compagnie. Pitié, ne gâchez pas ma digestion !

Il partit d'un grand rire, tapa sur la table de jeu et prit le maire à témoin.

— N'est-ce pas, mon cher Arnaud ? Pourquoi subir l'éternel conflit entre la science et l'Église ? Les curés et les maîtres d'école ne font jamais bon ménage. Restons-en là, mes amis.

— Volontiers, monsieur, répondit Roland Charvaz d'un air serein.

— Ce serait plus poli, en effet, concéda le maire. Joséphine n'a rien dit, mais je la devine froissée, surtout en raison des propos assez crus de notre hôte.

L'épouse approuva d'un signe de tête. Elle avait deux enfants et, à l'instar de la jeune fermière, elle avait souffert d'une incommodité pénible après ses dernières couches.

— Te voilà rappelé à l'ordre, Colin, fanfaronna Mathilde. Épargne-nous tes expériences de médecin. Et vous, monsieur Dancourt, vous avez taquiné notre curé. Ce n'est pas gentil.

Elle débitait ses reproches d'une voix mélodieuse, presque enfantine.

— Le père Roland se montre tolérant et c'est un excellent enseignant comme vous. Jérôme m'a récité une page d'histoire sainte par cœur.

— Eh bien, chère madame, répliqua l'instituteur, à la prochaine rentrée, envoyez votre fils sur les bancs de l'école publique. Autant respecter les efforts de François Guizot[1], qui s'était appliqué à faire passer la loi du 28 juin 1833, instaurant l'école primaire obligatoire pour les garçons dans les communes de plus de cinq cents habitants, ce qui est le cas à Saint-Germain.

— Mais nous comptions le faire, Dancourt, aboya le docteur, irrité. Ensuite, ce sera le collège à Angoulême, l'internat. Bien, à présent, où en étions-nous de la partie ?

— J'ai gagné la première manche, annonça Mathilde.

Roland Charvaz retint un soupir. Il s'ennuyait un peu et, afin de se divertir, il se remémora son plus récent rendez-vous avec sa maîtresse. « Voyons, hier matin, pendant que ma servante gardait le petit, nous avons pu batifoler dans la cahute du bûcheron mort l'an dernier. Mais ça manque de confort ; il faudrait au moins une couverture... Vraiment, Mathilde a des jambes superbes. Et des bas de soie si doux ! » se remémora-t-il. L'évocation

1. Ministre de l'Instruction publique en 1830.

de leur étreinte de la veille lui conféra une expression rêveuse, proche du recueillement.

Se sentant observé, il cligna les paupières et feignit de marmonner quelque chose du bout des lèvres. Enfin, il toucha d'un geste fervent le chapelet qui lui ceignait la taille.

Toujours sur le qui-vive, l'instituteur en fut ébranlé. « Il paraissait prier ! se dit-il. Pas étonnant s'il vient ici faire de meilleurs repas et se distraire ! Je dois me tromper, sa vocation semble solide, sa foi, évidente. »

Embarrassé d'avoir provoqué un début d'esclandre, il se leva brusquement.

— Excusez-moi, mesdames, messieurs, je préfère prendre congé. Et je suis navré d'avoir été un fauteur de troubles, ce soir. Monsieur le curé, je vous demande pardon.

— L'incident est oublié, mon ami, susurra Charvaz.

Dancourt parti, l'ambiance fut plus détendue. Les trois hommes présents se mirent à parler politique, agriculture et chasse. Mathilde et Joséphine Foucher causèrent chiffons et fanfreluches, tandis que Suzanne terminait la vaisselle en cuisine.

Soudain, comme pris d'une inspiration, le médecin pointa l'index en direction de Charvaz.

— Au fait, père Roland, êtes-vous satisfait de votre servante ? Je l'ai croisée hier près du lavoir. Mon épouse vous a joué un vilain tour. Elle aurait pu vous la choisir plus jeune et plus avenante !

Sa question le fit rire jusqu'aux larmes, sous l'œil perplexe du maire, moins porté aux blagues égrillardes.

— Annie Meunier est une veuve respectable et je n'ai pas à m'en plaindre, affirma le curé. Madame de Salignac a toute ma gratitude, elle m'a rendu un fier service en dénichant une domestique exemplaire.

— Dieu soit loué, dans ce cas ! lança le médecin avec un clin d'œil exagéré à l'adresse de sa femme.

Colin de Salignac s'estimait comblé, ce soir-là, après un repas copieux bien arrosé que suivait une partie de loto mouvementée. Il prisait la présence du prêtre, qu'il jugeait d'esprit large, point trop sentencieux ni trop soucieux de le remettre sur le droit chemin quand il dépassait les limites de la bienséance.

— Je compte sur vous samedi prochain, père Roland, ajouta-t-il, toujours rieur. Cette fois, nous nous passerons de monsieur Dancourt.

Mathilde eut un frisson de joie. Son amant savait berner les esprits les plus retors, y compris les époux jaloux. « Je l'aime. Comme je l'aime ! pensa-t-elle. Mais quel dommage ! C'est demain dimanche ! Je ne le verrai qu'à la messe. »

*

Le mois d'août touchait à sa fin. Les matinées se faisaient plus fraîches et le ciel se chargeait souvent de nuages d'un gris délicat, d'où s'échappaient parfois quelques averses. Mais la belle campagne vallonnée du Montbronnais redevenait tiède et sereine dès que les brumes matinales se dissipaient.

Le bourg de Saint-Germain, entouré de jardins potagers et de vignes, se préparait pour les vendanges. Il était de tradition de faire son vin de l'année dont on dégustait un peu de la cuvée nouvelle, aigrelette et piquante, avec les châtaignes juste tombées. L'automne viendrait vite ; on ramassait du bois mort ; les fagots serviraient tout l'hiver à allumer les feux de cheminée. On allait en forêt chercher des champignons, des cèpes ou des girolles qui, mis en conserve, agrémenteraient les plats de fête.

Entre deux corvées, Annie Meunier passait du temps à la fenêtre du presbytère, égayée par le va-et-vient des villageois. Elle guettait notamment les apparitions du sacristain, qui entrait et sortait de l'église plusieurs fois par jour.

« Le brave homme tient à porter mon seau d'eau ; je ne vais pas le décevoir ! » se disait-elle avec malice.

La servante allait donc au puits quand Alcide Renard pouvait la croiser au retour, sa charge à bout de bras. Aussitôt, il se précipitait.

Il en fut de même le premier matin de septembre. Annie vit le brave homme se ruer vers elle.

— Donnez, m'dame Annie ! Ça pèse, j'vous le porte.

Elle remercia en hochant la tête et en respirant bien fort comme si elle était à bout de force. Chemin faisant, ils bavardèrent et leur sujet de prédilection, comme bien souvent, fut le curé, dont l'humeur en dents de scie les tracassait.

— Le père Charvaz marche beaucoup, dites, fit remarquer le sacristain. Il prétend que ça l'aide à préparer ses sermons. Paraît qu'il va jusqu'à Marthon ou qu'il se promène dans les bois.

— Je le sais bien, j'ai dû raccommoder sa soutane, l'autre soir ; l'ourlet était déchiré. Je lui ai conseillé de prendre un bâton pour écarter les ronces, quand il se balade, mais ça ne lui a pas plu. Il est souvent de mauvais poil, ces temps-ci.

— C'est ben vrai, ça. Dimanche dernier, il m'a reproché d'avoir mal gratté les chandeliers de l'autel. Pourtant, ils reluisaient. Je les avais ben astiqués.

— Sûr qu'ils reluisaient, monsieur Renard, je m'en suis aperçue. Enfin, quand madame de Salignac vient au presbytère seule ou avec son fils, not' curé retrouve le sourire...

— Pensez, une jolie femme de son genre, on ne peut pas s'empêcher de sourire !

Annie esquissa une mimique dubitative. Sur le point de donner son avis, elle préféra se taire. « N'empêche, hier, la femme du docteur est venue seule et le père Roland l'a emmenée dans sa chambre, songeait-elle. Ils devaient causer des leçons de catéchisme du petit et je faisais trop de bruit, en rangeant la vaisselle, qu'ils ont dit. Pardi, personne ne peut brasser des assiettes et des verres sans tintamarre ! Quand je raconterai ça à mes enfants, ils rigoleront bien. »

Elle espérait leur rendre visite à l'occasion de la Toussaint, soit dans deux longs mois. Ernest surtout lui manquait, avec son bon regard plein de tendresse. Annie aimait l'observer alors qu'il coupait le tissu et l'assemblait à l'aide d'aiguilles à tête ronde.

Sa fille Elvina lui témoignait également une vive affection et du respect, mais de façon plus discrète. Et puis, la jeune femme était accaparée par son ménage et son travail de secrétaire dans l'étude d'un notaire.

« Ah ! ça, je n'ai pas à rougir de mes enfants, ils gagnent leur vie. Mon gendre aussi, Patrice. Un coiffeur pour hommes aura toujours des cheveux à couper ou des barbes à raser. »

Parfois, certains soirs, la servante tentait d'engager la conversation avec son maître. Pendant qu'il écrivait sous la lampe, elle lui vantait les qualités de sa progéniture. Mais Charvaz soupirait.

— Je fais ma correspondance, Annie. Allez donc vous coucher. Je n'ai plus besoin de vous.

Au fond, elle ne demandait pas mieux, toujours contente de retrouver son lit, où le sommeil ne se faisait pas attendre. Quant au curé, dès qu'il l'entendait ronfler, il quittait le presbytère sur la pointe des pieds pour courir jusqu'au jardin du docteur.

Il ne se lassait pas du corps de Mathilde, de sa docilité et de ses baisers. En amant fougueux plus rustre que raffiné, il la prenait en toute hâte comme un affamé. Elle le retenait un instant et l'embrassait encore avant de s'enfuir, légère, persuadée de vivre une magnifique histoire d'amour.

*

Chez le docteur de Salignac,
samedi 6 octobre 1849

Avec les rousseurs de l'automne, une première fausse note vint ébranler l'ordre des choses. Pourtant, tout semblait aller pour le mieux. Nul ne soupçonnait la liaison entre le père Roland et l'épouse du médecin. Si Annie Meunier commençait à juger insolites certains détails, elle n'en parlait pas, se répétant qu'elle se faisait des idées.

Mais, ce soir-là, pendant le dîner rituel, le curé informa ses hôtes qu'il devait absolument se rendre dans sa famille en Savoie.

— Je serai absent une quinzaine de jours, précisa-t-il.

Mathilde reçut un véritable choc, car Charvaz s'était bien gardé de lui parler de ce voyage. Bouleversée et au supplice, elle eut toutes les peines du monde à cacher son émotion.

— Quand partez-vous, père Roland ? interrogea Colin, sans savoir que la même question brûlait les jolies lèvres de son épouse.

— Lundi. Je célébrerai l'office demain matin et la messe du soir.

La jeune femme devint toute pâle. Elle prétexta un début de migraine et se réfugia dans la cuisine où Suzanne mettait de l'eau à bouillir.

— Dites, ça ne va pas, madame ? Vous êtes blanche à faire peur !

— Non, ça ne va pas du tout. Je monte m'allonger. Tu me porteras une tisane de camomille, Suzanne. Et tu m'excuseras auprès de nos invités.

Le curé comprit tout de suite. Sa maîtresse s'était retirée dans sa chambre pour lui exprimer son chagrin et sa colère. C'était précisément afin d'éviter une scène qu'il avait choisi d'annoncer son départ devant les convives habituels.

« Mathilde a eu tort de réagir ainsi ! enragea-t-il en silence. Si j'étais son mari, j'aurais des doutes… »

Il prit congé de bonne heure, au grand regret du médecin.

— Vous nous manquerez, cher ami.

Charvaz eut un étrange sourire en serrant la main de l'homme qu'il bafouait presque chaque jour. Mais, là encore, nul n'y prêta attention.

*

Annie Meunier surveillait la cuisson d'un plat de haricots quand on frappa à la porte du presbytère, après la messe dominicale. Le curé s'était enfermé dans sa chambre pour préparer sa valise.

— Qui ça peut bien être ? ronchonna-t-elle.

Elle se trouva nez à nez avec la bonne des Salignac, qui lui tendit une enveloppe cachetée.

— C'est pour votre maître, débita sèchement Suzanne. Je dois attendre la réponse.

— Eh bien, entrez donc ! Le père Roland fait ses bagages, mais je vais le prévenir.

La jeune domestique s'avança dans la pièce, qu'elle examina d'un regard dédaigneux. Le ménage ne devait pas être le souci principal de la servante.

« A-t-elle seulement balayé ce matin ? Je vois un brin de paille dans ce coin et on dirait de la poussière, sur le buffet. Madame a raison, cette grosse femme est une paresseuse, ou bien elle a menti sur son âge et elle se fatigue vite ! »

Annie, qui parlait à son maître par la porte entrebâillée, se retourna et lui fit signe de patienter d'un geste de la main. Enfin, elle recula, en possession d'une petite enveloppe bleue.

— Voilà la réponse. Maintenant, c'est l'heure de déjeuner, mademoiselle Suzanne.

La bonne s'en alla alors que midi sonnait au clocher. Dans sa chambre, Charvaz relisait le message de Mathilde, qu'il prévoyait de cacher au fond de sa valise, sous son linge de corps. Il ne pouvait pas laisser une missive aussi compromettante au presbytère.

Mon cher amour,

Pourquoi me traiter avec autant de méchanceté ? Si j'avais su plus tôt ton projet de voyage, je me serais arrangée pour passer une heure entière dans tes bras. J'ai à peine dormi, et je n'avais même pas la liberté de pleurer, Colin aurait pu s'alarmer.

Je t'en supplie, je dois te dire au revoir, te donner un baiser, dix, cent baisers d'adieu. Aie pitié de ta Mathilde, retrouve-moi dans la grange du vieux moulin au bord du Bandiat. Je t'y attendrai à quatre heures cet après-midi.

Nous avons de la chance, mon mari emmène Jérôme à la métairie en calèche, pour régler une affaire avec Jarron. Je suis toute à toi,

Mathilde

*

Grange du vieux moulin, quatre heures plus tard

Mathilde sanglotait sans bruit sur l'épaule de son amant, les bras noués autour de lui, prise de panique à la perspective de ne pas le voir pendant plusieurs jours.

Le curé était venu au rendez-vous le visage tourmenté, le regard dur. Sans lui dire un mot, il l'avait embrassée et caressée, étendue sur du foin jauni pour laisser libre cours à son désir, décuplé par la contrariété et la peur d'être surpris en flagrant délit d'adultère.

Jamais encore Charvaz ne s'était montré aussi brutal, aussi grossier. À peine son plaisir pris, il avait grondé des reproches.

— Es-tu folle ? Un dimanche ! Les gars du coin viennent pêcher dans le Bandiat. On t'a peut-être vue entrer, ou on m'aura suivi.

— Pardon, je t'en prie, pardon ! avait-elle gémi, pendue à son cou. Roland, je t'en prie, jure que tu reviendras !

— Pour quelle raison je disparaîtrais ? Je me plais, ici, et je t'aime. Bon sang, deux semaines, ça passera vite !

Elle l'avait enlacé pour pleurer à son aise. Maintenant, de plus en plus soucieux, il n'avait plus qu'une idée, regagner le village et se préparer pour l'office du soir.

— Sois raisonnable, Mathilde, je dois partir. Reste un bon moment, par prudence.

— Oui, oui, balbutia-t-elle. Roland, promets-moi que tu vas bien chez tes parents, en Savoie ! Dis, tu n'envisagerais pas de rendre visite à l'amie dont tu m'as parlé, madame Callières, qui habite dans la Saône-et-Loire, par hasard ? Je suis sûre que vous correspondez et que tu penses à elle souvent.

— Je serais bien ingrat si je l'oubliais, mais tu n'as pas à être jalouse. Allons, aie confiance, je ne te trahirai pas.

Il lui accorda un ultime baiser et sortit précipitamment. Mathilde fondit de nouveau en larmes en s'enveloppant dans sa large cape de drap brun.

Le vent d'octobre sifflait entre les tuiles disjointes et des corbeaux poussaient leurs cris rauques dans le ciel voilé de lourds nuages gris, comme si la nature se moquait du désespoir de la belle abandonnée.

4

Au fil de la passion

Saint-Germain, une semaine plus tard, samedi 13 octobre 1849

Mathilde s'était déclarée souffrante le jour même du départ de son amant. Apitoyé par sa mauvaise mine, son mari lui avait prescrit du repos, beaucoup de repos, et une cure de bouillon de légumes.

— Tu n'as pas de fièvre, cependant tes maux de tête sont préoccupants, avait-il soupiré. Garde la chambre, Suzanne se chargera de Jérôme.

La bonne était ravie. Elle s'était fait une joie de conduire l'enfant à l'école, ce qui lui permettrait de bavarder avec une connaissance de son âge placée chez le maire et de croiser son amant, si la chance s'en mêlait. Cependant, fine mouche, Suzanne était la seule à attribuer la maladie de sa patronne à l'absence du père Roland.

Ce matin-là, peut-être par solidarité féminine, elle chercha à réconforter Mathilde par de bonnes paroles.

— Il y a un beau soleil, aujourd'hui, madame. Vous devriez vous lever et marcher un peu dans le jardin. De rester enfermée, ça donne un vilain teint et le cheveu terne, vous qui êtes si jolie.

— Je m'en moque, Suzanne.

— Dites, ça ne vous ressemble pas, ça ! Pensez donc, pour samedi prochain, votre mari a lancé des invitations à son loto. Ce soir, personne ne vient dîner, mais, dans une semaine, nous aurons sûrement les habitués, même monsieur le curé sera de retour. Les jours filent vite, au fond.

— Ciel, je n'ai pas vu passer le temps, j'étais tellement fatiguée ! Tu as raison de me secouer, Suzanne. Fais chauffer de l'eau, je vais prendre un bain.

— Et vous irez attendre Jérôme à l'école, à midi. Le pauvre garçon, il sera content de vous voir debout. Je prépare votre belle robe en velours bleu foncé, avec le col brodé.

Mathilde repoussa l'encombrante literie qui lui avait servi de refuge, un bien douillet refuge, et s'assit. Elle observa son reflet dans le grand miroir de l'armoire qui trônait en face du lit. Le résultat l'affola.

— Tu dis vrai, je suis affreuse, vraiment affreuse !

*

Le médecin, qui s'était rendu à Angoulême, fut très surpris, le soir, de découvrir son épouse dans la salle à manger. Elle lui dédia un doux sourire.

— Colin, je me sens mieux. J'ai honte d'avoir négligé mes devoirs de maîtresse de maison. Ne t'inquiète pas, je n'ai plus du tout mal à la tête. Je suis même allée jusqu'à l'école.

Les migraines étant une pure invention de sa part, Mathilde avait l'impression de débiter une vérité. Elle se leva, gracieuse, et tendit les bras à son mari.

— Comment me trouves-tu ?

— Toujours ravissante. Tu es la plus belle femme du pays. Si tu veux le savoir, on ne dirait pas que tu as été bien malade, ma chérie. Me voici rassuré.

Les époux échangèrent un léger baiser du bout des lèvres, après quoi ils dînèrent de bon appétit. Exceptionnellement, leur fils avait eu le droit de manger avec eux. Au dessert, l'enfant se vanta d'avoir rendu service au facteur.

— Comment ça ? demanda Colin.

— Il s'était foulé la cheville dans la ruelle, derrière le couvent, expliqua le petit. Il n'avait plus que deux lettres à distribuer et il m'a demandé si je pouvais les donner à la servante du curé en passant devant le presbytère. Je ne pouvais pas refuser, papa ; il faut aider son prochain, je l'ai appris au catéchisme.

— Tu as bien agi, fiston, je te félicite.

— Le facteur, il m'a dit aussi que le rebouteux lui arrangerait ça. C'est quoi, un rebouteux ?

— Pose la question à l'instituteur lundi, trancha le docteur. Je déplore l'existence des rebouteux, Jérôme. Pourquoi étudier des années à la faculté de médecine quand une grande partie des paysans préfèrent se faire soigner par ces charlatans ? Finis ta part de flan. Tu devrais être couché, déjà.

Mathilde avait suivi le dialogue sans broncher. Elle retenait une seule chose, soit que son amant avait reçu deux lettres. « De qui ? D'où ? s'interrogeait-elle. Et si c'était cette femme, sa chère amie de Saône-et-Loire ? »

Rongée par la curiosité, elle décida de faire une petite visite au presbytère le lendemain matin, avant la messe, qui était célébrée par le curé de Feuillade, un bourg voisin. Très calme en apparence, mais l'esprit enfiévré, Mathilde annonça à son mari :

— Vous me rejoindrez à l'église, Jérôme et toi. J'ai promis au père Roland de jeter un coup d'œil au presbytère, au cas où sa domestique négligerait son ouvrage. Enfin, pauvre femme, elle doit s'ennuyer, toute seule ! Je lui causerai un peu et je lui apporterai un pot de confiture, je la pense gourmande.

— D'après notre ami le prêtre, elle apprécie surtout le vin, rétorqua le médecin. Les abus nuisent à la santé. Je te conseille de lui offrir des noix de l'année. Gourmande ou pas, Annie Meunier ne fera pas de vieux os si elle persiste à boire et à manger avec excès. Mais ton souci t'honore, Mathilde, tu as vraiment bon cœur !

Colin couva d'un même regard satisfait son épouse et son fils. Encore une fois, il s'estima comblé par la Providence.

*

Au presbytère, dimanche 14 octobre 1849

Annie se coiffait en prévision de la messe quand on frappa à la porte du presbytère.

— J'arrive, j'arrive ! maugréa-t-elle en ajustant un châle sur ses épaules.

Quand elle reconnut madame de Salignac, elle changea de ton.

— Entrez, chère dame, entrez… C'est gentil de votre part. Je trouve le temps long.

— Je m'en doutais, ma brave Annie. Tenez, je vous apporte des noix et un pot de confiture de figues.

— Mais fallait pas vous donner tant de peine. Merci bien, ça me changera de la soupe.

Mathilde posa son panier sur la grande table. Elle avait le cœur serré en retrouvant le décor du presbytère, où s'inscrivaient de tendres souvenirs. La porte bien close, Roland pouvait l'embrasser à pleine bouche avant de l'entraîner dans sa chambre.

— Avez-vous eu des nouvelles de votre maître ? s'enquit-elle d'un air distrait, comme si le sujet ne l'intéressait guère.

— Pensez donc, monsieur le curé ne prendrait pas la peine de m'écrire, mais il a eu du courrier, lui. Deux lettres ! C'est votre petit Jérôme qui me les a montées. Ah ! moi aussi, à son âge, j'avais de bonnes jambes. Un escalier ne me faisait point peur. Une maison à balet, qu'il disait, l'instituteur. Si vous voulez mon avis, madame de Salignac, ce n'est pas pratique, surtout que je dois monter plusieurs seaux d'eau par jour.

Mathilde souriait et approuvait, les yeux rivés sur les enveloppes rangées sur le coin du buffet. Elle plaisanta dans l'espoir de parvenir à ses fins.

— On se demande qui peut bien écrire à notre curé. En plus, il séjourne dans sa famille, en Savoie.

Tout aussi intriguée que la jeune femme, Annie s'empara des enveloppes et les lui tendit.

— Il y a peut-être une mauvaise nouvelle, hasarda la servante.

— Oui, sait-on jamais ! Ah, celle-ci vient de l'évêché, mais l'autre...

— Nous n'avons qu'à l'ouvrir ! proposa Annie.

— D'accord.

Soudain complices, elles s'installèrent à la table, en proie à la même curiosité, sans songer que le curé pourrait leur en tenir rigueur. Mathilde cacha mal sa nervosité en dépliant une feuille couverte de quelques lignes à l'encre violette. « Il peut s'agir d'une douce amie, d'une ancienne maîtresse et, dans ce cas, Annie comprendra que Roland n'est pas un prêtre très sérieux », s'alarma-t-elle.

Vite, elle jeta un coup d'œil à la signature au bas de la page. C'était un prénom masculin, Vincent, flanqué du patronyme Charvaz.

« Son père ou son frère ! » pensa-t-elle, rassurée.

— Alors ? demanda Annie.

— C'est quelqu'un de sa famille. La lettre a dû être expédiée avant l'arrivée du père Roland là-bas. Autant la lire, maintenant que l'enveloppe est décachetée. Nous trouverons bien une excuse !

Mathilde lut à mi-voix, tandis que la servante écoutait, les paupières plissées sur un regard avide.

Mon cher frère,

Nos parents et moi-même avons été bien contents d'avoir de tes nouvelles par ta lettre datée du mois de septembre et d'apprendre que tu es desservant d'une paroisse de campagne. Nous ignorons où est situé exactement le département de la Charente, mais notre sœur Marianne, qui est domestique chez une institutrice, doit chercher dans un livre de géographie.

Nous serions heureux de te revoir, peut-être l'an prochain. Ici, la première neige est tombée. Mère répète que nos montagnes doivent te manquer. Porte-toi bien. Que Dieu te garde.

Vincent Charvaz

— Je crois bien que notre curé n'allait pas dans sa famille, bougonna Annie.

— Mais si, voyons ! protesta Mathilde. Le courrier met du temps à parvenir à destination. Les Charvaz n'ont sans doute pas été prévenus et le père Roland leur aura fait une surprise.

— Il a pu mentir et faire un tour chez une bonne amie, renchérit la servante.

— Seigneur, comment osez-vous supposer une chose pareille, ma pauvre Annie ! s'indigna la jeune femme. Monsieur le curé serait vexé s'il vous entendait.

— C'est qu'il reçoit souvent des lettres d'une dame Callières. Le facteur m'en a confié une, l'autre jour, dans la rue. J'ai pu lire ce nom-là derrière l'enveloppe.

Le cœur serré, la maîtresse de l'étrange curé Charvaz jugea bon de le défendre.

— La dame Callières ? Le père Roland nous en parle avec affection quand il dîne chez nous, le samedi, expliqua-t-elle sur un ton serein, malgré la peine qu'elle éprouvait. C'était sa bienfaitrice dans la paroisse de Saône-et-Loire où notre curé était vicaire. Une personne fort pieuse qui a environ votre âge, Annie.

Mathilde en doutait, à présent. Son amant lui avait menti quant à son voyage ; il avait bien pu mentir sur d'autres points. Malade de jalousie, persuadée qu'elle était trompée, elle se leva au bord des larmes et prit congé d'un au revoir assez hautain.

« La prochaine fois, je tiendrai ma langue, se reprocha la servante. Est-ce que je pouvais savoir, moi ? »

Elle prit le pot de confiture et le rangea dans le buffet. La Toussaint approchait et, dans une brève missive, son fils Ernest lui affirmait que lui et sa sœur comptaient ferme sur sa visite. « Je leur apporterai les noix et la confiture, à mes enfants ! se promit-elle, envahie par une sourde mélancolie. Dieu soit loué, ils sont ma joie sur terre ! Ce sont de bons enfants, oui. »

Les cloches se mirent à sonner. Une rumeur montait de la rue ; les gens de Saint-Germain se pressaient vers l'église. Certains s'avouaient soulagés de suivre l'office célébré par le prêtre de Feuillade, un respectable vieillard.

Roland Charvaz l'ignorait, mais on commençait à trouver bizarres ses manières affectées, ses déambulations à travers bois et son goût pour les soirées mondaines.

*

Presbytère de Saint-Germain, vendredi 19 octobre 1849, en milieu de journée

Roland Charvaz était revenu d'excellente humeur de son mystérieux périple. Durant le trajet du retour, il avait anticipé ses retrouvailles passionnées avec Mathilde, pas mécontent non plus de reprendre ses activités de prêtre.

Cependant, à peine entré dans le presbytère, il avait aperçu deux lettres au coin du buffet, dont une était décachetée.

— Annie ! gronda-t-il. Qu'est-ce que ça signifie ? Depuis quand êtes-vous autorisée à lire mon courrier ?

Debout près de l'évier, la servante prit une mine gênée.

— C'est la femme du docteur qui l'a lue, monsieur le curé. Je n'allais pas l'en empêcher !

— Vraiment, madame de Salignac est venue ici et a jugé bon d'ouvrir une lettre qui m'était adressée ? J'en doute fort, Annie ! Vous n'avez pas résisté à la manie que vous avez de fouiner, de toucher à mes affaires.

— Mais non, monsieur le curé…

Furieux, Charvaz s'enferma dans sa chambre dont il claqua la porte. Il ressortit très vite, un pli cacheté à bout de bras.

— Tenez, pour votre peine, Annie, allez donc remettre ce message à madame de Salignac, et attendez la réponse.

— Tout de suite ? Je n'ai pas mis la soupe à cuire.

— Immédiatement. Si vous étiez moins lente, les légumes seraient déjà sur le feu.

Annie Meunier obtempéra, blessée par la réprimande de son maître. Elle s'autorisa à maugréer contre le curé une fois à prudente distance du presbytère. Parvenue chez le docteur, elle fut reçue froidement par Suzanne, qui la laissa patienter sur le large perron en pierre de taille. La bonne revint au pas de course, une petite enveloppe entre les doigts.

— Voilà la réponse de madame.

*

Un quart d'heure plus tard, enveloppée d'une ample cape brune, Mathilde se glissait dans la sacristie par l'étroite porte qui donnait sur l'arrière de l'église.

Roland Charvaz tourna la clef tout en lui décochant une œillade furibonde. Elle le fixait, violemment émue de le revoir, mais pleine de rancœur et de jalousie. Il alla s'assurer que l'autre porte, celle qui communiquait avec la nef, était elle aussi verrouillée.

— J'ai besoin de connaître la vérité sur une chose, Mathilde, et j'ai choisi ce lieu pour ne pas éveiller davantage la curiosité de ma domestique.

— Tu ne m'embrasses pas ? gémit-elle, déjà vaincue au seul son de sa voix chaude et douce.

— Pas ici, pas ce soir, trancha-t-il, les mains nouées dans le dos et l'air sévère.

— Moi aussi je voudrais savoir la vérité, répliqua-t-elle sur un ton désespéré.

Il avait un peu oublié comme sa maîtresse était jolie, avec ses traits d'une finesse adorable, son teint de pêche et ses beaux yeux expressifs. Troublé, il se détourna.

— Est-ce toi qui as ouvert et lu une lettre arrivée pendant mon absence ?

— Non, je n'aurais pas osé, c'est ta servante qui a décacheté la lettre, affirma-t-elle, prête à pleurer d'angoisse. Roland, crois-moi. Après, oui, je l'ai lue. Je m'inquiétais tant ! J'en suis même tombée malade, Colin t'en parlera. En plus, cette grosse femme a bien mauvais esprit. Elle a supposé qu'une bonne amie t'écrivait. J'en suis devenue à moitié folle de jalousie.

— Ce n'était que mon frère, répondit Charvaz. Tu as dû être déçue, puisque tu n'avais pas la preuve que j'aimais ailleurs. Eh bien, ça t'apprendra à pécher par curiosité !

Mathilde dut s'asseoir sur un vieux prie-Dieu dont la paille était effilochée, tant ses jambes tremblaient.

— Que pensera le sacristain s'il s'aperçoit que nous sommes enfermés là tous les deux ? balbutia-t-elle.

— Je ne suis pas idiot. J'ai croisé Alcide Renard en descendant de la malle-poste. Il y montait pour se rendre à Montbron chez son cousin.

— Roland, nous pouvons discuter tranquilles, alors... Où étais-tu ? Ton frère n'avait pas l'air au courant de ton voyage. Je suis sûre que tu as revu la dame Callières.

— Hélas non, ironisa-t-il. J'étais en Savoie auprès de mes parents et de ma sœur. Pourquoi te mentirais-je, Mathilde ?

Infiniment soulagée, elle leva vers lui son gracieux visage en larmes. Un long frisson de désir traversa Charvaz. Il était imprégné jusqu'à la moelle du souvenir brûlant de leurs ébats, de la jouissance inouïe qu'il ressentait en la possédant.

— Pourquoi mentir à la femme dont je me languissais ? dit-il entre ses dents avec son regard de fauve. Bon sang, si seulement il n'y avait pas cette fichue servante au presbytère, nous irions dans ma chambre, je te montrerais à quel point je t'aime et comme tu m'as manqué.

Sa nature profonde le dominait, celle d'un individu rude sans aucune moralité. Il la releva d'une main de fer sur sa nuque. Elle renversa la tête en arrière pour recevoir un baiser brutal, impérieux. Haletant, il voulut l'allonger sur les pavés.

— Roland, pas ici, quand même, protesta Mathilde en désignant les objets de culte.

— Et où donc ? Il pleut et il fait froid. Comment ferons-nous, désormais ? Et pendant l'hiver ?

— Je n'en sais rien, avoua-t-elle, dépitée.

— Je deviendrai fou sans toi, sans ton corps, sans ton sourire, lâcha-t-il d'un trait en la reprenant contre lui.

Grisée, la jeune femme ferma les yeux. Elle était consciente de franchir une étape dans sa propre perdition, mais elle avait peur de perdre son amant si elle se refusait à lui. Charvaz obtint gain de cause, indifférent au lieu où il se trouvait. Son âme obscure et pervertie avait tellement besoin de l'éblouissement du plaisir !

*

Ces retrouvailles mouvementées précipitèrent le curé et Mathilde dans un tourbillon de passion sensuelle. L'un comme l'autre tolérait avec peine de ne pas être ensemble, de ne pas pouvoir se retrouver impunément. Il leur fallait compenser la séparation, se prouver la force invincible de leur amour.

Annie en fit les frais. En plus de devoir s'acquitter de ses tâches ordinaires, soit la cuisine, le ménage et la lessive, elle dut jouer les messagères. Commencèrent pour elle des allées et venues quotidiennes entre le presbytère et la maison du docteur de Salignac.

Au début, elle n'y vit pas de mal. Il était d'usage, dans la bonne société, d'envoyer les domestiques porter un message ou un livre chez des amis. Mais son maître écrivait uniquement à l'épouse du médecin, qui n'écrivait qu'au père Roland.

La servante, qui sortait peu auparavant, connut bientôt le bourg par cœur : la mairie, l'école, la ruelle du lavoir, la mare située derrière le couvent… Vite fatiguée, elle s'accordait le droit de flâner, de discuter en chemin au gré des rencontres. Un bonjour ou un bonsoir la consolait de ses efforts.

Le sacristain la retenait souvent, content d'échanger quelques potins. Il lui offrait aussi des légumes de son potager pour agrémenter l'ordinaire de monsieur le curé.

— Vous en profitez aussi, madame Annie. Il gèlera bientôt ; je préfère en offrir à mes voisins.

Elle le remerciait, touchée par sa gentillesse.

Deux fois en une semaine, Charvaz l'expédia jusqu'à Marthon, soit un trajet aller et retour d'environ cinq kilomètres.

— Ah, monsieur le curé n'a pas pitié de mes pauvres jambes, se plaignit-elle à Alcide Renard, qu'elle croisa après une de ces expéditions. Quand mon fils saura ça !

— Ouais et, pendant que vous marchez en plein vent, le père Roland a de la visite... l'épouse du docteur, répliqua-t-il, l'air suspicieux. Et la dame reste un bon moment.

— Mon pauvre ami, elle vient tous les jours ou presque, même quand je suis là à m'éreinter. Je dois descendre prendre du bois dans le bûcher pour le remonter, et ça pèse. Je dois aussi étendre le linge sous les combles. Et savez-vous, Alcide ? Ils s'enferment dans la chambre. Qu'est-ce qu'ils se racontent, tous les deux, je me le demande ! C'est point sérieux, un curé et une femme, de se voir et de s'écrire comme ça. Enfin, je vous laisse, sinon je me ferai encore sermonner.

— Et ce ne sont pas nos affaires, marmonna le sacristain.

C'était le matin du 27 octobre. De sa fenêtre, Roland Charvaz assista au conciliabule, vaguement inquiet. « Qu'est-ce qu'ils se racontent, ces deux-là ? se dit-il. Bah ! comme toutes les servantes, la mienne doit se lamenter parce que je rationne le vin ou que je l'oblige à quitter le coin du feu. »

Il recula et déambula dans la grande pièce. Annie lui avait demandé la permission de se rendre à Angoulême pour la Toussaint. Il avait accepté avec bonhomie, trop heureux d'être, une journée entière, débarrassé d'elle et de ses regards lourds de réprobation à chaque visite de Mathilde. « Nous serons tranquilles, à condition que ce cher docteur Colin soit très occupé », songea-t-il.

Le médecin ne les dérangeait guère. Avec les grosses pluies d'octobre et l'humidité ambiante, il ne chômait pas, sans cesse appelé dans les fermes du pays et les hameaux voisins.

Essoufflée après avoir seulement gravi l'escalier extérieur, Annie le découvrit ainsi, faisant les cent pas, la mine égayée.

— Je réchauffe le ragoût de porc, monsieur, annonça-t-elle d'un ton acerbe. Misère ! le feu est quasiment éteint ! Vous auriez pu remettre une bûche.

— Vous auriez dû y penser avant d'aller aiguiser votre langue avec Alcide Renard, Annie.

Agacée, elle haussa les épaules, ôta son châle et se mit à l'ouvrage sous l'œil goguenard de Charvaz. Mais il avait tort de se juger à l'abri des soupçons. Sa servante venait d'avoir une idée. Il y avait un moyen de savoir ce qu'ils faisaient dans la chambre, madame de Salignac et lui...

*

Jeudi 1er novembre 1849

Le premier matin de novembre, à sept heures, alors qu'une pâle aurore colorait le ciel voilé de nuages, Annie Meunier reprit le chemin menant au relais de La Brande. Elle allait enfin revoir son fils Ernest et sa fille Elvina. Pourtant, la servante ne parvenait pas à savourer le jour de congé qu'elle avait attendu avec impatience.

L'indignation et une colère confuse l'aidaient à avancer d'un bon pas. Là-bas, dans sa famille, elle pourrait enfin dire ce qu'elle avait sur le cœur. Sa langue la démangeait.

La malle-poste avait un peu de retard. Annie guetta son arrivée, une moue chagrine sur son visage poupin. « Si je me doutais ! » se répétait-elle.

Le vent soufflait, emportant sa moisson de feuilles mortes en rafales tourbillonnantes, un triste spectacle qui acheva de la désoler.

— L'hiver approche ! murmura-t-elle en hochant la tête. J'espère bien que je passerai la Noël avec mes enfants, surtout pas au presbytère en compagnie de ce dévoyé.

Transie, l'esprit chagrin, elle fut soulagée de voir approcher la lourde voiture. Le cocher la reconnut.

— Alors, ma brave dame, on se plaît, à Saint-Germain ? cria-t-il de son siège haut perché.

— Pas tant que ça, rétorqua-t-elle.

Le postillon l'aida à se hisser dans l'habitacle. La malle-poste repartit sans hâte. Les chevaux n'étaient guère en train, fouettés par les bourrasques, et ils se contentaient de trotter. Annie était la seule voyageuse et, sans personne pour causer, la route lui parut interminable.

*

Enfin, des hauteurs du bourg de Sainte-Catherine, la servante aperçut Angoulême, allongée sur son promontoire rocheux, fière de ses clochers et de ses milliers de toitures.

Ernest reçut sa mère à bras ouverts. Il lui trouva cependant l'air soucieux et le teint blême.

— Eh bien ! maman, qu'est-ce qui ne va pas ? Serais-tu souffrante ? Dans ce cas, il fallait éviter de te déranger.

— Je ne suis pas malade, va, mais bien contrariée. Laissez-moi vous embrasser, tous, ça me consolera.

Autour d'eux se tenaient, attendris, sa fille Elvina, une vraie beauté, et son mari, Patrice Guérin.

— Ma chère maman, Ernest a raison, tu sembles mal en point, déclara la jeune femme. Tu vas nous raconter ce qui te tracasse, mais viens d'abord t'asseoir. J'ai fait une tarte aux pommes en ton honneur et Patrice a acheté du vin cuit.

Ils s'attablèrent et chacun essaya, par des plaisanteries et des ragots du quartier, de faire rire Annie.

— Ne vous donnez pas tant de mal, mes chers enfants. Je n'avais pas le moral pendant le voyage, mais je suis si contente de me retrouver là, avec vous, que je n'ai plus envie d'étaler mes soucis. Oh ! oui, je suis bien aise d'être là, entre gens de bonne compagnie, et ça me fait du bien de vous revoir.

— Allons, maman, parle donc ! protesta Ernest. Cela ne doit pas être si grave, quand même !

— Il se passe de vilaines choses à Saint-Germain, des choses qui me dégoûtent, lâcha Annie, soudain empourprée. J'étais pourtant pressée de me confier ! J'ai rabâché tout le trajet ce que j'avais à dire, mais je n'en ai plus le courage.

Elvina tapota affectueusement le bras de sa mère.

— Je suis de l'avis de mon frère, ça ne peut pas être bien grave.

— Je ne sais pas ce qu'il vous faut ! s'emporta la malheureuse, oppressée par son secret. Mais, si je ne vous explique pas bien la situation, vous n'y comprendrez rien.

— Nous t'écoutons, maman. Prends ton temps, affirma Ernest.

— C'est le curé, le père Roland Charvaz. Seigneur, quand je pense qu'il porte fièrement sa soutane et qu'il célèbre la messe ! Il trompe son monde comme il voulait me tromper. Elvina, tu te souviens de madame de Salignac, l'épouse du docteur de Saint-Germain ?

— Oui, une jeune et jolie dame qui est venue ici à la fin du mois de juillet.

— Tout à fait ! Eh bien, figurez-vous que, depuis dix jours, j'étais obligée de porter des messages du curé à madame de Salignac. Pas une fois, mais dix fois, et n'importe quand. J'ai fini par juger ça bizarre. Je ne suis pas une entremetteuse, moi ! Ce n'était pas du travail honnête qu'on me demandait. Il fallait l'entendre, le curé, quand il me tendait une enveloppe !

Elle imita tant bien que mal une voix d'homme, puis une voix de jeune domestique.

— « Vite, Annie, portez ceci à madame de Salignac ! » Quand j'arrive chez la dame, la bonne me reçoit fraîchement en me laissant mariner sur le perron. « Attendez là, je vous rapporte la réponse de madame. »

Ernest et Elvina échangèrent un coup d'œil complice. Ils savaient tous deux que leur mère n'avait jamais aimé la marche et qu'elle devait surtout se plaindre du déplacement.

— On m'a envoyée à Marthon, aussi, reprit Annie. Et j'ai deviné le pot aux roses grâce au sacristain, Alcide Renard, un brave homme, lui. Il m'a confié que madame de Salignac accourait dès que j'étais en chemin et qu'elle restait au presbytère plus longtemps que les autres jours.

— Maman, tu crois vraiment que le curé et l'épouse du docteur ont une liaison ? s'écria sa fille. Ce n'est pas possible, enfin !

— Ma pauvre petite, je pensais comme toi, tant que je n'avais pas de preuve. Je refusais de voir la vérité en face. Le curé me recommandait bien de ne pas entrer dans sa chambre quand madame de Salignac s'y trouvait. J'obéissais en pensant qu'ils discutaient du petit Jérôme, le fils des Salignac...

— Ah bon ! Elle a un enfant ? s'étonna Ernest.

— Un garçon de huit ans, mignon comme tout, à qui le curé enseigne le catéchisme. Dieu merci ! maintenant, il va à l'école publique et sa mère a mis fin aux leçons d'histoire sainte.

Un brin moqueur, son gendre fit remarquer :

— Si elle fréquente le prêtre, ça me paraît une sage décision.

— Patrice, il n'y a pas de quoi rire, lui reprocha Elvina.

— Ça non, renchérit Annie. Le pauvre gamin aurait pu voir ce que j'ai vu avant-hier... Comme bien souvent, après le déjeuner, je me mets à la vaisselle. Je n'avais pas encore rincé les assiettes que le curé me demande d'aller chez la vieille Adèle pour lui acheter des œufs. J'ai ordre de prendre ensuite du lait un peu plus loin. Derrière l'école, une fermière en dépose un bidon d'un litre à son intention.

— Maman, tu nous fais languir, déplora son fils. En bref, tu faisais des commissions.

— Oui, sûr, et j'étais habituée. Mais, au retour, je ne trouve personne dans la pièce de devant. J'entends des voix et des rires. Je me dis que le curé a encore de la visite, toujours la même jolie dame, Mathilde. Un moment plus tard, plus rien, le silence. Après, le sommier qui grince. J'ai alors enlevé mes chaussures et je suis montée dans le grenier.

— Pourquoi donc ? interrogea Elvina.

— Parce que le petit Jérôme, il avait la manie de jouer là-haut. Sa mère lui avait interdit d'y aller, mais un gosse de cet âge, ça désobéit volontiers. Une fois, je le surprends accroupi sur le plancher, qui faisait tourner un bout de bois dans une fente. Je le gronde. Il me répond : « J'agrandis un trou, Annie. Comme ça je pourrai faire tomber une grenouille dans le lit de monsieur le curé. » Je crois qu'il en avait peur, du curé, qu'il s'en méfiait.

— Ah ! ça, maman, tu as osé regarder ? s'indigna Ernest.

— Oui, mon fils, je voulais en avoir le cœur net. J'ai marché sur la pointe des pieds. J'ai pu m'agenouiller et coller un œil au fameux trou. Et je les ai vus, très occupés, bien sûr, occupés à commettre le péché d'adultère, et ils ne faisaient pas semblant, je peux vous le jurer. Le curé et madame de Salignac, sur le lit, même pas cachés par les draps. Ah ça, si je ne les avais pas vus, je n'y aurais pas cru, car ces deux-là sont silencieux, pardi !

Annie porta une main à son front, les paupières mi-closes, comme pour effacer la terrible vision qui s'y était inscrite. Un silence gêné suivit cette révélation pour le moins inattendue. Ernest et sa sœur secouèrent la tête, sidérés, tandis que Patrice Guérin souriait. Décidément, l'anecdote l'amusait.

— Ce ne serait pas la première fois qu'un prêtre passe outre ses vœux de chasteté ! jeta-t-il. Cependant, là, il s'agit d'une femme mariée, c'est plus ennuyeux… Et le docteur, il ne surveille pas sa jolie épouse ?

Annie tapota nerveusement la table en soupirant.

— Le mari n'a aucun soupçon, à mon avis ! Il continue à inviter le curé à dîner le samedi soir, et même en semaine. Si ce n'est pas honteux ! Moi, je n'ai plus le cœur à demeurer là-bas. Comment veux-tu, Ernest, que je reste chez cet homme ? Je me sens complice de leurs saletés.

— Allons, maman, pas de grands mots ! La place est bonne et tes gages sont intéressants. Ferme les yeux et les oreilles, et le tour est joué. Ne t'occupe plus d'eux ; fais celle qui a d'autres chats à fouetter. Tu te contentes de faire ton travail et tout ira bien. Tu sais, mes affaires ne sont pas fameuses, en ce moment. Il vaut mieux que tu sois nourrie et logée. Nous verrons plus tard. Enfin, si vraiment tu préfères rentrer, tu es chez toi, ici, ne l'oublie jamais.

Ernest était un fils aimant et respectueux. Son petit discours ébranla Annie, tout en la bouleversant.

— Tu es gentil de me dire ça. Au moins, si je ne supporte plus *môssieur* le curé, je saurai où me réfugier. Mais tu me connais, fiston, je ne suis pas bigote, ça non ! Seulement, j'ai de la religion. Alors, avoir vu ce que j'ai vu…

— Je te comprends, maman, concéda Elvina. Ce prêtre n'a peur de rien ! Il bafoue son sacerdoce.

— Il doit se confesser lui-même et s'accorder l'absolution, ironisa Patrice Guérin.

— Pourquoi pas ? bredouilla sa belle-mère, qui se retenait de pleurer. Il faudrait peut-être prévenir l'évêché.

— Surtout pas ! trancha Ernest. Le clergé ne verrait là que les commérages d'une domestique, ma pauvre maman. Le curé pourrait nier de toutes ses forces et te congédier. Quant à l'épouse du docteur, elle n'a qu'à s'arranger avec sa conscience. Ce n'est pas beau de duper son mari, un notable, et de séduire un homme d'Église.

Elvina servit du vin cuit à sa mère, dont l'expression soucieuse la désolait.

— Tu n'es pas leur complice, ma chère maman, insista-t-elle, et Ernest te dicte la meilleure conduite. Laisse ces gens se compromettre. S'ils n'ont aucun scrupule, tu n'es pas en cause.

— Mais, les jours à venir, j'aurai du mal à faire celle qui n'entend rien ni ne voit rien de leur manège, insista Annie.

— Essaie de rester à Saint-Germain jusqu'à la Noël, suggéra son fils. Vers la mi-décembre, fais expédier ta malle par la patache et annonce ensuite à ton maître que tu le quittes. Nous serons bien contents, tous, de ton retour. J'achèterai des pigeons ; c'est ton régal.

La proposition réconforta la brave femme, encore choquée par tant d'émotions. Son gendre ajouta afin de la raisonner tout à fait :

— Je suis d'accord avec Ernest sur un point, belle-maman. Vous êtes servante chez ce drôle d'individu et depuis belle lurette. Les domestiques doivent tenir leur langue. Pourtant, ils sont témoins de bien vilaines choses. Dans mon métier, c'est pareil. Les clients à qui je taille la barbe ou que je coiffe ne peuvent pas s'empêcher de me confier leurs petits secrets, pas toujours propres, croyez-moi. Des récits d'adultère, j'en ai écouté mon content ! Jamais je n'ai rapporté ce que je savais, sinon je pouvais fermer la boutique.

Annie approuva d'un air triste.

— Eh oui, je serais bien sotte de perdre mes gages de novembre et de décembre.

Ils en discutèrent encore longtemps, cherchant par tous les moyens à apaiser l'indignation légitime de leur mère et belle-mère.

Même s'il jugeait sévèrement le curé Charvaz, Ernest se faisait de lui une idée un peu fausse, car il ne l'avait jamais rencontré. Il imagina un jeune religieux effacé, tombé amoureux d'une belle femme au cœur volage. Il se trompait et, s'il avait immédiatement décidé de rendre visite au père Roland, l'allure de ce dernier, ses traits rudes et son regard clair de félin l'auraient sans doute alarmé.

*

Annie repartit pour Saint-Germain en fin d'après-midi, secrètement chagrine et déçue. Elle pensait que ses enfants se montreraient davantage indignés, révoltés par ses confidences. Mais, à l'instar de son gendre enclin à la raillerie, ils semblaient estimer l'affaire assez banale, presque insignifiante.

Elvina lui tint compagnie jusqu'au départ des diligences, au bord de la Charente.

— Courage, maman, nous serons réunis à Noël ! promit la jeune femme.

— Il m'en faudra, du courage, ma fille. Allons, rentre vite chez toi, il fait froid.

Un peu plus tard, une fois assise dans la voiture, la servante du curé rumina encore sa contrariété. Puis, renfrognée, les bras croisés sur son abondante poitrine, elle s'avoua qu'elle n'admettait pas de vivre sous le toit d'un homme aussi pervers que Charvaz. Elle demeura indifférente à ses compagnons de voyage, un couple âgé et une demoiselle en deuil.

Bercée par le roulis de la voiture, les yeux dans le vague, elle conçut plusieurs façons de mettre fin à la liaison de Mathilde de Salignac et du curé. « Je pourrais les dénoncer au docteur ; ça ferait un beau scandale ! Oui, mais le petit Jérôme en pâtirait, le pauvre gamin. Je ferais mieux d'en parler à l'instituteur et de lui demander conseil... Mais pourquoi il me croirait, après tout ? Mon Ernest dit vrai, on me prendra pour une méchante commère. »

Plus la malle-poste avançait, plus ses résolutions faiblissaient. « Un sou est un sou, songea-t-elle pendant la traversée du bourg de Marthon. Il n'est pas question de plonger mes enfants dans l'embarras, mais j'ai le droit d'en toucher deux mots au curé. Il faudra bien qu'il m'écoute ! De se livrer au péché d'adultère, c'est déjà bien vilain ; en soutane, c'est pire. Il n'a pas peur pour son âme, celui-là ! Je pourrais même lui causer comme une mère à son fils, lui faire comprendre la gravité de sa faute. »

Forte de ces résolutions, Annie descendit au relais de La Brande. Il faisait presque nuit et le ciel lui parut étrange, inquiétant, avec ses nuages noirs striés de traînées d'un jaune orangé.

Sous cette luminosité de fin du monde, la campagne où les arbres commençaient à se dépouiller prenait un aspect sinistre.

La malheureuse servante observa le village d'un œil morne. Dressé sur la colline emplie d'ombres, Saint-Germain semblait figé par le vent froid du soir.

— Au moins, j'espère que ce maudit curé me servira trois ou quatre verres de vin, dit-elle tout haut avec hargne. Que je puisse dormir bien vite et ne plus me ronger les sangs...

Son imprécation lancée au triste paysage, Annie se mit en chemin.

*

Le presbytère, même soir

Roland Charvaz guettait le retour de sa domestique. Il avait préparé lui-même un mauvais potage et faisait les cent pas, les nerfs à vif. Mathilde n'était pas venue lui rendre visite, alors qu'ils auraient pu jouir de plusieurs heures d'absolue liberté en l'absence de la servante.

Sensuel, en proie à un appétit sexuel insatiable, il détestait le sentiment de frustration. Sous ses allures mondaines et sa délicatesse, sa maîtresse cachait une nature proche de la sienne. Maintenant qu'elle était à lui corps et âme, il la voulait disponible. Un feu dévorant le consumait.

« C'est sans doute ça, aimer, aimer vraiment, se disait-il en arpentant la pièce. Et, aimer Dieu ou aimer un être humain, n'est-ce pas la même forme d'amour ? »

Des pas pesants retentirent dans l'escalier au-dehors. Charvaz se raidit, prêt à la confrontation. Il avait surpris la veille et le matin, avant le départ d'Annie pour Angoulême, des regards lourds de reproches et des marmonnements bizarres.

Annie ouvrit la porte, sans même frapper. Il ne prit pas la peine de sourire.

— Eh bien ! Vous en avez mis du temps, pour venir de La Brande.

— Je ne peux pas aller plus vite, j'ai mal aux jambes ! gémit-elle en s'affalant sur une chaise.

— J'ai fait cuire la soupe ! Vous pouvez dîner, je n'ai pas faim. Je sors. Et ne buvez que deux verres de vin. Ma réserve diminue à vue d'œil.

Sur ces amabilités, le curé se précipita dans la nuit de novembre, l'air soucieux. Restée seule avec le chat du curé, une bête qui excellait à chasser les rats, Annie fit la moue, hocha la tête, puis se servit à boire, un verre, deux verres, trois et quatre. Il fallait bien ça pour oublier la mine fâchée de son maître, le pli dur de sa bouche et surtout les reproches qu'il lui avait jetés d'une voix glaciale.

— On dirait que je lui fais peur, pour qu'il se sauve dès mon retour. Pourtant, je n'ai pas dû les déranger aujourd'hui, les tourtereaux ! balbutia-t-elle dans un hoquet.

Le silence qui régnait entre les vieux murs du presbytère l'accabla brusquement. Annie pensa à son fils Ernest, à son brave sourire, aux baisers affectueux de sa douce Elvina, et elle eut envie de pleurer.

Déjà engourdie par le vin, elle put à peine avaler une assiette de potage. Ensuite, laissant la lampe à pétrole allumée, elle alla se coucher.

*

Charvaz, lui, errait dans le jardin des Salignac. Il n'osait pas approcher des fenêtres aux volets clos ni frapper à la porte principale. Sous quel prétexte pouvait-il se présenter un soir où il n'avait pas été invité ? Ses pensées se firent moroses.

« Je peux proposer une partie de cartes au docteur pour voir Mathilde et lui faire comprendre par des regards, à quel point j'ai été peiné, aujourd'hui... Non, ce serait imprudent, le mari pourrait trouver ça louche. Et puis je suis trop nerveux. Il le sentirait. Autant renoncer. »

Les mâchoires serrées et les mains derrière le dos, le curé repartit sans hâte vers l'église. Soudain, il s'arrêta et posa un regard perplexe sur le clocher. Quelle aurait été son existence si le sort ou la volonté divine avaient fait de lui un honorable prêtre, humble et sobre, seulement préoccupé de l'âme de ses paroissiens ? Il haussa les épaules en se moquant de lui-même. Charvaz se savait coupable aux yeux des hommes et du clergé, mais l'habitude de la faute la rend banale.

Une clarté jaune très faible vacillait derrière les fenêtres du presbytère.

— Annie n'a pas éteint la lampe ! bougonna-t-il, agacé. Cette vieille mégère ne fait rien comme il faut. Si encore elle avait trente ans de moins et une jolie taille ! Mais non. Demain, elle me rendra compte de cet oubli.

Rageur, le curé rentra chez lui et se glissa dans un lit froid où s'attardait cependant un léger parfum de violette. Les ronflements qui s'élevaient de la chambre de sa servante l'exaspérèrent davantage.

Il fut long à trouver le sommeil, ses pensées divaguant entre Annie Meunier et Mathilde de Salignac, deux femmes bien différentes, l'une qu'il adorait, l'autre dont la présence lui était insupportable.

5

Une servante embarrassante

Saint-Germain, jeudi 1er novembre 1849, le même soir

Mathilde était assise près de la cheminée en marbre noir de son élégant salon. Un ouvrage de broderie à la main, elle semblait plongée dans une rêverie bien sage. Son mari fumait, installé dans un fauteuil, penché sur un article médical.

Leur fils dormait à l'étage. Suzanne s'activait dans la cuisine. La bonne avait ordre de ne jamais laisser traîner de vaisselle, et surtout de la ranger aussitôt essuyée.

La maîtresse de maison, le cœur lourd, guettait d'une oreille distraite les bruits familiers des assiettes qui s'entrechoquaient dans le baquet d'eau chaude. Elle était triste et anxieuse. La journée ne s'était pas déroulée selon ses souhaits. « Nous n'avons pas eu de chance, songea-t-elle. Pour une fois que la servante de Roland s'absentait, je n'ai pas pu aller le rejoindre au presbytère ni lui expliquer pourquoi. »

À son grand regret, un sort contraire avait conjugué une suite d'incidents imprévisibles. Les parents de son mari étaient venus déjeuner sans s'être annoncés, selon leur habitude. Suzanne avait dû se rendre chez sa mère à Chazelles et le docteur lui avait accordé un congé sans consulter son épouse.

En temps ordinaire, la jeune femme aurait apprécié ces imprévus, somme toute divertissants, mais il y avait son amant, Roland, à qui elle avait promis de lui accorder deux longues heures. La domestique étant partie, elle n'avait pas trouvé comment le prévenir.

« Comme il doit être malheureux et déçu ! pensa-t-elle encore. Je suis stupide de l'avoir poussé à engager une servante. Nous étions tellement plus tranquilles, avant ! »

— Seigneur, c'est effrayant ! s'exclama soudain le médecin en levant le nez du traité sur le choléra qu'il venait de lire.

Le nom même de la maladie le hérissait, mais la description des symptômes et de l'issue fatale du fléau le terrifiait[1].

— Que Dieu nous protège, Mathilde. Si jamais le choléra se répandait dans la région, nous pourrions tous en mourir.

— Ne parle pas de malheur, Colin.

— Ma chère, un docteur doit se préparer au pire. Enfin, si toi et Jérôme étiez en danger, je vous enverrais à Bordeaux chez mon vieil oncle.

Mathilde rangea sa broderie dans la panière posée à ses pieds. Son époux reprit sa lecture, l'air profondément absorbé. « Demain, je le reverrai, mon

1. À l'époque, des épidémies de choléra commençaient à se propager dans le sud de la France. Le pic surviendra environ quatre ans plus tard.

amour, rêva-t-elle, sa jolie tête appuyée au dossier de son fauteuil. Et si j'allais dans le jardin rien qu'une minute ! Peut-être qu'il a rôdé autour de la maison pour être plus près de moi. » Paupières mi-closes, elle s'abandonna à de folles songeries interdites, se grisant d'avoir enfin un amant, qui n'était autre que le curé du village. L'idée l'exaltait et pimentait son désir, son plaisir même, comme s'il s'agissait d'une vengeance contre le destin. Malgré sa rudesse montagnarde et ses étreintes un peu brutales, Roland Charvaz la comblait. Il avait su éveiller chez Mathilde une fièvre nouvelle dont elle subissait les tourments avec délice.

Parfois, au retour de ses escapades licencieuses, la pensée de son époux l'effleurait. Colin ne lui avait jamais donné autant de joie. Elle l'estimait, pleine de gratitude pour l'existence dorée qu'il lui avait offerte et qu'il lui offrait toujours. Cependant, l'épine du mariage de raison demeurait dans sa chair et elle se trouvait des excuses pour expliquer ses infidélités. Et puis, un médecin de campagne avait peu de temps pour sa famille. Depuis les dix ans que durait leur union, Mathilde de Salignac se sentait seule, trop seule.

Le prédécesseur du père Roland, le curé Bissette à qui elle avait confessé son ennui et ses rêveries coupables, avait cru pouvoir la séduire. Mais, si elle avait apprécié sa compagnie, flattée de le deviner amoureux, jamais elle ne lui aurait cédé.

« Je suis à toi seul, Roland, à toi seul ! s'exalta-t-elle en silence. Demain, je me ferai pardonner, oui, demain ! »

En retenant un soupir, elle imagina son amant dépité, frustré, affamé de son corps, ce en quoi elle ne se trompait guère.

*

Vendredi 2 novembre 1849

Le lendemain matin, le curé Charvaz célébra la messe du jour des Morts avec gravité et ferveur. Il voulait en imposer à ceux de ses paroissiens qui l'appréciaient, tout en impressionnant les autres, plus indifférents ou enclins à le critiquer.

Mathilde assista à l'office, en toilette sombre, accompagnée de son fils. Ils furent les derniers à sortir, comme le constata Annie, qui nettoyait la galerie couverte et l'escalier extérieur.

— Tiens donc ! Elle a beau jeu d'aller prier et communier, celle-là ! Quel malheur ! Si elle ose venir dans l'après-midi, je ferai en sorte de les empêcher de comploter, Charvaz et elle. Quand je dis comploter, je me comprends...

La servante vit la ravissante épouse du docteur s'éloigner d'une démarche gracieuse, suivie de son petit garçon. Un peu plus tard, ce fut le curé qui sortit de l'église et se dirigea vers la maison à balet.

Annie rentra vite pour ajouter un peu d'eau dans le ragoût de poule qu'elle avait cuisiné. Son fumet agréable surprit d'ailleurs le père Roland lorsqu'il passa le seuil.

— Eh bien ! Vous avez fait un effort, Annie. Je pensais devoir me contenter d'un bout de fromage.

Elle ne répondit pas, l'air occupé uniquement du couvert à mettre. Entre deux bruits de vaisselle, il crut l'entendre marmonner :

— Vous avez autre chose à vous mettre sous la dent. Si ce n'est pas une honte !

Mais il n'était sûr de rien. La grosse femme l'abrutissait d'éclats de voix entrecoupés de chuchotis et il avait pris l'habitude de ne plus prêter attention à ses bavardages.

Devant sa face impassible pendant qu'il mangeait, flattée quand il la complimenta sur le ragoût, Annie baissa les bras. Les sages conseils d'Ernest tournaient dans son esprit et elle finit par se résigner à tolérer l'intolérable.

« Bah, je quitterai la place à la Noël. Autant prendre mon mal en patience. Qu'elle vienne, sa Mathilde, j'irai m'allonger et je me boucherai les oreilles. Du repos, c'est toujours bon à prendre, se dit-elle. Non, si elle arrive, avec ses grands airs, je ficherai le camp, voilà. Je rendrai visite à la Toinette ou au sacristain, qui veut me donner un chou. »

Toinette était une veuve de quarante-deux ans. Elle logeait dans la venelle longeant l'arrière de la mairie. Un de ses fils était militaire, alors que l'autre était un pauvre garçon accablé d'un pied bot. Il fabriquait des paniers en osier que sa mère vendait au marché de Montbron. « Oui, une brave femme, la Toinette, qui a eu son lot de chagrins ! Elle me propose souvent de causer un peu, autour d'un verre de piquette. »

Bien déterminée à ne pas être témoin ni complice d'un adultère honteux, Annie jeta un coup d'œil méprisant au dos musculeux de son maître, qui se dirigeait vers sa chambre. « Eh oui, faut préparer votre lit, m'sieur le curé ! » ironisa-t-elle en son for intérieur.

*

Ainsi, les jours suivants, Annie évita de rester au presbytère pendant les visites de Mathilde. Même si l'attitude de sa servante l'arrangeait, Roland Charvaz finit par s'en inquiéter.

— Elle se doute de quelque chose, déclara-t-il à sa maîtresse. Avant, elle se calait au coin du feu dès qu'elle n'avait plus d'ouvrage, ou bien elle s'accordait une sieste. Pourquoi s'en va-t-elle en ronchonnant et en claquant la porte ?

— Mais, avant, elle ne connaissait personne dans le bourg. Annie va chez la Toinette, qui vient aider ma bonne pendant les grandes lessives de printemps et d'automne. De quoi te plains-tu ? Nous en profitons ! Cela dit, à la moindre occasion, cette horrible bonne femme me regarde de travers.

— Nous sommes imprudents, Mathilde, insista Charvaz. Ne viens pas lundi. Comme ça, je verrai si elle demeure ici à faire son travail ou si elle sort quand même. Bon sang, nous avons tiré le mauvais numéro, avec Annie. Je l'ai surprise à balayer la poussière sous le buffet.

Mathilde éclata de rire et embrassa son amant à pleine bouche.

— Je me sauve. Si jamais Colin revenait plus tôt que prévu de ses visites du côté de Chazelles… Alors, à ce soir, pour le dîner.

C'était le samedi 10 novembre.

*

Le mardi 13, Ernest reçut une courte lettre de sa mère. Après l'avoir lue, il ferma sa boutique de tailleur et marcha d'un pas allègre jusqu'à une rue voisine où logeait sa sœur.

— Elvina, notre chère maman n'en peut plus de la situation. Elle fera ce que je lui ai proposé, elle rentrera à Angoulême la veille de Noël. Bah ! nous lui trouverons une autre place dans le quartier, si vraiment elle refuse d'être à notre charge. Apparemment, le curé et l'épouse du docteur ne se gênent plus du tout. Du coup, notre pauvre mère traîne dans le bourg quand ils batifolent au presbytère. Hormis lundi, où la dame en question n'est pas venue.

— Mais le mari de cette personne est-il aveugle ? s'étonna Elvina.

— Non, il est médecin, donc très occupé par ses patients, répliqua son frère. Je vais écrire à maman dès aujourd'hui et lui recommander de ne pas annoncer son départ au curé. Il pourrait la congédier aussitôt ; elle perdrait ainsi un mois de gages.

Quand elle déchiffra la réponse de son fils, Annie hocha la tête en affichant un air ému. Ernest pensait décidément au moindre détail. Son destin aurait pu être différent, cependant, si elle ne s'était pas rangée à l'avis de ses enfants.

*

La première querelle sérieuse éclata une semaine plus tard. Alors qu'Annie rinçait la vaisselle, Roland Charvaz lui dit d'un ton autoritaire :

— J'ai une lettre importante qui doit partir aujourd'hui sans faute. Or, le facteur est déjà passé. Je ne peux donc pas la lui confier. Vous irez la porter à Marthon.

La servante s'immobilisa. Dehors, il ventait et la pluie menaçait. Ce n'était pas la première fois qu'on l'envoyait courir à la poste du village voisin. Elle s'était acquittée de la mission à contrecœur le mois précédent, mais là, sachant pourquoi le père Roland lui imposait une pareille marche, elle protesta.

— Encore courir à la poste de Marthon, monsieur le curé ! se plaignit-elle en posant son torchon. Je ne suis pas assez vaillante ! Pourquoi ne pas attendre le facteur demain matin ?

Annie Meunier et Roland Charvaz s'affrontèrent du regard.

« Oui, si je l'envoie à Marthon, c'est que c'est nécessaire, songeait le curé. Je la sens décidée à ne pas sortir à cause du mauvais temps, mais le docteur est parti pour Angoulême avec Jérôme.

Mathilde sera libre tout l'après-midi et je n'ai que ce moyen pour me débarrasser de ma fichue servante. »

Sa maîtresse l'avait averti par l'entremise de Suzanne, qui s'était débrouillée pour confier discrètement un pli cacheté au curé. Il était question dans le billet doux d'une nouvelle lingerie dont il se délectait par avance. Mathilde avait toujours de bonnes idées pour le rendre fou de désir.

— Je vous dis que cette missive est urgente ! tonna-t-il d'une voix aigre. Une promenade ne vous fera pas de mal, vous passez la journée assise, hormis quand vous avez envie de bavarder avec la Toinette. Ma parole, elle vous enseigne le patois... Et puis, j'en ai assez ! Vous discutez mes ordres, vous ne me donnez pas satisfaction, vraiment ! Je ne sais pas ce qui me retient de vous chasser, là, sur l'heure.

La servante respira à fond en essayant de se contenir. Mais la colère montait en elle. Charvaz lui jeta un regard moqueur. Ce fut la goutte d'eau qui fit déborder le vase.

Elle s'approcha de la cheminée et se saisit des pincettes en fer qui servaient pour le feu, assez lourdes à manier. Elle les brandit dans sa direction, dans un geste menaçant :

— Prenez garde, monsieur le curé ! s'écria-t-elle. J'ai vu de bien vilaines choses que je pourrais dévoiler !

— Qu'avez-vous donc vu ? Que pourrez-vous dire ? Et à qui ? Accouchez, accouchez donc ! hurla-t-il, furieux.

— Eh bien, rétorqua-t-elle, je vais accoucher d'un enfant qui ne vous fera pas plaisir. Je vous ai surpris en flagrant délit d'adultère avec madame de Salignac. Vous allez nier, sans doute, mais j'ai la preuve de vos relations, car j'ai même conservé une des lettres que vous me chargiez de porter à cette dame. Je connais un homme respectable, un malheureux époux dupé, qui serait fichtrement choqué de lire ce message.

Assommé, Roland Charvaz baissa la tête et cacha sa figure entre ses mains. Il ne croyait pas sa servante aussi maligne, capable de le confondre, de le menacer.

Annie l'observait, les lèvres pincées. Il ne semblait plus aussi sûr de lui, maintenant, et elle savourait sa victoire.

— Je suis une honnête femme, moi ! ajouta-t-elle, toujours armée des pincettes en fer. Je ne veux pas être mêlée à vos histoires ! Ce pauvre monsieur de Salignac, s'il savait ce qui se passe à deux pas de chez lui, il en tomberait raide, pour sûr !

Le curé réfléchissait à la meilleure parade. Les femmes de ce genre, il fallait les amadouer, et de n'importe quelle manière. De sa voix la plus douce, la plus humble, il s'adressa à Annie.

— Hélas, je comprends votre indignation, ma brave dame. Que voulez-vous, la chair est faible, dit-on, et c'est on ne peut plus vrai. J'ai trente ans seulement et, pour mon malheur, un sang vif, des besoins naturels impérieux, aussi. Ce sont mes parents qui m'ont poussé à entrer au séminaire, là-bas, dans ma Savoie natale. Mais j'avais déjà goûté au plaisir ; j'avais eu une fiancée peu farouche qu'on m'a obligé à abandonner. J'ai eu du chagrin, beaucoup de chagrin, et depuis, bien que je sois contraint au sacerdoce, la présence d'une femme me trouble et me fait perdre le sens commun. Allons, vous pouvez me comprendre, Annie ! Vous aussi, vous avez été jeune. Ne dites pas le contraire.

— Eh ! Je n'ai pas commis l'adultère, moi ! se rebiffa-t-elle.

Roland Charvaz eut un mince sourire en se levant. Il jouait sa réputation, même son destin.

— Je sais, je sais, vous êtes une honnête femme, vous avez raison de l'affirmer. Vous êtes sans péché et je vous félicite. Mais madame de Salignac ne m'a pas laissé en paix un instant. Elle me harcèle depuis mon installation. Elle a fait de même avec le père Bissette, ce qui a causé son renvoi de la paroisse.

Intriguée, Annie remit les pincettes à leur place et s'assit sous le manteau de la cheminée. Là, méfiante, elle écouta la suite du vibrant plaidoyer que débita le curé.

— Il faut que je sois au pied du mur pour enfin avouer la vérité et accuser ainsi madame de Salignac, de manière peu élégante, j'en conviens. Mais je suis sincère, je l'ai repoussée plusieurs fois. C'était avant votre arrivée. Mais rien ne la décourage.

— Vous paraissez bien d'accord, pourtant, tous les deux ! hasarda la servante.

— Quand le mal est fait, on n'ose pas faire marche arrière. De plus, c'est une jolie femme, liée au nom des convenances à un mufle, un homme coléreux dont elle a peur.

Perplexe, Annie hocha la tête. La version que lui servait Charvaz se tenait. « La Toinette m'a dit, l'autre jour, que le docteur n'était pas un tendre. L'épouse se plaint à sa bonne, Suzanne, qui raconte tout pendant les grandes lessives. »

— Non, je vous assure, Annie, je suis pris au piège, le piège de la chair, qui s'est tissé de sentiments, bien sûr, petit à petit. Tenez, l'autre jour, elle m'a envoyé des noix, mais je les lui ai redonnées aussitôt, par l'intermédiaire de son fils, car je comptais rompre et je ne voulais plus de cadeaux. Le petit m'a raconté que sa maman avait beaucoup pleuré. Dieu m'en est témoin, j'ai été trop faible. Je me suis laissé séduire, ensorceler plutôt.

— Bah ! ça n'a pas l'air de vous déplaire, voilà ce que j'en dis, répliqua Annie.

— J'ai perdu la tête, je l'avoue ! Mais cela n'arrivera plus, car, aujourd'hui, vous m'avez remis sur le droit chemin. Vous avez raison, Annie, j'ai commis une faute grave. Allons, ne nous fâchons pas ! Jamais vous ne me quitterez, vous serez une seconde mère pour moi et vous veillerez sur mon âme. Pour vous prouver mon amitié, j'augmente vos gages de quarante francs et vous n'aurez plus à porter de messages à Marthon. Ni à madame de Salignac. Je lui dirai que je ne veux plus la voir, en dehors de l'église, évidemment. Sinon les gens flaireraient une histoire louche, son époux aussi.

Annie en resta bouche bée. Le curé avait touché son point faible. Pas un domestique n'aurait refusé une telle augmentation de salaire.

— J'espère que vous n'avez pas ébruité cette triste affaire ! Ce serait dommage pour nous tous, soupira-t-il.

— Je ne suis pas si mauvaise, monsieur le curé ! répondit-elle avec un peu de mépris. Ni sotte. Ce ne serait pas chrétien de briser un ménage respecté dans le bourg, qui a un gentil gamin, en plus.

Elle jouait la prudence. Charvaz n'avait pas à savoir qu'elle s'était confiée à ses enfants.

Il respira mieux. Si les choses en restaient là, il n'y avait pas grand mal. Gentiment, la mine grave, il s'approcha et fit le geste de la bénir.

— Merci de votre indulgence, Annie ! Vous me donnez une belle leçon de tolérance et vous pratiquez le pardon des offenses. Allez vite vous reposer, j'irai moi-même à Marthon.

Sur ces mots, le père Roland enfila sa pèlerine et quitta le presbytère, sa lettre à la main. Annie ne bougea pas de sa chaise. Elle pesait le pour et le contre, assommée par leur discussion.

« Est-il franc, au moins, se demanda-t-elle. On aurait bien dit ! J'ai cru qu'il allait verser sa larme. Sait-on jamais, avec les belles femmes ! Peut-être que c'est vrai, que madame de Salignac a cherché à le corrompre. Faudrait que j'interroge le sacristain au sujet du père Bissette. »

Désemparée, la pauvre femme perdit le fil de ses idées. Elle se leva et marcha d'un pas pesant jusqu'au buffet. La bouteille de vin cuit offerte par le docteur de Salignac la narguait. Elle se servit un bon verre et se sentit revigorée.

— Mon fils m'a dit de me tenir tranquille et je ne l'ai pas fait, bougonna-t-elle à mi-voix. Tant pis, maintenant, le curé devra se tenir un peu mieux. Tout compte fait, puisqu'il augmente mes gages, je ne vais pas me plaindre. Et comme j'ai l'ordre de faire une sieste, je vais me coucher. Il m'a épuisée, avec ses discours.

Annie s'endormit très vite du sommeil du juste.

*

Le front soucieux, Roland Charvaz venait d'entrer dans le jardin des Salignac. Un vent froid annonciateur des frimas de l'hiver soulevait le bas de sa soutane. Il frappa deux coups sonores à la porte principale. La bonne lui ouvrit, un balai à la main.

— Le docteur n'est pas là et il ne reviendra que ce soir, monsieur le curé.

— Je voudrais voir madame, ma fille. Puis-je entrer, ou allez-vous me barrer le passage encore longtemps ?

Suzanne s'écarta, la bouche pincée. Elle n'était pas dupe de ce qui se tramait entre sa patronne et le prêtre. Mathilde ayant déjà largement récompensé sa discrétion, la jeune domestique désapprouvait néanmoins l'irruption de Charvaz. « C'est de pire en pire ! Il a un culot ! » se disait-elle.

Elle conduisit le visiteur au salon et grimpa à l'étage. Mathilde sortit de sa chambre, où elle se préparait.

— Qu'est-ce qui se passe, Suzanne ? Un patient ? Mon mari a pourtant accroché un écriteau sur le volet du cabinet.

— Non, madame, le père Roland est en bas.

— Oh, très bien. Dites-lui que je descends.

Une minute plus tard, Mathilde dégringolait l'escalier aussi rapidement qu'une demoiselle volant à son premier rendez-vous.

D'un signe du menton, elle congédia la bonne qui, sous prétexte d'attiser le poêle, s'attardait, curieuse. Mais elle n'était pas sitôt retournée à la cuisine qu'on l'appela.

— Suzanne, déclara Mathilde, ôtez votre tablier et courez à la poste de Marthon. Monsieur le curé a une lettre urgente à envoyer, mais il ne peut pas y aller. Vous aurez cent sous pour la commission. Et je vous laisse disposer de la fin de votre après-midi. Prenez votre châle, surtout, le vent a fraîchi. Un parapluie aussi, au cas où...

— Bien, madame, merci, madame !

Au fond, ça ne lui déplaisait pas de prendre l'air. En plus, elle gagnait cent sous et des heures de liberté, loin des Salignac. Ils n'étaient pas pires que d'autres patrons, au fond. La plupart étaient exigeants, querelleurs et avares.

*

Dès qu'ils furent seuls dans la maison, les deux amants s'étreignirent et s'embrassèrent avec fébrilité. Bien qu'éperdue de bonheur, Mathilde perçut cependant qu'il y avait un problème. Il était convenu qu'ils se retrouveraient au presbytère.

— Pourquoi es-tu venu ici ? Suzanne ne dira rien, mais j'étais un peu gênée. Et je me faisais belle, pour toi.

— Ton mari et ton fils ne sont pas là, il me semble, dit-il plus sèchement qu'il ne l'aurait voulu. Et un curé a le droit de rendre visite à l'épouse du docteur quand il fait partie de leur cercle d'amis.

— Oui, bien sûr, Roland.

Elle noua ses bras autour de son cou et quémanda un autre baiser, mais il se déroba, oppressé.

— Mathilde, je devais te parler. Annie prétend nous avoir surpris en plein délit d'adultère. Elle a même gardé une lettre que je t'ai écrite. Quelle sale bonne femme ! J'ignore le jour précis où elle a pu nous entendre ou comprendre ce que nous faisions dans ma chambre, mais j'avais remarqué un changement chez elle, la veille de son voyage à Angoulême. Bon sang, j'aurais dû comprendre ! Elle me jetait de méchants coups d'œil et me répondait à peine.

Charvaz lissa ses cheveux bruns et scruta le visage de sa maîtresse. Elle avait perdu ses charmantes couleurs. Une main sur la poitrine, elle laissa échapper un gémissement d'horreur.

— Elle m'a vue avec toi ? Quel malheur ! Dis, crois-tu qu'elle va nous trahir ?

— Je ne pense pas. Nous avons discuté, ensuite. Je suis navré, mais j'ai reporté la faute sur toi. Et j'ai joué les repentants, je l'ai calmée par de belles paroles avant d'augmenter ses gages. Non, ne crains rien, elle se taira de peur de perdre sa place.

— Mets-la dehors dès demain matin, trancha Mathilde, effrayée. Qu'elle retourne à Angoulême ! Suzanne ira faire ton ménage.

Roland se mit à déambuler dans le salon, les mains derrière le dos.

— Ah oui ? Tu veux nous perdre ? Je la renvoie et, furieuse, Annie ira pleurnicher dans le giron de ses enfants ! Là, elle leur racontera tout et ils peuvent lui conseiller de me dénoncer à l'évêché. Nous serons séparés et toi, que deviendras-tu si ton mari découvre notre liaison ?

— Mon Dieu, tu as raison, c'est trop risqué. Alors, que faire ?

— La meilleure solution, je peux te la dire, lâcha-t-il. Nous devons être très méfiants à présent. Terminés, les messages échangés chaque jour et tes visites au presbytère. En fait, il serait sage de ne plus nous rencontrer. Annie doit gober ma fable et constater que j'ai renoncé à toi.

Mathilde le fixa avec effarement. Elle redoutait autant le déshonneur que la séparation. Éperdue, elle enlaça son amant.

— Roland, embrasse-moi ! Serre-moi fort ! J'ai peur. Comme je maudis cette vieille commère ! Tant pis, chasse-la quand même. Propose-lui de l'argent en échange de son silence. Je t'en donnerai.

Charvaz repoussa brusquement sa maîtresse.

— Tu n'as pas un sou de jugeote ! M'as-tu écouté ? Il faut l'amadouer, éviter qu'elle aille cracher sur nous ici ou ailleurs. Tu imagines le scandale ? Si mes supérieurs savaient la vérité sur moi, ils se montreraient implacables. Le pays me plaît bien et mon logement est confortable. Cette langue de vipère ne doit rien gâcher.

— Et moi je ne compte pas ? murmura Mathilde. Tu m'as oubliée dans les attraits de la paroisse ?

Il la regarda et lui ouvrit les bras. L'angoisse et la colère l'avaient bouleversé.

— Tu comptes plus que tout, bien sûr. Je refuse de te perdre, de renoncer à toi.

Il la reçut contre lui et goûta la peau de son cou du bout des lèvres. Elle exhala une plainte voluptueuse.

— Soyons courageux. Écoute, je préfère rentrer chez moi. Si tu veux, nous pourrions nous voir ce soir, près des halliers qui mènent aux champs, à la tombée de la nuit.

Elle fit non, l'air désespéré.

— Roland, ce ne sera pas possible. Mon mari ne revient pas seul d'Angoulême. Il a invité à dîner un couple de nos amis qui dormira ici. Allons dans la salle d'attente, je t'en prie. Il n'y a aucun risque, les volets sont fermés. Si nous devons passer des jours sans nous rencontrer, il nous faut une provision de baisers et de caresses.

Mathilde l'entraîna par la main, les yeux voilés par la violence de son désir. Il la suivit, un peu surpris de la découvrir aussi audacieuse. Grave et haletante, elle tint ses promesses en dévoilant pour lui des bas de soie noire, des jarretelles rouges et un nouveau corset en satin brodé.

La peur du lendemain aussi bien que la peine de devoir s'obliger à une prudente séparation les menèrent à l'apogée de leur passion. Si Charvaz avait douté de ses sentiments pour Mathilde, il fut alors certain de l'adorer. Elle osa crier, gémir, et enfin pleurer d'extase.

— Roland, je t'aime tant ! soupira-t-elle en remettant de l'ordre dans sa toilette. Ce n'est certes pas un péché d'aimer si fort.

— Va expliquer ça à la veuve Annie Meunier, gronda-t-il, hanté par la querelle qui l'avait opposé à sa servante. Je ne t'ai pas tout raconté. Figure-toi qu'elle s'est muée en furie, armée des pincettes de la cheminée. On l'aurait crue prête à me frapper parce que je prétendais l'envoyer à Marthon. Ah, ça ! si elle pouvait passer sa journée couchée, elle le ferait.

Mathilde fit asseoir son amant sur la banquette en cuir réservée aux patients. Ils gardèrent le silence un moment, tous deux préoccupés. La pénombre de la pièce et la demeure familiale désertée leur causaient une angoisse étrange.

— Je voudrais être sûr qu'Annie se taira, qu'elle ne nous trahira pas, dit enfin Charvaz.

— Et moi donc ! Colin me tuerait, peut-être.

Le curé redoutait de perdre sa paroisse et sa maîtresse ; Mathilde, elle, tenait à préserver sa position sociale. Jamais elle n'avait envisagé une fuite romantique qui la condamnerait à l'opprobre. Il lui fallait sa maison, son époux, son fils, tout ce qui la rendait honorable aux yeux du monde.

D'une voix tendue, elle murmura :

— Annie a mauvais caractère. Un jour ou l'autre, elle peut nous nuire. J'en viens à souhaiter qu'elle soit atteinte d'une maladie fatale. Mais non, le destin tire les ficelles à sa guise. La vieille Adèle est morte hier matin. D'une sorte de congestion, d'après mon mari. Une femme gentille et serviable, qui ne buvait pas et mangeait peu. Pendant ce temps, celle qui, sournoise, vide tes bouteilles de vin, qui refuse de t'obéir et qui paresse sans vergogne, il ne lui arrive rien, même quand elle va à Marthon. Si seulement, la dernière fois où elle a fait le trajet, une charrette l'avait renversée. Un accident et nous étions débarrassés d'elle.

Charvaz approuva d'un air songeur.

— Oui, ce ne serait pas une mauvaise chose de la savoir sous six pieds de terre. Elle va continuer à nous surveiller. Sois très prudente, tu m'entends ? Je te le répète, plus de billets doux ! Et brûle ceux que je t'ai envoyés. Je ferai de même tout à l'heure. Il ne doit y avoir aucune preuve. Si jamais elle m'accuse, je pourrai la taxer de calomnie ; ce sera ma parole contre la sienne.

Mathilde tapa du pied. Elle n'avait pas l'intention de jouer les coupables :

— La parole d'une servante, qui y accordera de l'importance, si tu l'accuses de mentir, toi, un homme d'Église ?

Il haussa les épaules, car il n'avait pas avoué à sa maîtresse ses précédents ennuis avec les autorités ecclésiastiques qui l'avaient conduit de Chambéry à Paris, de Paris à la Saône-et-Loire et finalement de Saône-et-Loire à Saint-Germain. Si l'évêque d'Angoulême avait pris le temps d'enquêter sur le curé Roland Charvaz, il ne lui aurait certes pas confié une nouvelle paroisse.

— Fais comme moi avec Suzanne, reprit Mathilde. Offre-lui du vin, à cette sale bonne femme, puisqu'elle l'apprécie. Et des sucreries !

— J'ai déjà augmenté ses gages, je te l'ai dit, et elle en est restée bouche bée.

— Prions pour que ce soit suffisant, Roland. De toute façon, Annie n'a pas intérêt à nous chercher des histoires, sinon...

— Sinon quoi ? Nous verrons bien. Pour l'instant, il faut plier l'échine.

Mathilde se jeta au cou de son amant.

— Je viendrai me confesser demain soir. Personne n'y trouvera à redire. Maintenant, sauve-toi vite !

Ils échangèrent un dernier baiser, triste et amer.

*

Saint-Germain, mardi 27 novembre 1849

Deux semaines s'étaient écoulées dans une sorte de trêve. Annie avait constaté avec étonnement que le curé passait beaucoup de temps à l'église ou assis sous la lampe à pétrole, penché sur un livre d'histoire sainte. Mathilde de Salignac, elle, n'avait pas remis les pieds au presbytère. La servante ne l'avait aperçue qu'à la messe dominicale, sagement assise entre son époux et le petit Jérôme.

« C'est à croire que mes sermons et mes menaces ont servi à quelque chose ! se disait la servante ce matin-là, dans la patache brinquebalante qui la conduisait à Angoulême. Peut-être que le père Roland avait besoin de se faire tirer les oreilles. Il est jeune, aussi. Et la dame est jolie, ça oui ! »

La pauvre femme en conçut un sentiment de puissance proche de la vanité. Si elle avait remis un prêtre dans le droit chemin, Dieu l'en remercierait tôt ou tard. Cependant, en y réfléchissant bien, elle craignit d'avoir été bernée. « Ils peuvent échanger des messages avec la complicité de la bonne. Suzanne est toute dévouée à sa patronne, la Toinette me l'a dit et redit, pensa-t-elle. Quand même, le curé s'absente souvent ; il est toujours parti pour Marthon ou Chazelles. Il peut courir à un rendez-vous galant. Et, aujourd'hui, ils auront le champ libre pour se retrouver au presbytère. Mais, ça, je le saurai vite, puisque j'ai demandé à ce brave Alcide de surveiller le père Roland. »

Elle n'avait pas pu tenir sa langue et, quatre jours auparavant, elle s'était confiée au sacristain sans oser révéler toute la vérité.

— Je ne me plais plus ici, Alcide. Je serais mieux chez mon fils, avait-elle murmuré.

Ils discutaient dans le potager du vieil homme, entre une rangée de poireaux rabougris et une ligne de choux au feuillage exubérant.

— Comment ça ? La semaine dernière, vous m'avez dit que monsieur le curé avait augmenté vos gages ?

— Pardi, il a sans doute trouvé ce moyen pour me faire tenir tranquille. Moi, si une chose m'agace, je ne peux pas me taire. Alors les visites de l'épouse du docteur, chaque jour… J'ai fait remarquer au père Roland que ce n'était pas convenable, pas convenable du tout.

— Boudiou ! faudrait pas vous en occuper. Madame de Salignac, c'est une ben jolie femme, on est d'accord. Seulement, c'était pareil avec le père Bissette, elle venait souvent lui rendre visite. Elle lui apportait des noix, un flacon de liqueur de cassis, un bocal de foie gras… Il s'en vantait, après. Tenez, une fois, je longeais la haie derrière la mare. C'était au mois de mai. Madame de Salignac et ses amies déjeunaient sur l'herbe. Ah, c'était ben plaisant à voir, leurs robes claires, les chapeaux, les ombrelles ! J'en riais dans ma barbe. Mais le curé Bissette se trouvait là, tout en noir parmi ces dames. Il riait, taquinait les dames, pinçait des tailles. Voilà qu'on joue à colin-maillard, d'un coup…

— Et alors ? avait interrogé Annie, ébahie.

— Ben alors, quand ça a été le tour de Bissette d'avoir les yeux bandés et qu'il s'est approché de madame de Salignac, elle riait ben fort et il l'a attrapée par la taille, les mains baladeuses, oui ! Les gens ne l'aimaient pas, ce curé-là. Au confessionnal, il les vouait aux flammes de l'enfer pour des vétilles, mais lui, dès qu'il voyait un jupon, il devenait rouge comme un diable et tout tremblant.

Le récit avait consterné la servante.

— Seigneur Dieu, c'est-y pas possible, des prêtres de ce genre !

— Je vous assure, madame Annie, que le père Roland n'a pas le genre de Bissette. Il prêche bien en chaire, le dimanche, et je le trouve souvent seul dans l'église, en prière.

— N'empêche, Alcide, la prochaine fois que j'ai un congé et que je vais voir mes enfants à Angoulême, jetez donc un œil sur le presbytère. Vous me rendrez service, et je serai réconfortée si monsieur le curé ne reçoit personne, surtout pas madame de Salignac.

Le sacristain avait promis, troublé, désireux cependant de satisfaire une honnête femme à qui il vouait une franche amitié.

*

Ernest Meunier attendait sa mère sur le quai de la Charente, là où s'arrêtait la diligence. N'ayant eu aucune nouvelle d'elle depuis une semaine, il s'inquiétait un peu. Mais Annie descendit de la voiture, souriante, vêtue de sa meilleure robe, les épaules drapées de son châle en laine noire.

— Mon fils, je suis bien contente de te retrouver, dit-elle aussitôt en l'embrassant.

Un vent froid et sec soulevait des nuées de feuilles mortes d'un brun roux, sous un ciel limpide qui annonçait les premières gelées. En raison du trafic des gabarres sur le fleuve, le quartier grouillait d'attelages et de commis. C'était la même joyeuse animation que d'ordinaire.

— Ah, ça me fait plaisir de me retrouver en ville, soupira Annie. La campagne est moins gaie, en cette saison, Ernest.

— Sûrement, maman, mais, le mois prochain, tu reviens pour de bon. J'ai déjà préparé ta chambre. Le matelas a pris l'air, le tapis est battu et j'ai acheté du charbon pour le poêle. Elvina m'a aidé.

— En voilà, de bons enfants, balbutia-t-elle, émue aux larmes.

— J'ai trois commandes intéressantes, en vue des fêtes. Nous ferons un réveillon digne des bourgeois, ma chère maman. Moi qui me plaignais de l'état de mes affaires lors de ta dernière visite, la chance a tourné.

Ils marchèrent bras dessus, bras dessous jusqu'à la boutique d'Ernest. Le tailleur fit asseoir Annie dans la pièce du fond devant une belle brioche dorée.

— Alors, ton maître te tourmente-t-il encore ? s'enquit-il en servant du café.

— Oh, nous avons eu une sérieuse prise de bec, fiston. Je l'ai même menacé avec les pincettes de la cheminée. Et je n'ai pas pu suivre tes conseils. Je lui ai dit, au curé, que je l'avais vu avec sa maîtresse.

— Misère, Charvaz a dû se sentir démasqué !

— Tiens, regarde donc le résultat. *Môssieur* le curé m'a donné une lettre pour toi, écrite et signée de sa main à lui. Lis donc, mon fils, lis !

Mon cher monsieur,

Je n'ai pas l'honneur de vous connaître, mais, d'après tout le bien que m'a dit de vous madame votre mère, je prends la liberté de vous annoncer à son sujet des choses qui, en vertu de l'amour filial qui vous anime envers elle, vous feront plaisir ; c'est que je suis content d'elle et, la connaissant sous de bons rapports, j'augmente son salaire. Elle gagne maintenant 100 francs. Veuillez agréer... etc.

Charvaz, curé de Saint-Germain

— Quoi ? Il a augmenté tes gages ? s'écria Ernest, sa lecture achevée.

— Oui, laisse-moi te raconter ce qui s'est passé...

Annie mit son fils au courant dans les moindres détails de son altercation avec le curé. Elle lui dépeignit la querelle, les reproches qu'il lui avait adressés et ses cinglantes réparties à elle.

— Garde soigneusement ce document, fiston. Ça me fera un bon témoignage pour chercher une autre place, ici, à L'Houmeau, déclara-t-elle.

Une heure plus tard, Ernest devant se remettre au travail, Annie sortit, impatiente de causer avec ses anciennes voisines. S'estimant suffisamment loin de Saint-Germain, elle s'empressa de conter les relations adultères dont elle avait été témoin, notamment à une vieille compagne d'école ainsi qu'à certains commerçants du faubourg.

On s'indigna, on se récria, on plaisanta. Fière de son succès, la servante du curé Charvaz recommandait néanmoins de ne pas répandre la rumeur.

— Je serai de retour à la Noël, pour de bon, ce coup-ci, et mes gages en poche, disait-elle en prenant congé. Et puis, il y a le gamin des Salignac. Pauvre petit, ce n'est pas la peine de briser un ménage. Quant à mon maître, il finira défroqué, faible comme il est avec cette femme.

Plus tard, chacun se souviendrait du jour de la fin novembre où ils auraient vu Annie Meunier vivante pour la dernière fois.

*

Pendant ce temps, Roland Charvaz tenait Mathilde dans ses bras, au creux du lit mis sens dessus dessous par leurs ébats. Elle l'avait rejoint au presbytère, heureuse de pouvoir rester une partie de l'après-midi, car son mari rentrerait tard.

Avant le départ du docteur, la jeune femme l'avait interrogé d'un air très doux sur les malades qu'il visitait.

— Je passe chez le boucher de Saint-Sornin, puis je monte au hameau de Marillac. Au retour, j'irai au logis de La Brousse. Notre ami notaire souffre de ses rhumatismes.

Rassurée, Mathilde lui avait tendu ses lèvres en guise d'au revoir et le médecin, ragaillardi, s'était mis en chemin, perché sur le siège de sa calèche. Ce fut alors une course précipitée à l'étage, une toilette rapide dans sa chambre à l'abri du paravent, un peu de fard sur ses joues et de parfum à la violette au creux du cou.

Ce jour-là, sachant qu'ils pourraient se voir en toute impunité, elle avait apporté deux parts de gâteau et une bouteille de vin blanc.

— Nous avons fêté comme il faut notre liberté, chuchota-t-elle à l'oreille de son amant.

— Tu veux parler de l'absence de ma servante, rectifia-t-il.

Il la contempla. À demi nue dans le fouillis des draps, le teint rose et la bouche gonflée par les baisers, elle faisait un bien charmant tableau.

— Tu es si jolie ! soupira-t-il. Dis, personne ne t'a vue monter chez moi ? Je vis dans l'angoisse, Mathilde.

— Mais nous n'allions pas rater une occasion pareille, Roland. Ne crains rien, il faisait froid et la rue était déserte.

— Quand même, si Annie l'apprend, elle saura que j'ai menti, que je n'ai pas renoncé à toi, gronda-t-il.

Elle voulut l'apaiser d'une caresse, mais il lui tourna le dos, envahi par une anxiété pénible à l'idée de se quereller encore avec sa domestique. En fermant les yeux, il revit son visage flétri, gras et rougeaud, ainsi que son regard méprisant. Il crut l'entendre crier : « Je vous ai surpris en plein adultère. »

Il s'adressa sèchement à sa maîtresse.

— Allons, rhabille-toi vite, Mathilde. C'est plus prudent. Imagine que le sacristain vienne me chercher, qu'il ait besoin de moi ou qu'un mourant me réclame. Et si ton époux revenait plus tôt que prévu !

— Décidément, rétorqua sa maîtresse, Annie gâche tout. Je regrette tous les matins, tous les soirs et toutes les nuits de l'avoir engagée.

Charvaz hocha la tête sans rien ajouter. Il ne se faisait aucune illusion, si l'affaire s'ébruitait, c'en serait fini de sa réputation et de son honneur. Madame Callières chez qui il avait séjourné pendant les deux semaines où il avait prétendu être en Savoie l'avait mis en garde. Sa tendre amie pensait que les assiduités de Mathilde de Salignac causeraient son malheur. Pourtant, il ne lui avait pas avoué leur relation coupable, de crainte de perdre son estime et son affection. Madame Callières était la seule femme qu'il vénérait.

— Tu ferais mieux de te rajuster, toi aussi, lui recommanda Mathilde tandis qu'il se perdait en sinistres prévisions.

Le curé se leva et arrangea sa tenue avec des gestes nerveux. En accrochant son chapelet à sa taille, il eut un brusque mouvement d'humeur.

— Et si je t'enlevais ? s'écria-t-il, la gorge serrée par une émotion qui le surprit. Ce serait une solution. Grâce à la générosité de tes parents, tu as de l'argent de côté, tu m'aimes et je t'aime aussi, Mathilde. En outre, je ne supporte plus l'idée que ton lourdaud de mari te touche, qu'il puisse dormir près de toi, t'avoir chaque nuit à sa merci ! Je jette ma soutane aux orties et nous fuyons en Amérique.

Il se projeta sur un grand bateau, Mathilde à son bras dans cette robe jaune qui lui allait si bien.

— Non, pitié, ne dis pas ça, Roland, répliqua-t-elle d'une petite voix triste. Mon enfant, lui, tu y penses ? Comment pourrais-je vivre sans lui ? Je n'en aurai pas d'autres, je te l'ai expliqué. Sois raisonnable ! Il suffit de renvoyer Annie, et nous serons tranquilles.

Déçu et furieux, Charvaz leva les bras au ciel.

— Combien de fois vas-tu me proposer ça ? Si je la congédie, elle parlera. À mon avis, elle a déjà parlé, mais à qui, je l'ignore. Espérons que les quarante francs d'augmentation lui auront cloué le bec.

— Une chose est sûre, dit-elle tout bas, depuis que cette vieille sorcière nous tient entre ses mains, je ne dors plus, Roland ! Si jamais mon mari apprend la vérité, que deviendrai-je ? Il est violent et colérique, je t'assure. Il est capable de me tuer, de nous tuer tous les deux. Et mon fils ! Il ne doit pas être éclaboussé par un scandale. Fais-lui promettre de se taire, sinon je suis perdue, nous sommes perdus. Je serai à l'église demain matin pour me confesser. Tu me diras ce qu'il en est.

Ils se dévisagèrent et chacun lut sur les traits de l'autre la même peur viscérale. Charvaz l'enlaça.

— Et moi, sais-tu ce qui m'arrivera ? Le déshonneur, une condamnation, la misère… Mathilde, ma chérie, je voudrais me défaire d'Annie sur l'heure, mais je ne peux pas. J'en aurais, des excuses. Elle est sale et geignarde, sans compter son penchant pour la bouteille. Si tu voyais les regards outrés qu'elle me décoche dès que je lui demande la chose la plus simple, le service le plus banal ! On dirait qu'elle veut gouverner ma maison et ma vie. Et nous séparer, en plus !

6

Un arrêt de mort

Saint-Germain-de-Montbron, mercredi 28 novembre 1849

Annie écossait une brassée de haricots blancs, encore nichés dans leurs gousses. La veille, à son retour, elle en avait trouvé un panier sur la table.

— On m'a porté ça en haut de l'escalier, la modeste offrande d'un de mes paroissiens, lui avait dit le curé, ses yeux de chat sauvage la fixant avec intensité. Vous les ferez cuire pour demain.

Il s'était retiré dans sa chambre immédiatement, sous prétexte qu'il avait déjà dîné.

« Je parie que les haricots viennent d'Alcide. Ce brave sacristain a dû ruser, hier, pour venir écouter ce qui se passait ici », pensait-elle, impatiente d'aller interroger son complice.

Elle observa le ciel par la fenêtre. Le soleil pointait au-dessus des toits voisins. La journée serait fraîche, mais sèche et lumineuse. Charvaz refit son apparition, les cheveux lissés, fidèlement séparés par une raie sur le côté.

— Je vais à l'église, Annie, dit-il d'un ton neutre. Au fait, avez-vous remis ma lettre à votre fils ? En a-t-il été content ?

— Très content, monsieur le curé. Il vous adresse ses respects, répliqua-t-elle sans le regarder. Dites donc, si vous descendiez chercher trois grosses bûches... Posez-les devant la porte, je les rentrerai.

— Pardon ? aboya-t-il.

— Ce n'est pas pratique, votre maison à balet, comme dit l'instituteur. Si j'avais de bonnes jambes, encore, mais toujours monter et descendre, remonter, redescendre... Votre escalier du dehors, il me fatigue.

Le curé hésitait à se rebiffer. Il crut deviner le manège de sa domestique.

« Bon sang ! maintenant, elle me tient. Si je la traite de haut, elle me fera chanter. Je vois clair dans son jeu ; ça l'amuse de me faire marcher au pas ! » enragea-t-il en silence.

Le coup d'œil ironique que lui décocha Annie confirma la chose. Elle semblait dire : « Eh oui, faut filer doux, mauvais sujet, sinon je dis ce que je sais, ce que j'ai vu. »

Trop orgueilleux, Charvaz refusa de se plier à la loi d'une servante.

— Je ne vous paie pas à ne rien faire, trancha-t-il durement. Occupez-vous du bois, je suis attendu.

Le visage tendu, crispé par la colère, il sortit. Dépitée, Annie continua à écosser les monghettes. Il faudrait les mettre à gonfler dans l'eau froide, ensuite. Quand elle se leva pesamment de sa chaise pour vérifier le contenu du seau sur l'évier, elle le trouva vide.

— Sale bonhomme, parjure, hypocrite ! pesta-t-elle entre ses dents. Il veut m'épuiser, oui !

*

Obsédé par la crainte d'être dénoncé, Roland Charvaz avait très mal dormi et son humeur s'en ressentait. Il se glissa dans le confessionnal, où Mathilde lui avait donné rendez-vous. La jeune femme appuya ses lèvres contre la grille en cuivre.

— Alors ? murmura-t-elle.

— C'est de pire en pire. Elle vient de m'ordonner à l'instant d'effectuer une corvée à sa place. Elle se croit la plus forte. Nous devons en discuter, mais pas ici. Viens dans la grange du vieux moulin à trois heures.

— J'y serai, dit-elle simplement. Au revoir.

Ils se voyaient souvent là-bas, au bord du Bandiat, réfugiés au fond d'une petite salle où s'attardait une vague odeur de farine, bien que le moulin fût abandonné depuis un certain temps.

Mathilde fut au rendez-vous, tremblante de joie et de peur. Elle soupira en relevant sa voilette. Il s'approcha, l'air sombre, tourmenté.

— Embrasse-moi d'abord, Roland.

Les lèvres sensuelles, rouges et pleines de son amant la tentaient comme un fruit d'été gorgé de promesses. Cet homme la bouleversait. Elle se blottit contre lui, déjà offerte. Il la repoussa gentiment :

— Mathilde, sois sage.

— Toi, tu me dis ça ? D'habitude, j'ai à peine le temps d'ôter mes gants.

— Je t'aime corps et âme, mais tout a changé ! Je te pose la même question qu'hier. Te sauverais-tu avec moi si je te suppliais, si nous emmenions ton enfant ? Crois-moi, j'ai l'instinct des gens de la montagne et je sens où sont mes ennemis. La vieille mégère qui vit sous mon toit ne nous laissera pas en paix. Elle exigera encore de l'argent, elle surveillera tous mes faits et gestes. Bientôt, nous devrons nous contenter de quelques miettes d'amour et je deviendrai fou en te sachant au lit avec ton mari chaque nuit.

— Je le ferais, Roland, s'il n'y avait pas mon petit Jérôme. Je serais une bien mauvaise maman si je l'entraînais au hasard des routes d'auberge en auberge. Et j'aurais honte de l'arracher à son père…

Charvaz la fit taire d'un baiser brutal. Il n'espérait pas une autre réponse. Ce projet de fuir ensemble resterait un rêve fou, il le savait bien. En s'écartant d'elle, il déclara tout bas :

— Le destin est injuste. Des êtres innocents qui n'ont pas fait le moindre mal trépassent, d'autres, mauvais et violents, demeurent. Si seulement une maladie emportait Annie, et même ton mari, nous serions libres, riches et heureux. Tu quitterais la région, moi ma soutane et, après un an de deuil, je t'épouserais.

Gênée, Mathilde frissonna. Certes, la tutelle de son époux lui pesait souvent, mais de là à souhaiter sa mort, il y avait un grand pas. Le docteur de Salignac était un homme de qualité malgré son caractère épineux et son physique peu avantageux. Il lui faisait confiance presque aveuglément et il la choyait avec une rare constance.

— Ne dis pas des choses pareilles. Colin ne mérite pas ta haine, dit-elle.

— Mais je suis jaloux ! Il dort près de toi et il te prend quand il veut, lui.

— Moins souvent que toi, rétorqua-t-elle avec un regard enflammé. Roland, nous parlerons plus tard.

Elle l'étreignit, la tête renversée en arrière, attentive au désir de son amant. Il poussa un grognement de bête, la plaqua au sol et lui imposa une étreinte aussi rapide que frénétique.

Ils se relevèrent vite, le souffle court. Mathilde lissa sa robe en drap gris, Charvaz les plis de sa soutane.

— Mon cher amour, dit-elle d'une voix basse, sensuelle, vois-tu comme nous sommes bien accordés tous les deux ? Sans ta servante, nous serions très heureux. Je te verrais le samedi soir à nos dîners, le dimanche à la messe, la semaine au presbytère. L'hiver arrive ; ce sera de plus en plus compliqué de nous rencontrer... Regarde, mon ourlet est tout boueux.

Les mâchoires tendues, le curé jeta un coup d'œil dur en direction du village.

— Quand je pense à Annie ! gronda-t-il. Elle doit se chauffer au coin du feu, à l'heure qu'il est, en méditant une façon de me tourmenter. Sais-tu ce qu'elle m'a dit, après le déjeuner ?

— Non...

— Elle avait remarqué que je me préparais à sortir, vu que j'enfilais mes brodequins. J'ai vu son sourire narquois, une sorte de grimace. « Monsieur a besoin d'air, monsieur a peut-être oublié ses bonnes résolutions. Moi, j'irai causer avec votre sacristain et le remercier ; c'est sûrement lui qui a porté les haricots. »

— Quel culot elle a ! s'indigna Mathilde. Te rappeler à l'ordre, t'épier ainsi ! Si le pauvre Alcide prise sa compagnie, je le plains d'endurer une pareille sorcière !

— Ils sont de mèche, maintenant, j'en ai la conviction. Il n'y a pas plus bigot et bavard que Renard. Si elle lui a parlé, le village sera au courant dans peu de jours.

Charvaz serra les poings avant de cogner une cloison en planches fort vétuste. Un bout de bois se fendit.

— Je ne supporte plus l'idée de la voir, de l'entendre se plaindre du matin au soir, de partager mon pain, ma soupe et mon vin avec elle.

— Il faut t'en débarrasser, je n'arrête pas de te le dire, insista Mathilde.

— Écoute, j'ai une solution, déclara-t-il en lui prenant la main. Je vais écrire à ma sœur Marianne de venir me rejoindre. Je sais qu'elle ne se plaît pas, là où elle est employée. Marianne est jeune et rieuse ; elle saura tenir mon ménage mieux que cette vipère d'Annie.

— Ta sœur ? Mais fermera-t-elle les yeux sur notre liaison ? s'inquiéta Mathilde.

— Bien sûr ! Je lui ai souvent confié mon peu d'enthousiasme de briguer la prêtrise. Ainsi, en apparence, je ne chasserai pas Annie. Je lui dirai que Marianne cherche une nouvelle place et que mes parents m'ont demandé de l'engager. Ce sera un congé en douceur. Seulement, il faut compter le temps d'écrire, celui de recevoir la réponse, puis celui du voyage qui est bien long.

— Au moins trois semaines ! déplora sa maîtresse. Trois semaines d'enfer, si ta servante décide de raconter ce qu'elle sait. Il sera trop tard, Roland.

— Dans ce cas, tant pis ! Si Annie refuse de partir ou si elle menace de nous dénoncer, je trouverai comment l'empêcher de nous détruire.

— Mais comment ? cria Mathilde qui se tordait les mains. Tu me fais peur, là !

Elle se mit à trembler, effrayée par ce qu'elle lisait dans les yeux clairs de son amant. Il avait déjà trouvé, elle en était persuadée, le moyen de faire taire Annie à jamais.

D'une petite voix changée, elle l'interrogea :

— Qu'as-tu en tête ? Cette femme a une santé de fer, je le sais par les ragots de Suzanne qui me rapporte tout ce que lui raconte la Toinette. Au moindre bobo, ta servante consultait son médecin, à Angoulême, et se soignait avec empressement. Cela dit, elle n'a pas encore fait appel à mon époux.

— Et si elle prenait un médicament trop fort, si elle avalait une substance nocive, hasarda Charvaz. Contre son gré, sans qu'elle le sache, évidemment.

L'idée du crime venait d'éclore en lui après avoir germé en sourdine au creux de son esprit torturé. Il ajouta, fébrile :

— Mathilde, réfléchis, ton mari est docteur. Il garde sans doute des produits toxiques quelque part, des poisons violents. Nous lui administrons un bouillon de onze heures, et le tour est joué. Il suffira d'être prudents, de le lui administrer à petites doses.

— Mais nous commettrons un assassinat ! s'exclama Mathilde en blêmissant, affolée.

— Et elle ! Ne commet-elle pas un odieux forfait en nous causant autant de soucis ? En nous occasionnant autant d'angoisse ? Me priver de toi que j'aime tant, m'épier, me menacer ! Pense bien à ce qui nous arrivera si nous sommes trahis. Que feront ton mari et le clergé ? C'en sera fini de nous. Notre vie elle-même est en danger. Tu l'as dit hier, Colin pourrait nous tuer tous les deux. Dans ce cas, pourquoi ne pas nous défendre ?

La jeune femme cessa de trembler. L'image de la servante s'imposa à elle ; elle vit ses coups d'œil méfiants et ses marmonnements comme autant d'imprécations contre eux. Annie avait caché son jeu ; elle était sournoise, laide et vieille. Elle mourrait un jour ou l'autre de congestion, tant elle buvait.

Ce fut le doux minois de son fils unique qui balaya ses scrupules. N'était-ce pas le protéger du pire malheur que de mettre une créature méprisable hors d'état de nuire ? Son amant avait raison, il ne fallait pas hésiter.

— Je t'aiderai, Roland, car je viens de penser à Jérôme. Lui aussi est menacé si cette vipère nous dénonce, il souffrira du scandale encore plus que nous. Oui, nous devons le faire, mais j'ai tellement peur !

— Il faut agir vite, ma chérie, susurra-t-il, ravi de son accord. Tu as peur de supprimer la personne qui peut nous faire un tort immense, mais tu ferais mieux d'avoir peur de nos lendemains. Annie est capable de tout.

Après avoir échangé des regards tragiques et des baisers plus passionnés que jamais, ils se séparèrent. Mathilde promit de fouiller le placard à pharmacie de son mari. Le curé l'assura qu'elle n'aurait rien de plus à faire.

— Je ne veux pas te faire courir de risques. Fournis-moi le poison, je m'occupe du reste.

— Je le ferai pour nous deux et pour mon fils, affirma-t-elle.

*

Annie Meunier aurait été bien surprise, et surtout frappée d'épouvante, si elle avait entendu la conversation de son maître et de Mathilde de Salignac. Peut-être aurait-elle décidé d'annoncer le soir même au curé son intention de partir à la fin du mois de décembre. Le destin était en marche, son arrêt de mort était signé.

Comme le supposait Charvaz, elle était bien assise au coin d'une cheminée, mais chez le sacristain et non au presbytère. Alcide Renard lui avait servi un petit verre de gnôle que la servante sirotait, une mimique gourmande sur les lèvres.

— Elle est bonne, bien bonne ! Ça réchauffe, apprécia-t-elle.

— Vous n'en goûterez pas de meilleure, madame Annie, renchérit-il.

Tous les deux savaient ce dont il fallait parler, mais ils repoussaient le moment. Annie était soi-disant venue remercier le vieil homme pour les haricots ; lui, il l'avait reçue en feignant la surprise, alors qu'il guettait sa visite.

— Ah, ça requinque, hein ! dit-elle encore.

Alcide approuva d'un signe de tête, tisonna les braises et remit une bûche de chêne.

— Pour votre affaire, lança-t-il soudain, c'était ben vrai, la dame du docteur, hier, elle est venue voir m'sieur le curé. Je balayais l'entrée de l'église. J'avais laissé la porte entrebâillée, l'air de dire : « J'me cache pas, mais faut ben regarder pour savoir que j'y suis. » Je ne pouvais rester là, l'heure tournait. J'ai rangé la sacristie. Tenez donc ce que j'ai trouvé, coincé sous la malle où sont rangés l'étole violette pour la messe et le surplis brodé. Un mouchoir bien amoché ! On a dû marcher dessus.

Il brandit comme l'étendard de la victoire un carré de calicot blanc ourlé de dentelle. Annie s'en empara et l'examina.

— Très bien, triompha-t-elle, vous avez lu les initiales ? Un M et un S ! Seigneur, vous croyez ce que je crois ? Ils auraient eu un rendez-vous entre les murs d'un lieu saint...

— Non, non, un gamin a pu le ramasser dans l'église, un des enfants de chœur, pardi, et il l'aura jeté par terre, hasarda-t-il.

— Combien de temps est-elle restée, hier, madame de Salignac ? demanda la servante d'un air grave.

— Plus de deux heures, boudiou ! J'suis allé chercher des haricots dans le grenier, ici, et j'ai monté le panier devant la porte du curé. Je les entendais causer de loin, mais je n'ai pas saisi un mot.

— Ils étaient enfermés dans la chambre.

Le sacristain se frotta le nez du dos de la main. L'histoire le peinait, parce qu'il avait admiré le père Roland Charvaz.

— Quand même, ils pouvaient se rencontrer pour discuter de la communion du petit Jérôme ! bougonna-t-il. Bah, y a pas de mal à passer du temps ensemble, le curé est un ami de la famille.

— Un drôle d'ami, ouais, répliqua Annie, certaine à présent d'avoir été bernée par Charvaz.

— Un autre petit verre ? proposa Alcide. Vous êtes chagrinée, j'le sens ben.

Elle but d'un trait, cette fois. La scène de repentir que lui avait jouée le père Roland lui revenait à l'esprit, ses accents désespérés, ses accusations dirigées contre la jolie Mathilde, dépeinte comme une séductrice sans foi ni loi. « Il s'est fichu de moi, oui ! » songea-t-elle.

Bizarrement, la servante refusa à nouveau d'évoquer le délit d'adultère dont elle avait eu une preuve scabreuse. Au fond, c'eût été avouer aussi un acte peu glorieux de sa part, puisqu'elle avait épié le couple par un trou du plancher.

— Faut pas s'en mêler, conclut le sacristain. La paroisse a un curé et, j'en suis témoin, il remplit ses devoirs. Que voulez-vous, ma pauvre amie ! Il est jeune. Il se laisse flatter par la dame.

Alcide continua à défendre la vertu du prêtre et à lui trouver des excuses. Annie l'écoutait, apitoyée, sans le contredire. Mais elle sortit de chez lui vexée et très en colère.

Le hasard lui fit croiser Jean Dancourt, un porte-document sous le bras. En règle générale, l'instituteur se contentait de la saluer. Elle lui barra le passage d'un geste véhément.

— Bonsoir, monsieur. L'école est donc finie, déjà ? interrogea-t-elle d'une voix étrange.

— Oui, ma brave dame. J'ai rendez-vous avec le maire. Je suis pressé, excusez-moi.

— Eh bé ! vous m'aurez beaucoup causé qu'une fois, bredouilla-t-elle, un peu grise. Le jour de mon arrivée au pays, sur le chemin. J'ai écouté vos histoires de duel, vous allez écouter les miennes.

Dancourt soupira, exaspéré.

— Je suis navré, je n'ai pas le temps, et je ne voudrais pas être impoli en vous laissant en plan.

Annie pointa l'index en direction du clocher et murmura avec un regard terrible :

— Faut pourtant que vous le sachiez, le curé se conduit mal, oui, et personne n'en tient compte.

Tout bas, elle débita un récit confus dans lequel la femme du médecin et Charvaz s'adonnaient au péché de chair. Quand elle eut terminé, l'instituteur secoua la tête, une expression de lassitude sur le visage.

— Que ce soit vrai ou faux, madame, dit-il sèchement, je préfère ne rien entendre. Le clergé abrite souvent en son sein des brebis galeuses, mais je ne suis pas croyant et je m'en moque. J'ai juste pris la précaution de garder ma jeune épouse à l'écart de l'église, à son grand chagrin. Mais les ragots de cuisine et les délateurs me répugnent.

— Oh, n'usez pas de vos mots savants ! Je ne sais pas où ils sont vos délateurs, mais ce que j'en dis, ce ne sont pas des ragots, se défendit Annie.

— Sans doute, ma pauvre dame. Pourquoi croyez-vous que je ne vais plus aux dîners du samedi, la distraction hebdomadaire des Salignac ? Je mets les bourgeois et les curetons dans le même sac. Maintenant, je vous dis au revoir et, dans votre intérêt, je vous recommande de faire comme tous les domestiques. Fermez les yeux et bouchez-vous les oreilles.

Sur ce conseil donné sur un ton ironique, Dancourt s'éloigna à grands pas. Le bâtiment où il enseignait était vétuste, mal chauffé, incommode, et il voulait convaincre le maire de construire une école bien éclairée, assez vaste et flanquée d'une cour fermée.

Annie faillit se réfugier chez la Toinette à qui elle avait adressé quelques allusions sur le père Roland, mais elle renonça. « M'sieur le curé doit être de retour au bercail. Si les haricots ne mijotent pas, il ne se fera pas faute d'y aller de sa réprimande.

Qu'il ose, je saurai comment le faire taire ! » se dit-elle, pleine d'amertume.

L'instituteur disait peut-être vrai, la parole d'une vieille servante n'avait ni poids ni importance. « Le docteur, lui, il m'écouterait si je racontais comment sa belle Mathilde occupe ses après-midi... »

Encore une fois, Annie hésita. Elle pensait au petit Jérôme. Dotée d'un bon cœur, elle ne pouvait pas se résoudre à briser son foyer et à le priver de sa mère.

*

Au presbytère, le soir

La nuit bleuissait les fenêtres. Annie venait d'allumer la grosse lampe à pétrole accrochée à une chaînette au-dessus de la grande table.

Le curé était rentré une heure après elle, les chaussures boueuses, la face sombre, le regard fuyant. Il s'était enfermé dans sa chambre selon son habitude, sans même lui dire à quelle heure il souhaitait dîner. « Je lui fais peur », songeait-elle en surveillant la cuisson des haricots.

La servante fixait sans les voir les brindilles de thym, la feuille de laurier et le morceau de lard qu'on devinait parmi les monghettes gonflées nappées d'un jus gras. « Dans un mois, je cuisinerai pour Ernest ; ça me consolera de tout. Je dois tenir bon pour rentrer chez mon fils avec mes gages de décembre en poche. Personne dans le quartier ne pourra dire que je suis à la charge de mes enfants. Et je trouverai à me placer. »

Au fond, Annie n'avait guère envie d'être à nouveau domestique, ayant connu par le passé une certaine aisance. C'était sûrement la raison pour laquelle il ne lui était pas facile d'obéir sans protester et de rester indifférente à la vie dissolue de son maître. L'instituteur avait énoncé une réalité ; les employés de maison devaient avant toute chose se taire et respecter les patrons. La moindre indiscrétion pouvait leur valoir un renvoi. « J'ai qu'à serrer les dents », se dit-elle encore.

Cependant, une sorte de rage impuissante la rendait de fort mauvaise humeur. Vite, elle but un verre de vin pour se calmer, puis elle entreprit de laver dans une cuvette un carré de tissu. Il s'agissait du mouchoir que le sacristain avait ramassé sur le sol de la sacristie et qu'il lui avait remis. La servante le savonna, le frotta et le rinça, comme si elle lavait ainsi tous les péchés du monde.

Lorsque Charvaz sortit de son repaire, il la vit assise près de l'âtre, une expression étrange sur le visage. Le feu allumait des reflets changeants sur ses traits affaissés en soulignant sans pitié le nez épais et le double menton. « Vieille sorcière ! pensa-t-il. Quel sale coup me prépares-tu ? » Il attisait sa propre haine, afin de ne pas fléchir dans son abominable projet. À cet instant, Annie Meunier représentait pour lui tous ceux qui l'avaient humilié, contraint, critiqué, jugé. Elle incarnait également sa mère, une femme au cœur sec qui l'avait rejeté du cercle familial avec une seule idée en tête, indéracinable, celle de l'envoyer au séminaire. Elle personnifiait aussi ses supérieurs, souvent inquisiteurs, méprisants ou menaçants.

— J'ai faim, clama-t-il, sans prendre la peine de se montrer poli.

— Eh bien, servez-vous donc ! rétorqua Annie.

— Pourquoi vous donnerais-je des gages si je dois faire votre travail ?

Elle hésita, soucieuse. S'il avait été témoin de la scène, Ernest lui aurait reproché de manquer à ses devoirs de servante. On la payait, on la nourrissait et on la logeait. En échange, elle devait se rendre utile, même si le maître lui semblait le pire des gredins.

— Dans ce cas, je vous apporte à manger, grommela-t-elle en se levant à regret.

Roland Charvaz l'observa tandis qu'elle posait le couvert devant lui. En guise de défi, il déplaça insensiblement l'assiette, le couteau, la fourchette et le verre. Annie y vit un reproche muet.

Sans un mot, elle prit la marmite sur le trépied et vint la placer sur un sous-plat en fer. De plus en plus agacée, elle l'ouvrit. Une fumée odorante s'en échappa.

— Vous savez au moins préparer les haricots, lança le curé, moqueur. Vos monghettes... pardon ! Un des termes de ce patois que vous ne pratiquez pas ! Dommage, il n'y a pas si longtemps, vous avez fait brûler les cèpes que le docteur m'avait offerts.

Il s'amusait avec sa future victime, à l'instar d'un boucher qui aurait piqué d'une pointe acérée l'animal dont il se serait apprêté à prendre la vie, sans éprouver aucune émotion.

Annie était allée quérir la louche dans le tiroir du buffet. En la plongeant dans le récipient, de son autre main, elle sortit de sa poche le fin mouchoir d'un blanc pur. Il avait séché sur la pointe d'un chenet.

— Tenez, v'là vot' serviette pour ce soir ! J'ai eu beau frotter, ça sent encore la violette, lui balança-t-elle en jetant le carré de calicot sur la table. Vous connaissez les initiales, je crois ben...

Dans son exaspération, la servante en oubliait de surveiller son langage, ce qu'elle faisait d'ordinaire en présence du curé.

Charvaz parvint à demeurer impassible. Dédaignant la prétendue serviette, il tapota son verre à l'aide du couteau.

— Servez-moi, Annie, lui intima-t-il l'ordre. Quant à ce chiffon, j'ignore où vous l'avez volé. Gardez-le donc.

— Je l'ai point volé, Alcide l'a ramassé dans la sacristie, tout sale et froissé. S'il n'est pas à votre maîtresse, j'me demande qui, au village, s'appelle comme elle, avec un M et un S !

— Je l'ignore également. Ainsi, vous fréquentez le sacristain, maintenant ?

Prise au dépourvu, elle secoua la tête, le teint cramoisi.

— Je ne fréquente personne, moi. Alcide Renard est un brave homme, lui, il ne voit le mal nulle part. Je voulais le remercier pour les haricots, et il m'a montré sa trouvaille.

Le cœur du père Roland battait à grands coups sourds. La situation s'envenimait. Il fixa avec hargne le mouchoir de Mathilde, la maudissant pour son étourderie.

— Et vous vous êtes bien fichu de moi, renchérit Annie d'un ton dur. Votre boniment ne tient plus debout, comme quoi je vous avais remis dans le droit chemin, que je vous aiderais à bien vous conduire, et patati et patata. Hier, dès que j'ai eu le dos tourné, votre maîtresse est venue. Je le sais, Alcide l'a vue.

Le curé se répétait qu'il devait encore mentir, accuser Mathilde de mille maux, reporter les torts sur elle, mais la face méprisante de sa servante et l'éclat sournois de ses yeux enchâssés de rides l'irritèrent au plus haut point.

— Madame de Salignac a le droit de me rendre visite, dit-il d'une voix douce. Nous avions à discuter, Annie, de choses très sérieuses. Et ne bourrez pas le crâne de ce malheureux Alcide de vos sottises !

Il avait l'air calme et ses intonations se faisaient mielleuses. Soudain, il avisa la bouteille de vin blanc et poussa une exclamation :

— Ah, çà, bientôt ma cave sera vide ! Vous buvez beaucoup, pauvre femme ! Méfiez-vous de la congestion. Et qui croira les commérages d'une ivrogne ?

— Mes sottises, comme vous dites, aboya-t-elle, je les ai débitées à m'sieur Dancourt pas plus tard que ce soir. Il m'a envoyée sur les roses, ouais !

Elle est belle, vot' paroisse ! Les gens voient que ce qu'ils veulent voir. Vous avez de la chance.

Charvaz reposa sa fourchette, l'appétit coupé net. Livide, il imaginait les conséquences des bavardages d'Annie. « Même s'il est athée, l'instituteur ne manquera pas d'en parler au maire, se disait-il, fou de rage autant qu'effrayé. Elle prétend qu'il l'a rabrouée, mais il a entendu malgré tout et il peut en plaisanter avec Foucher. Cette fois, nous sommes perdus par sa faute, à cette vieille pie ! » Il entrevit un frêle espoir, Dancourt pouvait douter de la véracité des ragots d'une domestique et se taire. Mais combien de temps ?

Campée près de la cheminée, Annie le fixait avec une muette jubilation. Il ne faisait plus le fier ni ne jouait plus les grands seigneurs autoritaires. Il avait peur, elle l'aurait parié.

— Pourquoi essayer de me nuire ? interrogea-t-il enfin d'une voix douce. J'ai augmenté vos gages et j'ai écrit une lettre de compliments à votre fils. Vous me le rendez bien mal ! En quoi vous ai-je nui, moi ?

La question troubla la servante. Elle était fatiguée et un peu saoule, ayant bu dans la même journée de la gnôle et du vin. Son esprit lui renvoya des moments pénibles, les réprimandes de son étrange maître, ses regards de côté, ses railleries… Ce n'était pas si grave, après tout !

— Quand même, ânonna-t-elle, vous êtes le curé du bourg, et vous couchez avec une dame, mariée en plus. Ben, moi, ça me rend malade. Le docteur, il vous invite chez lui sans se douter de rien. C'est une honte ! Oh, vous en faites pas, je sais plus ben ce que j'ai dit à m'sieur Dancourt... Que j'avais des soupçons à vot' sujet, rien d'autre.

— Allez donc vous coucher, Annie, je vous pardonne, déclama-t-il d'un ton las.

*

Demeure du docteur de Salignac, même soir

Mathilde avait demandé à Suzanne de servir un très bon vin rouge. Son mari s'en étonna, content néanmoins de déguster une bonne cuvée.

— Fêtons-nous quelque chose ? demanda-t-il.

— Non, mon ami, mais tu travailles tant ! Je voulais te faire plaisir.

Colin de Salignac contempla son épouse d'un œil attendri. Il la trouvait de plus en plus jolie, toujours d'une exquise coquetterie. Leur fils étant déjà couché, un peu fiévreux, le médecin dit à mi-voix :

— Si je finis cette bouteille, j'aurai des idées grivoises, ma petite femme.

— Tu es fatigué, ce ne serait pas raisonnable, répondit-elle en souriant. Et notre petit Jérôme a pris froid. Je compte le veiller par mesure de prudence.

— Je comprends. Tu es une maman dévouée...

Ils terminèrent le repas en discutant de banalités. Repu et vraiment las, le docteur s'installa au coin de la cheminée, les mains sur son ventre. Mathilde lui apporta un cognac et prit place en face de lui. Elle dominait parfaitement ses nerfs, pourtant mis à rude épreuve. « Colin va s'endormir bien vite, j'en suis sûre, se disait-elle. Il bâille et il cligne les paupières. Je l'aiderai à monter et, dès qu'il sera couché, j'irai dans son cabinet... Je dois aussi envoyer Suzanne au lit. »

Elle était comme dédoublée. D'un côté, il y avait une épouse de notable, une mère aimante ; de l'autre, il y avait la nouvelle Mathilde, folle amoureuse d'un curé et qui devait voler du poison à son propre mari. « Allons, du courage ! s'exhortait-elle en silence, le cœur survolté. Je dois sauver ma famille, protéger mon enfant et garder Roland ici. S'il partait, je ne le supporterais pas. »

La jeune femme avait voulu fouiller le contenu de la pharmacie en fin d'après-midi, mais le médecin avait emporté les deux clefs, par erreur. Il en laissait une à son épouse, au cas où un patient aurait besoin d'un médicament en son absence. Désappointée, Mathilde avait échafaudé un plan qui lui semblait parfait. Personne ne saurait, si elle agissait la nuit, qu'elle avait cherché du poison.

La pendule du salon sonnait onze coups cristallins quand elle put enfin s'aventurer sans risque dans le cabinet médical. Ses mains étaient moites, son cœur, pris de folie.

Afin de se donner du courage, comme l'avait fait son amant, elle accusait la servante de toutes les manœuvres possibles. « Elle m'a dupée, le jour où je suis allée à Angoulême, en prétendant qu'elle était la discrétion même, qu'elle se faisait un point d'honneur d'être travailleuse et sérieuse. Le presbytère est mal tenu et elle s'enivre. Elle se croit la plus forte, parce qu'elle peut nous dénoncer. »

Tremblante et la bouche sèche, Mathilde passa en revue le contenu du placard à pharmacie en s'éclairant à l'aide d'une petite lampe à pétrole. D'une main, elle s'emparait des flacons, des fioles et des pots d'onguent qu'elle remettait à leur place, rongée par l'angoisse.

— Il n'y a rien, rien du tout, dit-elle tout bas, prête à pleurer de nervosité et de contrariété.

— Qu'est-ce que tu cherches ? fit une voix, celle de son mari.

Colin était entré sans bruit, un bougeoir à bout de bras. La flamme de la chandelle lui dessinait des traits rudes qui accentuaient l'éclat inquiet de son regard.

— Le poison pour les rats. Je suis descendue à la cuisine chercher de l'eau fraîche pour Jérôme et j'ai vu un gros rat, Colin, mentit-elle, surprise de trouver aussi vite une excuse. Il a traversé la pièce devant moi.

— Ah, il nous faudrait un chat ! C'est une mauvaise année. Ces sales bestioles sont partout. Ils transportent des maladies, aussi. Dans la cuisine ? En es-tu sûre ?

— Je n'ai pas eu la berlue, enfin ! Comme tu achètes un produit pour ton métayer, je voulais en mettre dans un bout de pain derrière le buffet.

— De l'arsenic ? Je n'en ai plus ; je comptais retourner à Angoulême la semaine prochaine en acheter. Tu as raison, c'est ennuyeux. Il faut faire quelque chose, pourtant. Je me demande bien par où ce rat est passé. Suzanne a dû laisser ouverte la porte du cellier. Viens donc te coucher, nous trouverons une solution demain.

Le docteur referma lui-même le placard à pharmacie. Il ajouta d'une voix ferme :

— Cache bien ta clef ! Nous devons être les seuls à pouvoir nous servir des produits dangereux.

— Mais oui, ne t'inquiète pas. Ma mère aussi a des ennuis avec les rats et les souris. Il faudra en prendre pour elle.

— J'y penserai, répondit-il en lui caressant la taille. Je n'ai pas dormi longtemps et je me suis réveillé avec les idées dont je te parlais à la fin du repas.

Afin de n'éveiller aucun soupçon chez son époux, Mathilde se rapprocha de lui, câline. Une fois dans le lit conjugal, elle se prêta à toutes ses volontés. Ravi de la trouver aussi complaisante, le médecin n'en fut que plus amoureux le lendemain matin.

Il jugea nécessaire de reprocher à la bonne sa négligence, à l'heure où il sirotait son café au lait, agrémenté de pain beurré et de confiture.

— Suzanne, fais attention ! Madame a vu un gros rat dans la cuisine, cette nuit. J'ai remarqué que tu oubliais souvent de tirer la targette du cellier. Ces bêtes ont causé beaucoup d'épidémies par le passé, la peste noire, notamment.

— J'ai jamais vu de rat ici, monsieur ! Enfin pas depuis l'été. Mais j'ai souvent dit à madame qu'il faudrait un chat. Monsieur le curé en a recueilli un, lui.

— Voilà un homme sage, conclut le docteur. Cherche-nous un chaton dans le voisinage. Il sera en mesure de chasser au printemps prochain.

La domestique retourna à ses fourneaux en hochant la tête. Elle plaignait son patron, tellement accaparé par son travail et ses biens à gérer qu'il était vraiment facile à tromper.

*

L'après-midi du même jour, le jeudi 29 novembre, Mathilde envoya Suzanne porter une lettre au presbytère.

— Surtout, ne la confie pas à la servante, recommanda-t-elle d'un ton anxieux. Tu la remets au père Roland et à lui seul. Je te donnerai cent sous, et des dentelles.

— Oui, madame, merci bien.

Annie, qui descendait l'escalier extérieur, un seau vide à bout de bras, croisa la bonne des Salignac sur l'avant-dernière marche.

— Est-ce que monsieur le curé est là ? interrogea Suzanne.

— Oui, mais il n'est pas de bonne humeur. Pardi, il n'aime pas qu'on lui dise ses vérités en face.

Tout en ronchonnant, Annie s'éloigna en direction du puits. Suzanne s'acquitta de sa commission et s'empressa de rentrer, certaine qu'elle devrait garder le petit Jérôme, toujours alité.

« J'espère que c'est un rendez-vous ! » se dit Charvaz en décachetant l'enveloppe.

Cinq minutes plus tard, très contrarié, il marchait à grands pas sur le chemin boueux menant au vieux moulin. Mathilde arriva un quart d'heure après lui. Elle se jeta dans ses bras, pâle et la mine défaite.

— Roland, serre-moi fort ! J'ai peur, j'ai affreusement peur !

Il l'étreignit un instant avant de la repousser pour la saisir par les épaules.

— Et moi donc ! répliqua-t-il. Cette fois, je n'ai plus aucun doute, Annie veut notre perte. Elle a dû parler au sacristain, qui me surveille aussi, maintenant. Figure-toi que ce vieil idiot a ramassé un de tes mouchoirs dans la sacristie. Elle, toute fière de me narguer, me l'a balancé sur la table. À l'écouter, elle aurait révélé notre liaison à l'instituteur. Il faut faire vite...

Mathilde se mit à trembler de tout son corps, ses jambes la portant à peine. Elle fit non d'un signe de tête.

— Comment ça, non !

— Colin ira en acheter en ville la semaine prochaine, oui, de l'arsenic pour les rats. Il m'a surprise en train de fouiller la pharmacie. J'ai alors pensé aux rats et j'ai raconté que j'en avais vu un dans la cuisine. Roland, peut-être qu'Annie te ment par méchanceté, au sujet de l'instituteur.

Charvaz haussa les épaules. Il avait condamné la servante et ne respirerait à son aise qu'en la sachant morte et enterrée.

— Nous devons la faire taire, qu'elle ne dise plus rien à personne, et ça le plus vite possible. Ensuite, ma sœur viendra et nous serons tranquilles. Dès que tu auras le produit, apporte-le-moi à l'église. Je vais passer beaucoup de temps en prières afin de montrer au sacristain que je ne mérite pas d'être soupçonné de quoi que ce soit. Tu entreras dans le confessionnal, et tu me confieras le poison avant de t'en aller.

— Si on nous voyait...

Agacé, il lui jeta un regard froid, presque méprisant. Elle recula, à la fois blessée et confuse.

— Mathilde, me prends-tu pour un imbécile, à la fin ? Le soir, les fidèles sont rares, occupés à l'étable ou aux fourneaux. D'ici là, je tenterai d'amadouer Annie, de plaider le repentir. Et ne me donne plus de rendez-vous, c'est d'une imprudence ! Va-t'en vite !

Elle le dévisagea avec désespoir et se rua ensuite sur lui en nouant ses bras autour de son cou.

— Embrasse-moi, je t'en prie, sinon je n'aurai aucun courage. Tout ce que je fais, c'est pour toi, Roland, car je t'aime et je ne veux pas te perdre. On dirait que tu es fâché, que tu ne m'aimes plus. Dans ce cas, à quoi bon commettre un crime ?

Il se radoucit, échauffé à son contact si enveloppant. Sa bouche s'égara dans ses cheveux soyeux et glissa jusqu'à ses lèvres pour s'en emparer. Après un baiser passionné, il murmura à son oreille :

— Petite folle, je t'aime tout autant ! Je ne pourrai jamais me passer de toi, tu le sais bien. Mais, puisque tu refuses de t'enfuir, il faut supprimer la bête malfaisante qui nous menace, Mathilde, qui menace notre bonheur, celui de ton fils, aussi.

Elle approuva d'un soupir, paupières mi-closes. Charvaz l'embrassa à nouveau, saisi d'une ardeur forcenée. Pris au piège de sa sensualité débridée, il la renversa sur le sol poussiéreux pour une brève étreinte.

La jeune femme n'attendait que ça, la communion hâtive, mais frénétique de leurs corps. Elle en avait faim et soif, comme d'une drogue.

— Pars vite, ma chérie, dit-il en l'aidant à se relever.

— Oui, je me sauve, à présent, je n'ai plus peur de rien, avoua-t-elle, languide, les yeux encore voilés par la volupté.

*

Pendant ce temps, au presbytère, Annie relisait la lettre de son fils, qu'elle avait reçue à midi. Ernest lui parlait de la bonne marche de sa boutique, en évoquant une anecdote amusante à propos d'un de ses clients. Les dernières lignes, surtout, poussaient la servante du curé à réfléchir.

Après ces nouvelles qui te font sûrement plaisir, chère maman, je te conseille de supporter du mieux possible ton dernier mois au service du curé Charvaz. Sa conduite est certes déplorable, mais il en rendra compte un jour ou l'autre à Dieu. Ce n'est pas toi qui pourras le détourner de ses mauvais penchants. Pense chaque matin que nous serons tous réunis à la fin de l'année, autour d'un bon repas. Comme je te logerai ici et que tu auras économisé tes gages depuis le mois d'août, tu ne seras pas obligée de travailler chez quelqu'un dans l'immédiat.

De mon côté, je me réjouirai de pouvoir profiter de tes bons petits plats et de ta présence quotidienne. Elvina te prodigue les mêmes recommandations et, je le répète, tu n'es complice ni des faits et gestes de l'épouse du docteur ni de ceux du curé.

À très bientôt,

Ernest, ton fils affectionné

Annie replia la feuille et la rangea avec les autres missives de ses enfants dans sa chambre. Elle se promit d'être raisonnable, de ne plus abuser des fonds de bouteille du père Roland et de tourner sept fois sa langue dans sa bouche avant de causer.

Mais il était trop tard.

*

Angoulême, lundi 3 décembre 1849

Le docteur de Salignac foulait le pavé angoumoisin, content de l'aubaine, car il y avait la grande foire sur la place du Champ-de-Mars.

Il déambula parmi les badauds d'un étal à l'autre, en quête d'une babiole pour son fils, qui avait encore de la fièvre. Ayant déniché un sifflet en buis, il se rendit ensuite à la pharmacie où il se servait depuis des années.

Son fournisseur habituel, monsieur Bretonneau, ne s'étonna pas en entendant le médecin de Saint-Germain demander de l'arsenic, soixante grammes en tout.

— Je dois en fournir à mon métayer ! expliqua le docteur. Les rats pullulent et il n'en vient pas à bout. Sans compter la sauvagine qui ravage le poulailler. J'en ferai usage aussi ; nous avons eu une bestiole indésirable dans la cuisine, la semaine dernière.

— Faites bien attention, plaisanta le pharmacien. Un demi-gramme de cette cochonnerie suffit à tuer un gaillard comme vous. Par contre, je n'en ai pas ici. Je vais aller en peser chez mon confrère Robert. Vous pourrez repasser le prendre à la fin de la foire.

Le docteur rétorqua en souriant :

— Je suis un homme prudent, cher ami. Les médicaments dangereux, je les tiens sous clef dans un coffret en fer. Seule ma femme est au courant, au cas où on lui demanderait un remède en mon absence.

— Comment va madame de Salignac, puisque vous me parlez d'elle ?

Le docteur se redressa, fier comme un coq.

— Toujours aussi jolie ! Je suis un époux comblé.

Sur ces mots dont il ignorait l'amère ironie, le médecin s'en alla. Il rentra à Saint-Germain à la nuit, le flacon d'arsenic dans sa sacoche. Avec soin, il le rangea dans le placard qu'il ferma à double tour.

Le lendemain, Maurice Jarron vint chercher le poison. Colin lui en donna la quantité nécessaire pour se débarrasser des rats, puis il s'empressa de remettre sous clef le reste de la poudre.

7

Une si lente agonie

Saint-Germain, mardi 4 décembre 1849

Toute la journée, une pluie fine et glacée s'était abattue sur les collines du Montbronnais. Le ciel chargé d'une cohorte de gros nuages sombres dispensa très tôt une clarté crépusculaire. Le soir, une femme se glissa dans l'église, enveloppée d'une pèlerine noire au capuchon doublé de fourrure.

C'était Mathilde de Salignac, une aumônière à son poignet.

Elle dédaigna le bénitier et ne fit aucun signe de croix, mais marcha très vite vers le confessionnal où elle disparut derrière la porte à claire-voie. Charvaz demanda :

— Alors...

— J'ai ce qu'il faut, chuchota-t-elle. Il n'y a personne. Je sors de là et je te donne l'arsenic. Fais attention, j'en ai mis dans un flacon en verre. Ne le brise pas.

— Non, attends un peu, Alcide nettoie les chandeliers de l'autel ; il les a emportés dans la sacristie. Je lui ai dit qu'il n'y avait rien d'urgent, mais il a insisté. Bon sang, il m'épie, lui aussi.

— S'il est occupé, il ne verra rien, ça prendra à peine trois secondes.

— Penses-tu, il a dû entendre la porte et le bruit de tes pas. Tu dois rester le temps d'une confession. À condition que nous ayons un peu de chance, il s'en ira avant toi.

Oppressée, Mathilde voulait se débarrasser de l'arsenic sans perdre de temps. Depuis qu'elle en avait dérobé, elle avait l'impression d'être armée et de parcourir le village une épée ou un fusil à la main.

— Roland, je ne peux pas m'attarder. J'espère que Colin ne s'apercevra pas de mon absence. Il n'avait qu'une visite à faire, au logis de La Brousse, chez le vieux notaire. Ce matin, il a déposé lui-même du produit dans le cellier, mélangé à de la farine, pour appâter les rats. Le métayer est venu aussi prendre ce qu'il lui fallait. Peut-être que mon mari ne se préoccupera pas de la quantité restante, dans la pharmacie. Pas avant plusieurs semaines.

— Mais oui, ne te tracasse pas, soupira son amant. Continue à parler très bas. Le silence paraîtrait louche.

— Je t'aime tant ! Je voudrais me blottir dans tes bras, dit-elle d'une voix presque inaudible.

— Bientôt, Mathilde, bientôt, nous serons de nouveau libres, murmura-t-il.

Au même instant, ils entendirent tousser. Le sacristain, qui traînait ses galoches, devait remettre les chandeliers astiqués à leur place. Ils retinrent leur souffle comme des malfaiteurs en passe d'être découverts en pleine conspiration.

Alcide Renard se gratta la gorge, marmonna quelque chose et retourna dans la sacristie.

— C'est le moment, s'empressa Charvaz dans un souffle anxieux. Sors et donne-moi le poison. Ensuite, tu pars, sans courir, d'une allure normale.

— Oui, d'accord.

L'échange eut lieu, furtif et d'une discrétion absolue. Le curé cacha le flacon aux reflets bleuâtres sous sa soutane en éprouvant un sentiment de puissance. Mathilde, elle, eut du mal à ne pas se précipiter dehors. Elle retrouva l'air du soir avec un infini soulagement.

Tous deux ignoraient que le sacristain avait vu partir madame de Salignac. Il reconnaissait les gens du bourg à leur démarche et à leur silhouette.

« Boudiou, elle a souvent besoin d'aller à confesse, l'épouse du docteur, se dit-il. Mais, si madame Annie voit juste, pourquoi elle causerait de ses péchés avec le père Roland ? Je crois ben qu'elle a un beau galant dans le pays, mais, quand même, pourquoi donc ce serait m'sieur le curé ? »

*

Annie Meunier avait dîné tôt, à sept heures, d'une soupe et d'un morceau de fromage. Son repas achevé, elle avait servi à Charvaz le même menu. Ils avaient à peine échangé trois mots.

Le curé se retira dans sa chambre après avoir clamé assez froidement :

— Bonne nuit, Annie !

La servante finissait de rincer la vaisselle. Comme elle tournait le dos à son maître, elle ne le vit pas verser un peu de poudre dans la bouteille de vin, où il ne restait qu'un fond de liquide.

Sa tâche accomplie, elle s'accorda comme toujours un petit verre en guise de réconfort, cela en dépit de ses résolutions de la veille. Elle songea, amusée :

— Monsieur boude ! Monsieur me regarde de haut depuis que je l'ai mis au pas. Il a peur, tiens ! Il sait que je n'ai pas long à marcher pour lui faire du tort.

Couché sur la pierre tiède de l'âtre, le chat du curé, un gros matou tigré, la regardait d'un œil impassible. Annie lui jeta une lamelle de fromage, mais il la dédaigna. Les prunelles vertes de l'animal ressemblaient à celles, plus claires, de Charvaz.

— Tu n'es pas gourmand, toi, ronchonna-t-elle. Et pas plus aimable que ton maître.

Contente de bientôt pouvoir se coucher, la servante se versa encore un verre. La bouteille étant vide, elle la rangea dans le buffet. En allant s'asseoir au coin du feu, elle grimaça, car son estomac lui paraissait détraqué.

— Ma parole, le curé a acheté de la piquette, cette fois-ci, sûrement pour m'empêcher de boire un petit coup le soir. Est-ce mesquin, quand même !

Charvaz réapparut brusquement, la mine soucieuse. De sa fenêtre, il avait aperçu Colin de Salignac qui semblait venir tout droit au presbytère. Il lui rendait parfois visite, mais rarement aussi tard. « S'il avait constaté qu'il manque une partie de l'arsenic ? s'alarma-t-il. Ou cette affreuse sorcière nous a dénoncés ! »

Peu après, on frappa et le docteur entra. Son sourire et son salut poli rassurèrent immédiatement le curé. Annie, qui avait rarement approché le médecin, prit place sur la chaise calée sous le manteau de la cheminée et l'observa à son aise. « Le mari de la jolie Mathilde. Pauvre homme, s'il savait ! Il serre la main de celui qui le fait cocu », déplora-t-elle en son for intérieur.

Les deux hommes discutèrent un court moment, debout près de la porte. Il était question d'un mourant qui réclamait les derniers sacrements.

— Partez sans tarder, père Roland, indiqua le médecin. Le vieux Eusèbe va s'éteindre avant minuit.

Sur ce, il adressa un signe de tête à la servante qui, de plus en plus souffrante, s'écria d'une voix plaintive :

— Monsieur le docteur, puisque vous êtes là... J'ai très mal au ventre. Ça me brûle !

— Eh bien, ma brave femme, je vous conseille de boire du thé. J'entends souvent ce genre de doléances et le vin en est responsable, en général. Il cause de méchantes aigreurs. Alors, un bon thé bien chaud et au lit ! Demain, vous irez mieux.

Annie fit ce que lui avait conseillé Colin. En effet, le thé la soulagea. En regagnant sa chambre, elle croisa le regard du curé. Il la fixait avec un air étrange, un peu comme le chat une heure plus tôt.

La malheureuse s'allongea avec un soupir de soulagement. Elle entendit Charvaz sortir et dévaler l'escalier extérieur.

— Bah, il remplit ses fonctions malgré tout, dit-elle tout bas. Mais je n'aimerais pas recevoir l'extrême-onction d'un pareil hypocrite.

Le lendemain matin, après une nuit d'un mauvais sommeil, Annie voulut se lever, mais ses jambes la portaient à peine. « J'ai le ventre en piteux état. Je vais refaire du thé, et me secouer un peu. »

En dépit de sa bonne volonté, la servante eut beaucoup de mal à balayer et à ranimer le feu. Elle constata que le père Roland n'était pas rentré.

— Il sera resté au chevet du vieillard dont parlait le docteur ! Mais ça m'étonne de lui, ou bien il veut prouver qu'il se dévoue pour ses paroissiens.

Charvaz revint avant midi. Il scruta le visage crispé de sa victime en marquant une vive surprise :

— Qu'est-ce qui vous arrive, Annie ?

— Je me sens vraiment malade. Je n'ai pas pu préparer le déjeuner.

— Je suis justement invité chez le maire ; vous allez pouvoir vous reposer. J'aurais pu être là plus tôt, mais j'ai dû veiller ce pauvre vieillard, qui ne lâchait pas ma main. Je devais ensuite donner une leçon au petit Foucher, le fils du maire, justement.

— Je sais qui c'est, oui, bredouilla-t-elle. Un de vos élèves du catéchisme.

— Vous faites peine à voir, Annie. Laissez votre ouvrage et couchez-vous sans rien avaler. La diète vous fera du bien.

La servante ressentait un malaise si pénible que ses idées devenaient confuses. Elle bredouilla un vague remerciement et se dirigea d'un pas incertain vers sa chambre.

Son calvaire commençait. Elle se tordit sur sa couche au rythme des gémissements qu'elle ne pouvait retenir, tant son ventre la torturait.

— Au secours, marmonnait-elle. Que quelqu'un vienne, mon Dieu, je n'en peux plus.

Sa solitude l'effrayait ; elle guettait le moindre éclat de voix dans la rue en priant pour entendre frapper à la porte du presbytère. « Si le sacristain venait aux nouvelles, au moins ! se disait-elle entre deux spasmes. Je ne suis même pas allée au puits, aujourd'hui ; ça devrait l'étonner ! Et la Toinette ! Je lui avais dit que j'irais au lavoir rincer les torchons. »

Il faisait nuit quand Charvaz rentra enfin. Il était six heures du soir. Il l'entendit geindre et s'aventura jusqu'à sa chambre.

— Vous êtes toujours souffrante ? interrogea-t-il en étudiant son visage ravagé.

— Oui, monsieur le curé, j'ai eu mal toute la journée et ça continue. On dirait des coliques. Si vous pouviez aller chez le docteur lui demander un remède qui m'aiderait à dormir...

— Bien sûr, ma pauvre Annie ! Je reviens tout de suite.

Roland Charvaz ressortit l'esprit vide, car il préférait ne pas trop réfléchir. Un problème de taille s'était posé et il avait fait en sorte de le régler. Cependant, en arrivant devant la maison des

Salignac, il se dit, partagé entre la satisfaction et la terreur : « On devrait bientôt l'enterrer. Quand elle sera couchée au cimetière, sur la route de Marthon, personne ne l'entendra plus se lamenter ou médire sur le premier venu. Elle m'a attaqué et je me suis défendu. »

Il toqua deux coups sonores avec le heurtoir en bronze. Suzanne lui ouvrit, la mine pincée.

— Qui voulez-vous voir, monsieur le curé ?

— Mon ami le docteur, je vous prie, répliqua-t-il d'un ton hautain.

Mathilde était dans la salle à manger lorsque Charvaz avait frappé. Elle ne bougea pas, le cœur battant à se rompre, et poursuivit son travail qui consistait pour lors à ranger les serviettes de table en lin fraîchement repassées dans le tiroir d'une commode. Elle tendait néanmoins l'oreille, attentive à chaque détail, du pas régulier et un peu lourd de son mari à celui de la bonne.

Le médecin reçut le curé dans le vestibule. Une conversation à voix basse lui parvint, mais le sens lui en échappait. Il y eut ensuite un temps de silence, encore des pas, des murmures et le claquement de la porte principale. Elle n'osa pas se déplacer. Rongée par l'angoisse, elle dut s'asseoir. Cinq minutes plus tard, son mari s'installa en face d'elle. Il paraissait préoccupé.

— Ah çà ! La servante de Charvaz est malade. Des coliques, sûrement. Ce n'est guère surprenant, cette femme est énorme et elle boit trop. Je crains une congestion. Pas ce soir, mais très bientôt.

— Que lui as-tu prescrit ? s'enquit Mathilde en alignant fourchettes et couteaux de chaque côté de son assiette.

— Une boisson avec vingt-cinq gouttes de laudanum. Il faut bien ça en raison de sa corpulence. Au moins, elle ne souffrira plus.

Mathilde reprit son souffle le plus discrètement possible. La peur la faisait suffoquer et son cœur cognait dans sa poitrine à un rythme effréné. C'était épuisant. « Du calme, du calme, se répétait-elle. Pourquoi se mettre dans un état pareil ? Dans quelques heures, Roland et moi, nous n'aurons plus rien à craindre. Je croyais que ce serait plus rapide ; elle pourrait encore parler et nous trahir. »

Colin la regarda d'un air perplexe, car elle tenait la tête baissée, l'air inquiet.

— Qu'est-ce qui te tracasse, Mathilde ?

— J'écoute avec intérêt ce que tu me confies sur tes patients. Je voudrais bien être aussi savante que toi et soulager les petits maux de nos amis. Mais j'ai quelques connaissances en matière de tisanes. J'en préparerai une pour Annie, demain, de la menthe, de la verveine et de la badiane. Les infusions de plantes font grand bien, surtout quand la personne ne boit que du vin.

Le docteur se félicita encore une fois d'avoir une épouse aussi sage. Il l'adorait, ce qui l'avait rendu enclin à la jalousie. Cependant, il lui fallait des preuves solides et jamais il n'en avait eu. De plus, avec une logique scientifique, il tournait le dos aux rumeurs, sachant qu'une belle femme comme la sienne suscitait des commérages dictés par l'envie, ce qui s'était produit quand le curé Bissette prisait un peu trop la compagnie des jeunes dames du bourg. Lui, depuis dix ans qu'il était son mari, il la savait pure et dévouée. Il la contempla et ne vit sur son visage délicat qu'une douce expression un peu rêveuse.

— Ma chérie, comme tu m'es précieuse ! soupira-t-il. Si nous dînions, à présent. Demain soir, Jérôme pourra manger avec nous. Je l'estime pratiquement rétabli.

— Le pauvre mignon, je lui ai lu deux fables de La Fontaine, cet après-midi, pour le distraire. Tu l'as bien soigné, Colin. Il ne tousse plus, et la fièvre a baissé.

— Si je n'étais pas capable de guérir mon fils unique d'un rhume, je pourrais fermer le cabinet, plaisanta-t-il. Mais que fait Suzanne ? Je sens une bonne odeur de civet, mais, hélas ! le plat tarde à venir. J'ai hâte d'être au lit… avec toi.

La jeune femme agita une clochette en cuivre qu'elle avait toujours à sa disposition. Colin s'empara de sa main libre et y déposa un baiser. Mathilde s'empourpra. Il s'amusa d'une manifestation de pudeur aussi juvénile chez une mère de famille. Il était loin d'imaginer qu'elle avait rougi sous le coup de la contrariété. L'incontournable devoir conjugal lui répugnait. Comme par un caprice du destin, depuis qu'elle entretenait une liaison avec le curé, Colin se montrait plus amoureux encore. Et, ce soir-là, elle ne se serait dérobée pour rien au monde. Son époux, ce respectable notable de la région, lui faisait soudain l'effet d'un rempart contre tous les dangers.

*

Mercredi 5 décembre 1849

Roland Charvaz quitta le presbytère au lever du jour. Il avait entendu une respiration saccadée dans la chambre de sa servante et, persuadé qu'elle agonisait, il préféra partir pour Marthon. Là-bas, il rendrait visite au curé, un homme cultivé d'une foi exemplaire. « À mon retour, elle sera morte, forcément, pensait-il en marchant à grands pas. Elle ne peut pas résister encore longtemps. Je dirai que je l'ai laissée endormie et qu'elle paraissait aller mieux. »

Le vent soufflait du nord ; la pluie menaçait. Charvaz respira à pleins poumons l'air déjà hivernal. S'il avait eu l'audace de prier, pendant son expédition aux allures de fuite, il aurait peut-être demandé à Dieu d'abréger les souffrances d'Annie.

Quand il aperçut, du haut de la colline, le vieux donjon de Marthon et le clocher de l'église, il s'arrêta un moment. « Je dois me fortifier l'esprit devant l'épreuve qui m'attend. Je ferai semblant d'être affligé par le décès de la pauvre femme. Au fond, je le serai si j'oublie ce qui l'aura tuée, une pincée de poudre blanche sans odeur ni saveur. »

Il se remit en chemin en élaborant d'autres raisonnements insolites afin de se disculper. Enfin, il se retrouva confronté au vieux prêtre du bourg voisin. Après les salutations d'usage, une main sur son chapelet, l'autre à hauteur du cœur, il confia tout bas qu'il s'inquiétait fort pour sa domestique.

— Elle n'a pas un caractère facile, mais je me suis attaché à elle d'une affection presque filiale. Et la voici bien malade à cause de sa manie de boire du vin à outrance. Le docteur de Salignac l'a pourtant avertie, elle risque une congestion.

— Si les coliques sont causées par un excès de boisson, mon cher frère, votre servante sera d'aplomb ce soir, affirma le vieillard dans un sourire apitoyé.

Les deux curés eurent ensuite une longue conversation sur les bienfaits du catéchisme et sur les difficultés de l'évêché de pourvoir chaque paroisse rurale d'un desservant sérieux. Habile comédien, Charvaz fut parfait dans son rôle. Finalement, lorsqu'il prit congé de son confrère en religion, il se sentait humble, bon et miséricordieux.

*

En fin de matinée, désireuse de savoir ce qui se passait au presbytère, Mathilde envoya sa bonne se renseigner. Comme elle l'avait dit à son mari la veille, elle confia aussi à Suzanne un panier à fond plat qui contenait une cruche de tisane.

Parvenue en haut de l'étroit escalier, la domestique des Salignac frappa à plusieurs reprises sans obtenir de réponse. Inquiète, elle entra.

— Madame Annie, cria-t-elle, êtes-vous encore malade ?

Une plainte rauque lui répondit. Vite, elle posa le panier sur la table et se dirigea vers la chambre de la servante, où elle découvrit un triste spectacle. La malade était couchée sur le côté, la face blafarde, le regard affolé. Une odeur désagréable flottait, acide, écœurante, qui se dégageait d'une cuvette posée près du lit.

— Eh bien, ça ne va guère, dites ! C'est madame de Salignac qui voulait de vos nouvelles, expliqua Suzanne.

— Oh, je n'ai jamais été aussi dérangée, balbutia Annie. J'ai tout le ventre en feu et je n'arrête pas de vomir. Si j'ai mangé quelque chose de mauvais, je n'ai pas pu le garder, pourtant, tellement j'ai vomi. Et j'ai soif, une soif terrible !

Suzanne hocha la tête, comme admirative devant la gravité de la maladie.

— Faudrait vider la cuvette, si ça ne vous gêne pas trop, articula péniblement Annie. Le curé est là, mais il ne le fera pas.

— Je m'en occupe. J'en ai vu d'autres. Après, vous prendrez une tisane encore bien chaude que madame a préparée.

La présence de Suzanne, d'ordinaire un peu fière et distante, réconforta Annie. Elle la suivit des yeux tandis qu'elle s'affairait, rapide et efficace.

— Bon, la cuvette est propre et j'ai tapé votre oreiller. Vous allez être plus à l'aise. Monsieur le curé m'a remerciée de prendre soin de vous. Paraît qu'il était à Marthon, tôt ce matin. Maintenant, je vais chercher la tisane. En repartant, j'irai prévenir la Toinette et lui dire que vous êtes bien souffrante. Elle viendra sûrement !

Annie la remercia d'un signe de tête. Avec l'aide de Suzanne, elle se redressa un peu et but avidement l'infusion au fort parfum de menthe.

— Je voudrais bien rester, dit-elle ensuite, mais madame doit s'impatienter.

— Et le curé, où est-il ? demanda la servante, l'air égaré.

— Je vous ai dit qu'il était là, dans la grande pièce. Il s'occupe du feu. Comme ça, avec des braises et des tisons, il allumera votre cheminée aussi. Il ne fait pas chaud, là... Allons, reposez-vous bien. La Toinette qui est brave comme tout sera contente de vous tenir compagnie.

La bonne fut à peine en bas de l'escalier extérieur que le sacristain lui fit signe.

— Bonjour, m'selle Boutin ! Il se passe quoi, là-haut ? Je n'ai point vu madame Annie d'aujourd'hui.

— Elle est mal en point. Des coliques. Ne la dérangez pas, surtout.

Alcide Renard approuva en affichant un air ébahi. Il tritura son béret qu'il avait enlevé par politesse et jeta une œillade soucieuse sur la maison à balet.

— Peut-être ben qu'elle digère pas les haricots, avança-t-il. Moi, je les fais cuire avec de la sauge, comme me l'a recommandé ma défunte mère.

Suzanne eut une moue pour exprimer son ignorance et fila, sachant à quel point l'homme était bavard. Mathilde guettait son retour de la fenêtre du salon. Elle se précipita dans le vestibule, les traits tirés et le teint livide.

— Alors, Suzanne, comment va la malheureuse Annie ?

— Je l'ai trouvée au lit qui souffrait le martyre, madame. Elle a beaucoup vomi ; la chambre empestait. Mais la tisane lui a fait du bien.

— Tant mieux. Je lui enverrai mon mari dès qu'il rentrera.

Mathilde n'ajouta rien de crainte de paraître nerveuse. Elle aurait voulu qu'on lui annonçât la mort de la servante afin de ne pas l'imaginer en proie aux violentes douleurs causées par le poison. « Pourtant, Colin m'a souvent dit qu'il en fallait peu pour tuer un homme ! » songea-t-elle.

Terrifiée, la jeune femme se réfugia au chevet de Jérôme. L'enfant jouait avec le sifflet que lui avait offert son père.

— Je voudrais me lever, maman, implora-t-il.

— Mon chéri, tu es mieux ici, au lit, bien au chaud. Je vais te lire une histoire. Ou plutôt, toi, tu vas essayer, puisque tu connais ton alphabet et plusieurs mots. Sois sage, mon mignon ! Je ne te quitte pas.

Elle tint parole, incapable de s'éloigner de son fils, comme si l'innocente présence de Jérôme la ramenait aux premières années de sa maternité, quand elle lui consacrait l'essentiel de son temps. C'était avant l'ennui, avant les réunions entre dames où l'on invitait le père Bissette pour se moquer de ses regards énamourés et surtout avant l'arrivée au pays de Roland Charvaz. « Qu'est-ce que nous avons fait ? » ne cessait-elle de se dire, le cœur serré.

Déjà, Mathilde aurait souhaité prendre ses distances avec l'acte ignoble qui avait été perpétré, ne pas être concernée. Lorsqu'elle pensait à son amant, aucune envie de le voir ne la tourmentait. L'amour fou et le désir irrépressible semblaient avoir été éteints par une pincée de poudre blanche.

Suzanne monta dans la chambre de l'enfant avant la tombée de la nuit.

— Chut ! Il s'est assoupi, souffla la jeune mère.

— Je suis désolée de vous déranger, madame, mais je reviens du presbytère. L'état de la pauvre Annie ne fait qu'empirer. C'est pitié d'entendre les plaintes déchirantes de la malade. La Toinette veille sur elle, monsieur le curé aussi ; il tient à s'occuper de sa servante.

Terrassée par la culpabilité, Mathilde crut déceler une nuance étrange dans la voix de Suzanne. Elle se leva sans bruit pour l'entraîner sur le palier.

— Bien sûr, le père Roland ne va pas l'abandonner ! Et mon mari ?

— Monsieur n'est pas encore là. J'ai préparé du thé. En voulez-vous ?

— Oui, volontiers. Suzanne, les gens sont si méchants, on ne sait jamais ce qu'ils pourraient imaginer. Dis, tu ne me trahiras pas, je veux dire au sujet de monsieur le curé avec qui je suis très amie, tu me comprends... Si on t'interroge, fais celle qui n'est au courant de rien. Je te donnerai de l'argent sur mes économies ; tu pourras acheter du linge et un coffre[1] pour ta dot.

— Merci bien, madame ! N'ayez pas peur, je ne dirai rien.

*

Au presbytère, même soir

Une coiffe grisâtre sur ses cheveux châtains, la Toinette était assise au chevet d'Annie, qui geignait sans discontinuer, mais de plus en plus faiblement. Apitoyée, la brave femme s'entêtait à lui raconter de menus potins en lui tenant la main. D'une nature simple, mais généreuse, elle voulait ramener la servante à la conscience, parmi les gens bien portants.

— Elle comprend à peine ce que j'lui dis, monsieur le curé, cria-t-elle à Charvaz.

Il faisait les cent pas dans la pièce voisine, espérant en secret un dernier râle, un ultime soupir. À son profond étonnement, l'agonie n'en finissait pas. « Je ne croyais pas qu'elle résisterait autant au poison. Ce doit être sa corpulence. Il m'en reste un peu, que je lui donnerai tout à l'heure, quand nous serons seuls », se dit-il, exaspéré.

Le curé de Saint-Germain était entré sans hésitation dans le cercle fatal du crime ; il ne ferait pas marche arrière. En entendant les plaintes d'Annie, un homme plus sensible aurait pu éprouver des

1. Jadis, la dot consistait souvent en un coffre en bois, garni de linge de maison.

remords, mais Roland Charvaz n'était pas de cette trempe. Il avait signé l'arrêt de mort d'Annie Meunier et il était impatient de voir la sentence exécutée.

— Rentrez donc chez vous, Toinette, l'enjoignit-il en s'aventurant sur le seuil de la chambre. Comment voulez-vous qu'elle se repose ? Ou qu'elle vous écoute ?

— Si, parfois Annie me cause, protesta-t-elle.

Charvaz en conçut une terreur sans borne. Il devait donner au plus vite une dernière dose de poison à sa victime. Il décida de ne plus s'éloigner d'Annie, car elle pouvait encore le dénoncer, puisqu'elle trouvait la force de parler entre deux cris de douleur.

— Monsieur le curé, faudrait peut-être que je vide le seau et la cuvette avant de partir, proposa la Toinette. Dites, y a des traces de sang dans ce qu'elle recrache.

— D'accord, faites ! Je vous donnerai dix sous pour la corvée, dit-il, dégoûté.

— J'en veux point, de vos sous, je fais ça par amitié. Elle est gentille, Annie.

Il haussa les épaules. Peu après, un détail le rassura. Le docteur ne manquerait pas de venir examiner la malade. Il valait mieux être débarrassé des horribles déjections dont l'odeur se répandait dans la maison.

Une fois sa besogne expédiée, la voisine prit congé. Elle se campa sur le seuil de la chambre, d'où elle pouvait parler à la malade et au curé, toujours assis près de la cheminée.

— J'ne pourrai pas venir demain, ma pauvre Annie, je fais la lessive chez le maire. Pourtant, il te faudrait de la compagnie.

Une voix douce et grave s'éleva, pleine de compassion :

— Ne vous inquiétez pas, ma brave femme, je suis là, moi. Je ne quitterai pas Annie. J'ignore le mal qui la torture. Ce n'est peut-être pas très grave, mais j'aimerais la convaincre de se confesser.

Effrayée, la Toinette se signa et s'en alla enfin. Annie Meunier et le père Roland Charvaz se retrouvèrent seuls, l'une accablée de souffrance et secouée de nausées, l'autre attentif et silencieux. Une fois seulement, la mourante réclama ses enfants d'une voix méconnaissable, fluette et très faible.

— Ernest, je voudrais voir mon fiston, et Elvina. Où sont-ils ?

Le curé tressaillit avant de répondre, presque agacé :

— Ils viendront demain, ma pauvre femme, demain.

*

Dans le bourg, la rumeur circulait : la servante du curé était alitée, rongée par un mal mystérieux. La nouvelle s'était répandue grâce au sacristain qui avait fait le tour du village, la mine soucieuse, tout content néanmoins d'avoir une chose importante à confier. On l'écoutait et on lui offrait à boire.

Après sa visite au presbytère, en regagnant la demeure de ses patrons, Suzanne n'avait pas résisté à la tentation d'évoquer l'état lamentable où se trouvait Annie Meunier. Les langues se déliaient. Certains disaient qu'à boire trop, elle avait eu une attaque. Selon les autres, la grosse femme serait tombée dans l'escalier rendu glissant par la pluie, une chute terrible qui l'aurait *crevée*[1].

Curieux d'en savoir plus, de proches voisins allèrent frapper à la porte du curé à la fin de la journée, malgré la nuit tombée. L'air navré, Charvaz les faisait entrer et leur désignait la porte de la chambre, à gauche de la cheminée. Ils jetaient un coup d'œil effaré vers le lit de la servante et observaient son maître qui, fort soucieux, semblait très dévoué à la malade.

Deux voisines d'âge respectable toutes vêtues de noir, un foulard sur leurs cheveux blancs, se présentèrent à l'heure de l'angélus. Elles étaient sollicitées pour les veillées mortuaires et venaient aux nouvelles. « On dirait des corneilles avides de charogne ! » songea Roland Charvaz en les invitant cependant à se réchauffer au coin de l'âtre.

— Prenez place, mesdames, dit-il d'un ton affecté. Annie se plaint surtout de la soif. Écoutez !

Les vieilles femmes tendirent l'oreille. Elles virent le curé préparer un verre de vin blanc qu'il sucra du bout des doigts.

1. Terme familier, tiré du vrai procès et signifiant « gravement blessée », ou « affectée de dommages internes graves ».

— J'ai la bouche amère et j'ai soif ! Oh, comme j'ai soif ! se lamentait Annie.

— J'arrive, ma pauvre amie. Je vous apporte du vin blanc, sachant que vous l'aimez. Je l'ai un peu sucré, puisque vous avez encore des aigreurs. Ce sera un peu plus doux.

Au même instant, de nouveaux visiteurs firent irruption dans le presbytère. Il s'agissait du docteur de Salignac, Mathilde à son bras, et de l'instituteur. Ils se rendirent dans la chambre à la suite du curé, qui leur avait indiqué par des signes qu'il n'avait pas le temps de les accueillir.

— Seigneur, ça va de mal en pis, alors ! gronda le médecin.

Sans un regard pour son amant, Mathilde, très émue, se réfugia dans un coin de la chambre, son mouchoir sur le nez, car le lit dégageait une odeur pénible. Jean Dancourt l'imita, lui aussi incommodé.

La servante but le vin goulûment. Elle avait les lèvres craquelées et les yeux injectés de sang. Charvaz, qui lui avait soutenu la tête, l'aida à se recoucher.

La dernière dose d'arsenic venait d'être administrée à la malheureuse devant témoins. La scène de crime était bien orchestrée. Sauf Mathilde de Salignac, les personnes présentes ne pouvaient en aucun cas soupçonner la vérité.

*

Une demi-heure plus tard, Roland Charvaz était de nouveau seul au chevet d'Annie. Mathilde et l'instituteur prenaient l'air devant l'église en attendant Colin qui avait promis de revenir très vite avec du laudanum.

— Si votre époux voit juste, la malheureuse va succomber dans de terribles souffrances, déplora Jean Dancourt, tout en scrutant le joli visage de Mathilde.

Il faisait allusion aux conclusions que le médecin avait tirées après un examen assez rapide de la servante.

— Nous avons affaire à de violentes coliques, avait-il déclaré. Mais ce pourrait être une péritonite, une inflammation souvent fatale de l'appendice ou d'un autre organe interne. Il faudrait peut-être l'opérer, mais, dans son état, on ne peut pas la transporter jusqu'à l'Hôtel-Dieu d'Angoulême.

Au cours de sa carrière, il n'avait jamais été confronté à un empoisonnement. L'idée ne l'effleura pas, son pharmacien lui ayant souvent dit qu'une quantité minime d'arsenic foudroyait le plus solide gaillard.

Il avait la certitude que la servante souffrait du système digestif en raison de ses abus alimentaires et de son penchant pour le vin. Malgré tout, il redoutait la fameuse péritonite, même si la fièvre manquait à l'appel.

Le vent était vif et plutôt froid. Transie, Mathilde répondit du bout des lèvres :

— Ce serait bien triste. Mais elle peut se rétablir. Ce soir, je prierai pour elle de toute mon âme.

— Vous l'aviez engagée pour le père Charvaz, n'est-ce pas ? demanda l'instituteur.

— Oui, en effet. J'ai des relations en ville grâce à ma sœur aînée. Un commerçant aisé m'avait vivement recommandé les services de la veuve Meunier ; il l'appelait ainsi. J'avais même rencontré son fils Ernest, qui est tailleur.

— Il faudrait le prévenir qu'elle est bien malade, hasarda Dancourt.

— Le père Roland n'y manquera pas, sans doute, trancha la jeune femme, très mal à l'aise sous le regard perspicace de l'enseignant.

D'après son amant, Annie avait parlé de leur liaison à ce maître d'école libre-penseur et irréligieux.

— Je ne peux rien faire, quant à moi, conclut-il en la saluant. Je vous laisse, chère madame, voici votre époux.

Avec un réel soulagement, Mathilde se jeta dans les bras de Colin. Il l'étreignit et l'embrassa sur le front, heureux de la sentir câline et confiante.

— J'ai froid, se plaignit-elle. J'aurais voulu rester au chevet de cette pauvre Annie, mais ça m'impressionne trop.

— Rentre vite chez nous, ma chérie, chuchota le médecin à son oreille. Je donne le laudanum au curé et je te rejoins ; je ne peux rien faire de plus. Tu trembles ! Installe-toi près du feu et demande une bouillotte à Suzanne. Pourquoi es-tu venue, aussi ? Tu n'es pas habituée à voir des mourants... Car je la crois mourante.

— D'accord, je m'en vais, murmura-t-elle avec une voix de petite fille avide de protection. Dis, Colin, es-tu sûr que ce n'est pas le choléra ?

— Non, n'aie pas peur. J'y ai songé, mais il y aurait eu d'autres cas dans le pays et les symptômes ne correspondent guère.

*

Pendant la soirée, l'état d'Annie ne fit qu'empirer. Elle souilla ses draps sans en avoir conscience, éperdue de douleur. Le laudanum avait apaisé ses souffrances une heure seulement.

— J'ai soif, j'ai soif, bredouillait-elle, la bouche pâteuse, sans même ouvrir les yeux.

Charvaz lui donnait de l'eau, mais elle la rejetait aussitôt. Il s'était assis à son chevet à la façon d'un spectateur insensible qui l'étudiait sous tous les angles comme un phénomène de foire. Parfois, surpris par un râle ou un hoquet, il sursautait et se faisait plus vigilant, comme s'il était le gardien de la condamnée et qu'il avait relâché son attention.

Vers minuit, le curé s'impatienta. Il hésita sur la conduite à tenir. Devait-il se coucher et la laisser, ou veiller coûte que coûte jusqu'à l'aube ? « Quelle longue agonie ! On dirait qu'elle refuse de lâcher prise, se dit-il. Peu importe, elle délire. Il n'y a plus de danger qu'elle cause à tort et à travers. »

Pas un instant Charvaz n'eut pitié de la femme. Il aurait pu admettre, confronté à sa victime, qu'il lui avait infligé une bien cruelle punition pour avoir découvert et critiqué une relation adultère. Bientôt, on s'interrogerait avec une sorte d'effroi sacré sur cet homme qui avait revêtu l'habit ecclésiastique, qui célébrait la messe et exhortait ses paroissiens à une conduite chrétienne, mais qui était cependant capable d'attendre sans perdre son calme le dernier souffle d'une âme dont il avait lui-même tranché le fil. On se demanderait aussi comment il aurait pu supporter la lente glissade vers la mort d'une femme en proie à un véritable calvaire.

Personne ne saurait jamais ce qu'il aurait éprouvé et pensé au chevet d'Annie Meunier. Peut-être était-il indifférent tout simplement, son unique souci étant sa propre sauvegarde.

*

Jeudi 6 décembre 1849

Le lendemain matin, Annie luttait encore, plongée dans une léthargie sûrement douloureuse. Il suffisait d'observer ses grimaces de souffrance, ses rictus pathétiques, pour le constater. Le pire, c'était les râles qui lui échappaient, l'expression même d'un corps ravagé par la maladie.

Ceux qui lui rendirent visite la jugèrent perdue. Le sacristain approcha du lit, puis il prit la fuite en refoulant ses larmes. Le brave Alcide s'était attaché à la servante.

— Qué malheur, boudiou, qué chagrin[1] ! bafouilla-t-il quand il croisa la Toinette et Suzanne sur le parvis de l'église.

1. Patois charentais. « Quel malheur, bon Dieu, quel chagrin ! »

— Eh oui, monsieur Renard, concéda la bonne des Salignac, ça fait de la peine. J'ai voulu discuter un brin avec notre malade, mais elle n'arrive plus à causer. Elle n'a plus sa tête.

— Pourtant, le curé m'a dit ce matin qu'il la suppliait de se confesser et qu'elle avait répondu : « Laissez-moi tranquille », affirma la Toinette d'un air ébahi.

— Quand même, s'indigna Suzanne, il faut se mettre en paix avec le Seigneur avant de mourir.

Le sacristain approuva avant de rejoindre les anciennes du bourg, regroupées près du lavoir communal. Elles le pressèrent de questions en agitant leur tête chenue sous la coiffe blanche des grandes occasions.

*

Colin de Salignac vint examiner Annie vers midi. Il fut stupéfait de la trouver encore vivante.

— Cette femme est d'une robustesse inouïe, confia-t-il à Charvaz. Sa corpulence doit l'aider à résister, moi qui jugeais que c'était plutôt le problème. Hélas, la malheureuse n'est plus vraiment parmi nous. Vous savez, père Roland, les douleurs extrêmes engourdissent l'esprit et égarent le malade au sein d'un monde transitoire. L'agonisant n'est plus qu'un être sans défense qui voudrait rester parmi les vivants, mais qui n'en a pas la force.

— Je comprends, oui, répliqua le curé avec gravité. Mais je suis désolé, car, pendant ses courts moments de lucidité, Annie a refusé le secours de la religion.

— Allons ! êtes-vous certain qu'elle était lucide ? Rien ne vous empêche de lui donner les derniers sacrements.

Le docteur repartit d'un pas alerte, sa sacoche à bout de bras. Il avait hâte de retrouver son épouse et son fils. Mathilde l'accueillit dans le vestibule. Elle portait une robe en velours brun, à col haut, et ses cheveux étaient attachés sur la nuque.

— Colin, enfin, Jérôme te réclamait. Il est si content d'avoir quitté sa chambre ! Le déjeuner est prêt, des perdrix rôties et du chou farci.

— Mes plats favoris ! Je suis gâté, ma petite femme, dit-il assez bas. Mais je n'ai guère d'appétit. J'avais surtout envie de te voir et de prendre notre fiston sur mes genoux. En fait, le spectacle d'une agonie me retourne toujours l'estomac, même après quinze ans d'exercice de la médecine.

— Une agonie ? chuchota-t-elle pour ne pas être entendue de l'enfant, qui jouait dans la salle à manger. Annie a passé la nuit ?

— Oui, son organisme résiste de façon étonnante, avoua-t-il.

La nouvelle bouleversa Mathilde. Elle se représenta, effarée, l'interminable supplice que la servante endurait. Presque à regret, elle songea à son amant. « Il n'a pas quitté son chevet, Suzanne me l'a dit. Pourquoi est-ce si long ? »

Pendant que son mari ôtait son manteau en appelant le petit Jérôme d'une voix paternelle, elle courut à la cuisine. La bonne sursauta.

— Madame, je me dépêche de servir. Excusez-moi, j'ai du retard, mais tout le monde cause, dans le village.

— Tu es tout excusée. Mets le déjeuner de côté pour ce soir, monsieur n'a pas faim, moi non plus. Apporte-nous du pain tranché, du fromage de chèvre et de la compote de pommes. Ensuite, tu retourneras au presbytère pour savoir ce qu'il en est…

— Bien, madame !

Le couple et leur fils étaient encore à table quand Suzanne revint, son châle en laine sur la tête, car il pleuvait. Elle se précipita dans la pièce en laissant dans son affolement des empreintes boueuses sur le parquet ciré.

— Madame, monsieur, s'écria-t-elle, Annie a rendu l'âme ! Ça y est, la pauvre femme est morte.

8

Des soupçons…

Au presbytère, jeudi 6 décembre 1849, en fin de journée

Roland Charvaz éprouvait un immense soulagement depuis que sa servante s'était tue pour l'éternité. Annie avait rendu l'âme en quelques secondes, après un faible sursaut. Il avait longuement contemplé son visage défait par la mort et son corps énorme sous le drap.

Le docteur était venu constater le décès, l'air navré, puis les voisins avaient défilé, la Toinette en larmes, le sacristain livide, Suzanne, le maire et son épouse.

Maintenant, une veillée funèbre commençait derrière les volets clos de la chambre où régnait une odeur difficile à supporter. Les deux vieilles femmes en noir s'étaient assises à une certaine distance du lit, leur chapelet entre les doigts, le regard mélancolique. Deux autres dames d'âge respectable se joignirent à elles.

La lumière des cierges, le ronronnement des bavardages autour de la défunte, tout cela, Charvaz le connaissait et il n'avait aucune envie d'y participer. Il prétexta une grande fatigue et se retira dans sa propre chambre.

Le curé de Saint-Germain avait grand besoin de solitude, de silence et d'air frais. Appuyé à sa fenêtre ouverte sur le froid de décembre, il se répétait tout bas :

— C'est fini, elle ne peut plus me nuire. Je ne l'entendrai plus ronchonner, cancaner, ébranler le plancher de son pas pesant. Ma sœur va venir me rejoindre. Elle m'est toute dévouée. La vie sera paisible, enfin. Je resterai là, à Saint-Germain. Personne ne m'en chassera. Et il y aura Mathilde, son beau corps si tendre, sa docilité, son amour sans condition…

Par prudence, Charvaz ne reverrait pas sa maîtresse seule avant plusieurs jours, mais les retrouvailles seraient enflammées. « Si j'écrivais à ma douce amie, qui se languit de moi ? » se dit-il en bâillant.

Il renonça, vraiment las ; cependant, il évoqua, ému, le cher visage de l'unique femme qu'il respectait, la ravissante madame Callières, si loin de lui dans la Saône-et-Loire.

*

Assise en face de son mari, Mathilde de Salignac avait du mal à avaler sa part de viande. Exaltée par le moindre événement, Suzanne avait cru bon de lui parler à mi-voix, avant le dîner.

— Madame, si vous saviez comme elle a souffert, la pauvre Annie, avant de mourir ! La Toinette est arrivée dans la chambre juste après son dernier soupir. Il paraît que sa figure, à la servante, était d'une drôle de couleur. Monsieur le curé lui a fermé les yeux.

— Oui, c'est bien triste ! Elle a trouvé le repos, maintenant, avait répondu Mathilde, les mains jointes sur sa poitrine, en évitant le regard de sa domestique.

Elle peinait à croire que tout était arrangé, que son existence bourgeoise allait se poursuivre sans angoisse, sans souci. Mais des images la hantaient. Elle se revoyait en train de transvaser le poison du flacon bleu dans un autre flacon plus petit qu'elle avait caché dans son aumônière avant de courir vers l'église.

C'était là, en quittant le confessionnal, qu'elle avait remis l'arsenic à son amant. Une scène surtout l'obsédait, celle de la pièce sombre, empuantie, où Annie agonisait, la face méconnaissable, crispée, le regard comme halluciné. Et elle, Mathilde, à côté de l'instituteur et de son mari, jouant les innocentes.

— Pauvre femme ! dit le médecin entre deux bouchées, comme s'il lisait dans ses pensées. Je t'assure qu'elle a subi une rude épreuve avant de trépasser, oui, un supplice de presque trois jours. Au début, je croyais que ce n'était pas grave, qu'elle s'en remettrait. Une voisine du curé prétend qu'Annie avait fait une chute, dimanche dernier. Cela expliquerait ceci, elle s'est détraqué un organe et, à son âge, car je la pense plus âgée qu'elle ne le disait, ce n'est pas bon. La preuve !

Mathilde s'abstint de faire tout commentaire. Elle tapota la main de Jérôme, qui avait entendu la conversation et paraissait inquiet. Réconforté par le geste de sa mère, l'enfant osa avouer ses craintes.

— Je ne veux pas retourner au catéchisme, moi, puisque la servante est morte dans le presbytère.

— Dieu merci, nota Colin, tu n'as rien vu, fiston.

— Nous aviserons l'année prochaine, mon petit, renchérit la jeune femme. Tu restes à la maison encore une semaine, peut-être jusqu'au jour de l'An, où tu auras tes étrennes.

— Tu as raison encore une fois, Mathilde. Je n'apprécie guère les manières de l'instituteur. Dancourt me lorgnait d'un œil ironique, tout à l'heure, quand je l'ai croisé près de la mairie. Il estime sans doute que je n'ai pas fait mon possible pour sauver Annie Meunier, ou bien il envie ma position sociale.

— Ne tiens pas compte de lui, murmura son épouse, c'est un mécréant notoire. S'il le faut, nous engagerons un précepteur pour Jérôme.

— Pourquoi ne pas confier son instruction au curé ? Le père Roland a fait des études, hasarda Colin. Il viendrait ici deux fois la semaine. Nous le dédommagerions.

— Non, je préférerais une dame qualifiée. Nous avons le temps. Bien, le repas est terminé.

Mathilde sonna la bonne et lui demanda de monter avec l'enfant afin de le coucher.

— Faites-lui bien dire ses prières, Suzanne, dit-elle d'un ton très doux.

Le couple se retrouva seul et se dirigea vers le salon. Le docteur s'installa dans un bon fauteuil près de la cheminée et se mit à lire *La Revue des deux mondes*[1], à laquelle il était abonné depuis son mariage.

Mathilde se pelotonna au creux d'une bergère tapissée de velours rose. Elle ferma les yeux, la tête appuyée au dossier. Il lui fallait ordonner ses idées et apaiser son cœur tourmenté par le crime dont elle se savait coupable. « Je ne serai vraiment rassurée qu'en voyant partir le cercueil d'Annie vers le cimetière, et je n'irai pas à l'enterrement, ça non. »

De nouveau, l'atroce vision de la servante, grimaçante de souffrance, s'imposa à elle, au point de lui donner envie de hurler d'épouvante. « Cette femme était déjà atteinte d'une maladie d'entrailles, voulut-elle se persuader. Le poison n'a pas pu provoquer de telles douleurs. Un gramme d'arsenic peut tuer en moins d'une heure, selon Colin. Si Roland lui a fait prendre tout le contenu du flacon, elle n'aurait pas dû résister ainsi... Peut-être qu'il n'a pas eu le temps de le lui administrer dans sa nourriture ! Alors, nous ne sommes pas responsables. »

Le nous avait résonné dans son esprit, la ramenant vers son amant. Elle l'imagina en prière au chevet de la morte, se justifiant de son geste auprès d'un Dieu très indifférent... ou très indulgent.

Bizarrement, la pensée de le revoir, de l'approcher, de le toucher lui faisait horreur. Son corps

1. Revue créée en 1829, qui publiait des articles sur la politique et les mœurs. C'est une des plus anciennes publications encore en activité.

ne ressentait plus la moindre fièvre amoureuse, aucun élan passionné vers celui qu'elle était désormais libre de retrouver en toute impunité. Seule sa famille avait de l'importance. Un profond soupir lui échappa. Son mari la regarda :

— Tu es fatiguée ?

— Non, un peu triste... Parfois, Colin, je regrette tellement de ne pas avoir un autre enfant.

Il approuva d'un hochement de tête et la consola, toujours avec les mêmes mots.

— Ce n'est pas ta faute, ma chérie. J'aurais pu te perdre, à la naissance de Jérôme, alors...

Mathilde lui adressa un léger sourire. Elle n'avait pas menti, certaine que sa vie aurait été différente, ces dernières années, si elle avait eu le bonheur de donner un frère ou une sœur à leur fils.

Afin de dissiper sa nostalgie, son malaise aussi, car elle ne se sentait vraiment pas bien, elle se chercha des excuses. « Les bêtes malfaisantes comme les rats et les fouines, on les élimine sans état d'âme. Pourquoi avoir des remords ? Roland n'a pas eu d'autre choix, ni moi. J'oublie un peu vite à quel point nous avions peur, peur du scandale, peur d'être séparés. Nous avons supprimé une vieille créature sournoise qui menaçait de détruire notre bonheur, de nous compromettre. Il fallait la faire disparaître, tiens, comme on écrase une guêpe prête à nous piquer. Je suis sotte ! Demain, j'y verrai plus clair. Et puis, tout va rentrer dans l'ordre, après l'enterrement. Sa sœur tiendra son ménage, une brave fille, il me l'a affirmé. Allons, je ne dois plus avoir peur. Le danger est passé. »

Malgré ce raisonnement, elle avait envie de pleurer.

Comme Roland Charvaz qui s'était endormi la conscience en paix, Mathilde de Salignac omettait un détail. Les morts peuvent encore se manifester, non sous la forme d'âmes errantes réclamant vengeance, mais de façon plus subtile, par le biais de leurs actes, de leurs paroles semées ici et là. Ils avaient assassiné Annie ; elle ne parlerait certes plus. Néanmoins, elle avait parlé. Ses prétendus commérages avaient porté leurs fruits, ses plaintes et ses soupçons trottaient dans les mémoires, trop récents pour être mis de côté.

*

Vendredi 7 décembre 1849

Le lendemain, à six heures du matin, alors qu'il faisait encore nuit, Roland Charvaz se présenta chez le maire afin de lui demander l'autorisation de faire inhumer le cadavre d'Annie avant l'expiration du délai ordinaire.

Mécontent d'être tiré du lit par des coups énergiques à sa porte, Arnaud Foucher commença par refuser.

— Comprenez-moi, cher ami ! s'écria le curé. Ma servante ne devait pas être en très bonne santé, sûrement une corruption des humeurs internes, selon le docteur de Salignac. En somme, sa maladie l'a achevée. Je vous assure, la décomposition est déjà avancée. La veillée mortuaire s'est même terminée avant minuit, tant l'odeur dans la chambre était insupportable.

— Sans doute, sans doute, je veux bien vous croire, père Roland, soupira le maire.

— J'ai fait brûler de l'encens en ouvrant les fenêtres. Venez constater si vous le souhaitez, insista Charvaz.

Foucher n'avait aucune raison de se méfier. Il avait passé d'agréables soirées chez le médecin en compagnie du curé dont il prisait l'éloquence et le sérieux.

Quant à vérifier la pestilence qui sévissait dans le presbytère, ça ne le tentait guère au réveil.

— Je suis d'accord avec vous, déclara-t-il. Vous avez mon autorisation. Au fond, c'est une mesure de salubrité. Autant ne pas perdre de temps, vu les circonstances.

Satisfait, Charvaz se mit en route pour Marthon, une cape en laine protégeant sa soutane de la pluie. Il marcha d'un bon pas, avide de l'air frais aux senteurs hivernales. « Dès qu'elle sera six pieds sous terre, Mathilde et moi reprendrons nos habitudes, nos délicieuses habitudes », se promettait-il.

Il savoura des souvenirs exquis qui le troublèrent : les seins drus, la chair nacrée de sa maîtresse, le galbe de ses cuisses, ses petits cris de jouissance, la saveur de sa bouche. Les mâchoires crispées, il espéra la revoir bien vite, la renverser en travers de son lit, trousser sa jupe et se déchaîner en elle avec la rudesse quasiment bestiale qui le caractérisait.

Une heure plus tard, il revenait à Saint-Germain escorté par le curé de Marthon, qui présida une courte cérémonie, ayant compris l'urgence de la situation. Colin de Salignac y vint seul.

— Mon épouse a dû garder le lit, expliqua-t-il. Elle a de fortes migraines. Du coup, Suzanne n'a pas pu venir, elle non plus.

Le sacristain était là, taciturne, l'œil larmoyant, ainsi que Toinette et les vieilles femmes du bourg. Avant midi, tout fut réglé. Retenu par ses élèves, l'instituteur n'avait pas assisté aux obsèques. Pourtant, de la fenêtre de sa classe, il avait observé le passage du maigre cortège qui se rendait au cimetière, le corbillard en tête, tiré par un cheval de trait.

« Disait-elle vrai, la malheureuse ? Elle emporte son secret dans la tombe... » avait-il songé, perplexe.

*

À la mi-journée, Roland Charvaz se décida à écrire un bref message au fils d'Annie, ce fameux Ernest dont elle parlait si fréquemment et avec tant d'affection.

Il avait d'abord raccompagné le curé de Marthon à bon port, puis, au retour, il s'était enfermé dans sa chambre, gêné par l'odeur fétide qui persistait dans le reste de la maison en dépit de l'encens et des courants d'air.

Pourtant, à sa demande, Toinette et sa cousine avaient nettoyé la pièce où avait agonisé la servante. Il ne restait rien du drame qui venait de s'y dérouler. Le linge sale avait été emporté, on avait aéré le lit, roulé le matelas et rangé la malle d'Annie au grenier. La maison avait repris une allure paisible.

Penché sur une feuille de vélin, sa plume à la main, Charvaz adressa aux deux femmes une pensée pleine de gratitude. Enfin, comme inspiré, il griffonna quelques lignes.

Monsieur,

J'ai le regret de vous apprendre que votre mère a succombé aujourd'hui ; sa mort a eu pour cause une congestion du cerveau. Mon intention avait été de vous avertir aussitôt que la maladie avait présenté quelque danger, mais Annie ne l'a pas jugé à propos.

Il ajouta en post-scriptum qu'il valait mieux qu'il ne se déplaçât pas avant deux jours, qu'il devait faire le compte des frais qu'il avait dû assumer. Il data sa note du 7 décembre et la fit partir par un courrier spécial en sacrifiant cent sous. Il l'avait signé de sa plus belle écriture. « Le cauchemar est terminé cette fois ! » pensa-t-il, soulagé.

En toute logique, il s'attendait à une visite de la famille, mais cela ne le tracassait pas. Chacun le savait, la mort frappait sans discernement. Une femme comme Annie, âgée de près de soixante ans selon lui, et non de cinquante comme elle l'avait dit, pouvait très bien avoir été malade et s'être éteinte en quatre jours. Il n'y avait pas à s'en étonner.

*

Demeure des Salignac, le lendemain matin, samedi 8 décembre 1849

Mathilde venait de se lever, bien plus tard que de coutume. Oppressée et morose, elle s'habilla de façon discrète, sans mettre de bijoux ni élaborer de coiffure savante.

Suzanne lui avait monté une lettre de ses parents qui annonçaient leur arrivée le jour même. Se disant souffrante, la jeune femme les avait priés d'emmener Jérôme chez eux et de le garder une semaine au moins.

Sa missive écrite d'une main tremblante, qu'elle avait postée le mercredi, avait dû les alarmer. Colin n'avait pas discuté la décision de son épouse, d'autant plus qu'il la jugeait fatiguée et nerveuse.

« Je préfère éloigner mon enfant ; il se plaît beaucoup, à La Rochefoucauld. » Cette pensée la réconforta. Elle imagina son fils chaudement vêtu, se promenant avec sa grand-mère au pied du château, un magnifique et très ancien édifice dressé en surplomb de la Tardoire.

Avant de quitter sa chambre, cependant, Mathilde rédigea un court message et le glissa dans une enveloppe qu'elle cacheta à la cire. Enfin, elle descendit l'escalier d'une allure dolente, les épaules drapées d'un châle, et se dirigea vers la cuisine. La bonne étalait de la pâte à l'aide d'un rouleau en bois, les manches de son corsage retroussées sur ses avant-bras.

— Ah ! madame, vous semblez un peu mieux qu'hier ! Je vais enfourner bien vite la tarte aux pommes ; la blanquette de veau mijote. Votre père sera content, il dit que je la réussis toujours.

— Très bien. Quand tu auras terminé, Suzanne, tu iras porter ce pli au presbytère, je te prie.

— Est-ce que je dois attendre une réponse, madame ?

— Non, reviens aussitôt.

*

Charvaz relut encore une fois la lettre de sa maîtresse, dont la teneur le contrariait au plus haut point. Soudain, il froissa le papier avec un juron étouffé et finit par le jeter au feu. Son regard clair fixa la feuille qui se consumait, puis il se mit à faire les cent pas, les bras croisés sur sa poitrine.

« Mais qu'est-ce que ça signifie ? se demandait-il, exaspéré. Madame de Salignac joue les grandes dames ! Elle me congédie presque ! Elle m'intime l'ordre de ne plus envoyer de messages chez elle, de ne plus chercher à la rencontrer, et elle ose dire que nous avons agi en dépit du bon sens, mais que la sagesse lui est revenue. Et, si je ne respecte pas sa volonté, elle partira chez sa sœur à Angoulême pendant plusieurs jours. »

— Moi qui croyais que Mathilde implorait un rendez-vous, qu'elle se languissait de nos baisers, que je lui manquais... dit-il tout bas.

Désemparé, le curé regarda autour de lui. Le presbytère avait un aspect accueillant, débarrassé de la présence encombrante et bruyante d'Annie Meunier.

Dès son réveil, le cœur léger, il avait changé les draps de son lit et tapé la courtepointe en imaginant qu'il recevrait bientôt la visite de Mathilde, sa belle Mathilde, comme il la surnommait quand le désir d'elle le consumait. « Elle me reviendra bientôt, se dit-il. Pour le moment, elle veut protéger sa réputation, sans doute, et les femmes sont sensibles. Le spectacle de l'agonie l'aura choquée. »

Roland Charvaz se berçait de douces illusions, posté à la fenêtre qui donnait sur l'église toute proche. Il aperçut ainsi, à travers la vitre, la silhouette trapue du sacristain, en grande conversation avec l'instituteur.

— Tiens, tiens ! Qu'est-ce qu'ils se racontent ? murmura-t-il.

Il était surpris de voir les deux hommes ensemble, car ils n'avaient rien en commun ; l'un était un bigot accompli, l'autre un athée impossible à convertir.

Dans le ciel gris perle ponctué de nuages plus sombres, des corbeaux tournoyaient en jetant des appels rauques et criards. Le curé frissonna et alla s'asseoir au coin de la cheminée.

*

Angoulême, même jour

Ernest Meunier avait eu un véritable choc en apprenant le décès de sa mère. Il ouvrait sa boutique en sifflotant quand un jeune commissionnaire lui avait remis la lettre de Charvaz. Tout de suite, après avoir donné un tour de clef, il s'était rué chez sa sœur, Elvina.

— Maman est morte ! s'écria-t-elle en fondant en larmes. Mais comment est-ce possible ?

— Pourquoi n'avons-nous pas été prévenus plus tôt, surtout ? déplora son frère.

— Seigneur, quel malheur ! s'exclama à son tour Patrice, le gendre d'Annie.

Le coiffeur, qui guettait l'arrivée de son premier client lorsque son beau-frère avait fait irruption, ôta sa blouse grise et tira le rideau de la devanture.

— Nous devons y aller tout de suite, Ernest, dit-il.

Elvina approuva entre deux sanglots. Son mari la prit dans ses bras pour la consoler.

— Nous saurons vite ce qui s'est passé. Reste tranquille. Va chez mes parents, puisque tu ne travailles pas aujourd'hui.

— Oui, la solitude ne te vaudrait rien, avec ce grand chagrin qui nous arrive, renchérit Ernest. Mon Dieu, notre pauvre maman ! Elle qui se réjouissait tant de quitter Saint-Germain et de rentrer ici près de nous !

Ils étaient profondément accablés, stupéfaits, aussi. Mais, malgré leur peine, le temps pressait. Patrice Guérin se chargea de trouver une voiture de louage, tandis qu'Ernest accompagnait sa sœur au domicile de ses beaux-parents, rue Léonard-Jarreau.

Les deux hommes partirent plus tard que prévu. L'un avait dû patienter pendant qu'un maréchal-ferrant ajustait des fers neufs au cheval qu'il louait, le second s'était épanché sur leur malheur, à sa sœur et à lui, auprès des époux Guérin.

*

Durant le trajet, qu'ils firent sous une pluie fine et un ciel lourd de nuages, les voyageurs s'interrogèrent sur la mort soudaine d'Annie. Le paysage semblait en accord avec le chagrin qui leur poignait le cœur.

— Je trouve ça vraiment bizarre, quand même, de ne pas avoir été prévenu ! Si maman était bien malade, il fallait me le faire savoir !

— Allons, Ernest, un peu de patience, nous serons bientôt renseignés. Il faudra s'occuper des obsèques, aussi.

— Maman voulait être enterrée au cimetière de Bardines, près de mon père.

— Il faudrait faire transporter son corps, dans ce cas. Ça te coûtera cher, beau-frère.

Ernest conclut qu'il y réfléchirait. Il faisait presque nuit lorsqu'ils s'arrêtèrent à l'auberge de Marthon, dans la grand-rue. Le cheval avait trotté sur plus de trente kilomètres et Patrice avait jugé utile de lui accorder un peu de repos.

La halte leur procura un certain réconfort, après une course à travers une campagne humide, dépouillée des agréments de la belle saison.

Un bon feu flambait dans une cheminée monumentale où des volailles rôtissaient sur une broche. Les bavardages des autres clients et les odeurs de viande chaude les inclinaient à reprendre courage. Ne les ayant jamais vus dans le pays, le patron s'informa de leur destination.

— Nous venons d'Angoulême et nous allons à Saint-Germain, répondit Ernest.

— Vous n'êtes plus très loin ; quatre kilomètres par la route. Sinon, il y a un chemin plus court qui grimpe une colline et descend à travers bois, mais c'est plein d'ornières. Autant ne pas y passer avec votre voiture.

Assez jovial, l'homme leur servit un pichet de cidre. Il se campa ensuite près de leur table, les poings sur les hanches.

— Qu'est-ce que vous allez faire là-bas ? Il n'y a pas grand-chose.

— Ma mère, Annie Meunier, est morte hier. Je ne l'ai su que ce matin, hélas !

— C'était votre mère ? s'étonna l'aubergiste. J'ai entendu parler de cette pauvre dame, qui a bien souffert, paraît-il. Mais on l'a déjà enterrée. Je suis au courant puisque c'est le curé de chez nous qui s'en est occupé. C'était hier matin.

Ernest et Patrice se regardèrent, sidérés. Un autre client hocha la tête, semblant soutenir les paroles du patron.

— Enfin, c'est n'importe quoi ! s'indigna le coiffeur.

Quant à Ernest, il sortit de sa poche la lettre de Charvaz et la relut. Il y avait bien écrit : *Elle a succombé aujourd'hui.* Et c'était daté du 7 décembre.

— Je ne comprends pas ! s'écria-t-il, consterné. Nous sommes le 8, vous êtes d'accord ? On n'enterre pas les gens aussi vite, sans la présence de la famille. Je comptais faire conduire son corps à

Angoulême. Ma sœur et moi, nous avions le droit de la voir une dernière fois...

— Calme-toi, dit son beau-frère en lui tapotant l'épaule. Autant se remettre en route et demander des explications au père Charvaz.

— Oui, nous ferions mieux de repartir, soupira Ernest, complètement abattu. Mais, en m'avertissant trop tard, le curé nous a empêchés de rendre les derniers devoirs à maman. De la part d'un homme d'Église, c'est étrange, non ? Il devra se justifier, je vous l'assure !

*

Ernest et Patrice reprirent leur chemin. Ils cédaient à une profonde tristesse, teintée d'incrédulité. Aussi, à voix basse, ils échangèrent leurs idées jusqu'à Saint-Germain, sans trouver d'explication à la tragédie qui les frappait.

Le bourg semblait déjà endormi, sur son pan de colline. Un quartier de lune luisait faiblement, en partie caché par un gros nuage. Ils croisèrent, près de la mairie, une vieille femme qui leur indiqua où se trouvait le presbytère.

— Voilà, c'est là, chuchota Ernest, la maison avec un escalier extérieur, presque en face de l'église. Il y a de la lumière. Je suis impatient de rencontrer ce fameux curé dont maman se plaignait tant.

Patrice descendit du siège et attacha le cheval. Tous deux montèrent rapidement les marches poissées d'humidité. Ernest toqua deux coups autoritaires.

Roland Charvaz ne s'attendait pas à cette visite. Enfin, pas si tôt. Du coup, en saluant le fils de sa servante, qui s'était présenté, il parut assez gêné. Les inconnus le dévisageaient sans amabilité, tout en jetant des regards curieux autour d'eux. Il les fit entrer et les invita à s'asseoir. Avant même de les écouter, il dit d'une voix douce et apitoyée :

— Je suis sincèrement navré pour votre mère, monsieur Meunier. Mais elle buvait beaucoup ; vous le saviez, je pense. Ce serait cette mauvaise habitude qui lui aurait causé de très violentes coliques et, par la suite, une congestion mortelle.

— Pourquoi ne pas m'avoir écrit qu'elle était gravement souffrante ? protesta Ernest. Ma sœur et moi, nous serions venus aussitôt à son chevet. Nous aurions pu l'embrasser.

— Quand même, ma belle-mère est morte hier et on l'a enterrée le jour même ! C'est un peu fort, ça ! tonna Patrice.

— J'admets que ce n'est pas ordinaire, plaida le curé. Si j'ai précipité l'inhumation, et j'en suis désolé, c'était par nécessité. En fait, madame Meunier s'est éteinte jeudi en milieu de journée. Très vite, l'odeur qu'elle dégageait est devenue insupportable. Voyez, je fais encore brûler de l'encens.

Ses visiteurs eurent beau renifler, ils ne sentirent rien.

— Jeudi ? Vous avez dit jeudi ? s'offusqua soudain Ernest. Là, vous me devez des précisions, monsieur. J'ai votre lettre sur moi. Tenez, je vous la montre. Elle est bien datée du vendredi 7 décembre, soit hier, et vous précisez qu'elle vient de mourir. Or, c'était jeudi...

— Une confusion de ma part. J'étais harassé, après des nuits à veiller votre mère. Je n'ai pas réalisé mon erreur, j'avais hâte de vous avertir.

— Hâte, hâte ! bougonna Patrice Guérin. Pas vraiment, à mon avis. Vous venez de dire que vous avez veillé ma belle-mère plusieurs nuits ! Depuis quand était-elle malade ? Je répète la question de mon beau-frère ; pourquoi ne lui avez-vous pas écrit ?

Devant leur mine suspicieuse, Charvaz craignit de perdre son sang-froid. En laissant s'exhaler un soupir appuyé, il se leva.

— Je vais tirer un peu de vin dans le cellier ; il est léger. Nous avons besoin d'un remontant, marmonna-t-il en sortant.

Il venait à peine de quitter la pièce qu'un autre homme entra, assez élégant. Il se présenta aussitôt.

— Docteur Colin de Salignac. Je suppose que vous êtes de la famille de cette pauvre Annie ? J'ai vu une voiture de louage portant l'écusson d'une maison d'Angoulême et je me suis douté que vous étiez là pour madame Meunier.

— Je suis son fils, répliqua Ernest, et voici mon beau-frère, Patrice Guérin, l'époux de ma sœur Elvina.

Le médecin, qui trouvait aux deux hommes une figure désespérée, se fit amical et plein de sympathie.

— C'est moi qui ai soigné votre maman. J'ai fait de mon mieux, mais elle buvait tant, monsieur ! L'excès de boisson est mauvais pour la santé ; il détruit le foie, c'est bien connu. Et puis, une fois entrée dans la phase de délire, elle refusait de prendre le moindre remède, quand elle ne le vomissait pas aussitôt avalé, même le laudanum. Rien n'aurait pu la sauver, je crois. J'ai songé, vu son état, à une péritonite, une infection fatale de l'abdomen.

Le regard franc et l'élocution soignée du médecin, qui avait tout d'un honnête homme, impressionnèrent Ernest, sans lui faire perdre ses idées.

— Dans sa lettre, le curé parlait d'une congestion du cerveau, docteur ! s'écria-t-il.

— Mais oui, une congestion fatale causée par l'état de faiblesse de la malheureuse.

Charvaz réapparut, un pichet à la main. Il salua Colin et lui approcha un tabouret.

— Messieurs, déclara-t-il d'un ton affligé, mon ami le docteur de Salignac vous a confirmé mes dires. J'ajouterai qu'Annie a été soignée avec zèle et affection. J'étais à son chevet aussi souvent que possible, en espérant la voir guérir. Deux nuits de suite, je lui ai donné à boire.

Un peu étourdi par ce flot de paroles, Ernest comprit surtout qu'il devait se résigner. Sa mère était morte sans l'avoir revu. Elle ne l'avait même pas fait demander, ce qui l'étonnait vraiment.

— Une dernière chose, dit-il. Pourquoi maman, se sachant très malade, n'a-t-elle pas réclamé la présence de ses enfants ? Si elle se sentait perdue, telle que je la connaissais, elle aurait souhaité nous dire adieu, à ma sœur et à moi.

— Mais elle n'avait plus toute sa tête, monsieur, répondit le docteur d'un ton amical. Vous savez, quand on souffre trop, on se coupe du monde quotidien.

Excédé, Patrice Guérin se leva le premier. Ernest l'imita.

— Monsieur le curé, vous parliez d'un compte à faire, dans votre avis de décès. Donnez-le-moi !

— Je ne m'en suis pas encore occupé. Ce sont les notes des frais causés par la maladie et l'enterrement. Je vous les enverrai à Angoulême, répondit Charvaz.

Il n'y avait plus rien à ajouter. Les deux hommes prirent congé. Ils auraient pu passer la nuit à l'auberge de Marthon, mais ils décidèrent de rentrer à Angoulême sans tarder.

*

Le voyage du retour au sein d'une nuit froide et venteuse leur fit l'effet d'une bien sinistre expédition. Les lanternes de la voiture éclairaient à peine la route boueuse. Ils devaient redoubler de vigilance pour ne pas s'égarer quand ils arrivaient à un croisement.

Ils parlèrent beaucoup moins qu'à l'aller ; chacun était plongé dans un abîme de questions, de doutes et de suppositions. Cependant, les pensées d'Ernest devinrent plus claires, plus ordonnées, lorsqu'il retrouva les réverbères d'Angoulême.

Peu après, rue Léonard-Jarreau, il put serrer sa sœur dans ses bras, entouré des époux Guérin, de Patrice et d'un couple d'amis venus soutenir la famille en deuil. Il raconta en détail leur visite au presbytère et exposa sur un ton véhément ce qu'ils avaient appris. Patrice décrivit le curé et le docteur.

— Et la malle en bois contenant les affaires de maman ? s'inquiéta enfin Elvina.

— Je n'y ai pas pensé, déplora son frère. De toute façon, nous retournerons là-bas. Vu l'heure, nous ne sommes pas allés jusqu'au cimetière.

Les discussions allèrent bon train, mettant en évidence des faits que le silence aurait pu faire oublier.

— Ce qui me paraît bizarre ! avança Patrice, c'est cette lettre datée du 7, alors qu'Annie s'est éteinte la journée du 6 décembre. Le curé prétend s'être trompé sur la date de la mort. Pire encore, l'enterrement a eu lieu le 7. Soit il s'agit vraiment d'une étourderie, soit il dissimule quelque chose.

— Je ne comprends pas non plus, ajouta Ernest. Et vous êtes d'accord, Charvaz avait le devoir de nous prévenir. On dirait qu'il voulait nous cacher son état !

— Et puis, en y repensant, peut-on vraiment faire confiance à ce prêtre ? s'écria Elvina, bouleversée. Maman nous avait confié que Charvaz était l'amant de l'épouse du docteur.

Ses beaux-parents, qui ignoraient ce détail d'importance, poussèrent des exclamations outrées.

— C'est exact, confirma Ernest. Elle les avait même vus à l'œuvre. Un curé qui ne craint pas de commettre l'adultère, on peut se demander de quoi il est capable.

— Oui, en effet, trancha Patrice. Et Charvaz ne m'inspire rien de bon, avec ses manières affectées et son regard froid. Il ne me semblait pas très à l'aise.

Elvina et son mari avaient raison, il y avait beaucoup trop d'énigmes dans cette affaire, trop de contradictions. Ernest se sentit glacé.

— Nous ne pouvons pas en rester là, s'écria-t-il. On nous a servi des mensonges. Déjà, je ne crois pas un instant, comme le curé et le docteur nous l'ont répété, que maman soit morte à cause de ses excès de boisson. Bien sûr, elle aimait le bon vin, mais elle le supportait ; je ne l'ai jamais connue ivre. En fait, à part cette prétendue congestion due à une éventuelle péritonite, nous ne savons rien de précis.

— Si, hélas, coupa Patrice, nous avons la certitude qu'elle a terriblement souffert. Même l'aubergiste de Marthon était au courant.

Elvina se réfugia sur l'épaule de son mari. En imaginant sa mère en proie à la douleur, loin de ses enfants, la jeune femme pleura en silence.

— Demain, j'écrirai au docteur du bourg, décida Ernest, tout aussi ému. J'exigerai des explications plus convaincantes et un certificat de décès précisant la nature de la maladie qui a tué notre mère.

Mais il était tard, presque une heure du matin. On se sépara en échangeant encore des paroles de soutien.

Une fois seul dans son logement, Ernest demeura éveillé une partie de la nuit. Il rédigea la lettre destinée au médecin et, sur sa lancée, bourrelé de soupçons, il s'attela à une seconde lettre à l'intention de Roland Charvaz.

Monsieur,

À notre arrivée à Angoulême, nous avons fait part à la famille de la manière dont vous avez agi à l'égard de notre mère et de la précipitation que vous avez mise à la faire enterrer.

Nous avons relu votre lettre, dans laquelle vous nous annoncez sa mort le 7 décembre 1849, et votre lettre est datée de ce jour. Nous sommes arrivés chez vous le lendemain. À notre grande surprise, vous nous avez dit l'avoir fait enterrer la veille.

Nous avons aussi consulté les lettres que notre mère nous a écrites du temps qu'elle était à votre service et, d'après ce qu'elle a pu nous dire, et qu'elle a avoué à vous-même, vous devez penser que nous ne sommes pas satisfaits. Il nous faut des preuves plus convaincantes que celles que vous nous donnez. Il faut que vous puissiez nous en fournir dans un bref délai.

Si nous ne recevons pas de vous une réponse satisfaisante, nous serons forcés de faire une plainte au procureur de la République ; car nous sommes tous outrés de la négligence que vous avez démontrée en différant de nous écrire pour nous faire connaître l'état de grand mal où elle se trouvait. Bien que nous habitions bien près de Saint-Germain, nous ignorons comment elle est morte.

Ernest Meunier

Ce fut bien en vain qu'Ernest, sa sœur et les Guérin attendirent une réponse par le retour de la poste. Trois jours passèrent sans que rien ne leur parvienne. Mais le destin veillait.

Un certain monsieur Naudin, tailleur lui aussi, croisa Ernest rue de Paris. Après lui avoir débité les condoléances d'usage, l'homme lui apprit qu'il comptait le curé Charvaz parmi ses clients.

— Je vous préviens, mon cher Meunier, le prêtre de Saint-Germain est mécontent. Il m'a écrit avant-hier pour me commander un pantalon et, dans les dernières lignes, il se plaint de votre attitude soupçonneuse. Il a même l'intention de vous poursuivre en justice à cause des imputations dirigées contre lui.

— Quoi ? Charvaz a pris le temps de vous écrire sans prendre la peine de répondre à ma lettre ? Par-dessus le marché, il a l'audace de vouloir porter plainte contre moi ? Merci du renseignement, Naudin. La meilleure défense, c'est l'attaque. Je ne vais pas en rester là. Nous verrons bien qui a tort dans cette affaire.

Le jour même, Ernest adressa une dénonciation en bonne et due forme au procureur de la République du parquet d'Angoulême.

*

Que s'était-il passé à Saint-Germain-de-Montbron durant ces trois jours ? Roland Charvaz avait bien reçu la lettre d'Ernest Meunier. La feuille de papier, qu'il avait jugée pleine de menaces voilées, lui avait comme brûlé les doigts.

— Cette vieille sorcière avait parlé à son fils ! Il savait, pour Mathilde et moi, en venant ici. L'autre aussi, son beau-frère, était au courant. Ils m'ont écouté et jaugé, tandis que je tenais mon rôle de curé.

Il s'était demandé, les traits crispés, quelle était la meilleure conduite à tenir. D'un tempérament a priori plus instinctif que logique, il possédait néanmoins le don de la dissimulation.

Depuis le début de son sacerdoce, Charvaz endossait si fréquemment la personnalité d'un homme d'Église pieux et sérieux que les gestes propres à sa fonction lui étaient devenus naturels. Il se persuadait même qu'il était un bon curé, quand il le fallait. Son esprit réfutait les mauvaises actions commises, de l'adultère au crime.

Annie étant morte après avoir été malade pendant quatre jours au vu et au su de tout un village, il en occultait presque les raisons de son décès. « Pourquoi me cherche-t-on des tracas ? se disait-il, affecté de surcroît par la défection de sa maîtresse. Ma servante, une ivrogne, a rendu l'âme. Elle est enterrée au cimetière, le curé de Marthon a célébré une messe. Pourquoi son fils s'en prend-il à moi ? »

Par une tournure bien particulière de son esprit qui dénotait chez lui une absence totale de remords, Charvaz parvenait à se croire innocent, d'où sa déclaration par courrier à son tailleur, le fameux monsieur Naudin.

*

Quant à Mathilde de Salignac, jamais elle n'était autant restée à la maison. Elle manifestait un goût accru pour les ouvrages de broderie et la lecture au coin du feu.

Son amant n'avait pas donné suite à son message, où elle lui enjoignait de garder un temps ses distances.

La séparation avait porté ses fruits. Comme sevrée de sa passion exaltée pour le curé, la jeune femme semblait oublier tout ce qui avait rempli sa vie durant des mois, les billets doux échangés plusieurs fois par jour ainsi que les rendez-vous dans la grange du vieux moulin ou dans le bois de chêne. Elle reléguait aussi aux oubliettes les ébats frénétiques au creux du lit, sous le toit du presbytère, où ses sens s'embrasaient et où sa chair intime était comblée.

Dans un souci forcené de respectabilité, Mathilde s'était vite repentie, sans avoir usé de la confession. À l'instar du curé et avec le même aveuglement, elle niait ses fautes, ses faiblesses et son rôle dans la mort d'Annie.

Sur l'insistance du médecin, le couple avait continué à répondre à des invitations aussi bien qu'à recevoir des amis. Ils étaient allés dîner chez le maire, son épouse, Joséphine, se désolant de ne plus voir Mathilde. La domestique des Foucher avait cuisiné deux faisans et Colin s'était régalé, conviant ses hôtes à dîner le dimanche soir.

— Suzanne accommodera une oie grasse que m'a offerte mon métayer, annonça-t-il avec une mine gourmande.

Au cours du repas, Joséphine Foucher avait évoqué la mort tragique d'Annie Meunier. Mathilde avait blêmi et s'était empressée d'orienter la conversation sur un sujet moins triste, en se promettant d'éviter son amie, dorénavant.

Elle s'en félicitait encore, ce mercredi après-midi brumeux du 12 décembre. Les cheveux défaits, mais brossés avec soin, elle brodait un napperon, assise près de la cheminée.

Soudain, un bruit de pas énergique dans le vestibule la fit sursauter. Son mari était parti faire ses visites, alors que Suzanne faisait les chambres.

— Qui est-ce ? murmura-t-elle, certaine d'avoir la réponse.

La porte du salon s'ouvrit. La jeune femme se retourna et découvrit Roland Charvaz, drapé dans une longue cape noire qui cachait sa soutane.

— Mathilde, je devais te parler, dit-il aussitôt. J'ai vu ton mari s'éloigner à cheval. J'ai alors résolu d'outrepasser tes cruelles consignes. Je suis venu...

En quelques secondes, l'épouse du docteur retrouva l'éclat limpide des grands yeux clairs, les traits émaciés et virils, la bouche sensuelle et très rouge qui paraissait sourire.

— Toi ! souffla-t-elle.

— Tu me manquais ! Je n'en pouvais plus de vivre, de respirer à une centaine de mètres de toi, avoua-t-il en s'approchant.

Le curé inspecta la vaste pièce au décor luxueux, puis il dit très bas :

— Où est ton fils ?

— Chez mes parents, à La Rochefoucauld. Ils me le ramènent demain.

Tremblante, Mathilde posa son ouvrage sur ses genoux. Une vague de sentiments contraires la submergeait. Elle avait envie de courir vers Charvaz et de l'enlacer, mais aussi de le chasser d'un geste méprisant.

— C'est trop bête, dit-il de sa voix suave, au timbre grave. Nous sommes délivrés d'Annie, et nous n'en profitons pas. Je sais, il était prudent d'espacer nos rencontres, mais je suis malheureux, sans toi.

Il lui caressa l'épaule et le cou. Ses doigts répandirent une chaleur troublante sur la peau de Mathilde.

— Pitié, parle moins fort, Suzanne est là-haut, chuchota-t-elle. Vrai, tu étais si malheureux que ça ?

Sa part d'ombre prenait le pouvoir et repoussait sa volonté d'être une honnête femme, une mère dévouée. Il le sentit et se fit impérieux.

— Rejoins-moi vite au presbytère ; un quart d'heure suffira. Personne ne s'étonnera, tu me rendais visite tous les jours, avant.

Mathilde se leva et s'écarta de son amant. Elle lui désigna la porte d'un regard implorant.

— Va-t'en vite. Je viendrai peut-être.

— Pas de peut-être, sinon je ne bouge pas d'ici. Je dois te parler, aussi.

Ces dernières paroles étaient révélatrices. Le curé avait la ferme intention de renouer avec leurs joutes amoureuses.

— Je te promets que je serai là dans dix minutes, affirma-t-elle sans aucune joie.

*

Impatient de recevoir sa maîtresse, Roland Charvaz veilla au moindre détail. Connaissant la sensiblerie féminine, il s'assura que la pièce où était morte sa servante était bien fermée et laissa la porte de sa chambre ouverte, pour y conduire tout de suite Mathilde.

La jeune femme entra sans prendre la peine de frapper, comme il l'avait fait chez elle un peu plus tôt.

— Toi, enfin ! s'écria-t-il.

— J'ai cédé à ton petit chantage, Roland, mais n'espère rien d'autre que ma présence.

Rongé par le désir, il fit celui qui ne comprenait pas et l'étreignit en s'emparant de ses lèvres. D'abord, elle se débattit en essayant de se libérer, mais le baiser ardent de son amant ranima la flamme vacillante d'une passion dont elle avait eu honte, ces derniers jours.

— Viens, viens, répétait-il en l'enivrant de rudes caresses, dans sa fièvre de la refaire sienne.

— As-tu tourné la clef ? Si quelqu'un montait…

Mathilde balbutiait, alanguie, éblouie de sentir des ondes de plaisir se répandre dans chaque parcelle de son corps. Jamais le contact de son mari n'avait su allumer en elle un tel brasier délicieux.

— Je m'en occupe. Va dans ma chambre.

Charvaz la rejoignit quelques secondes plus tard. Avec des gestes brusques, il lui enleva son manteau et la renversa sur le lit. D'une main, il pétrissait ses seins à travers le tissu, de l'autre, il relevait jupe et jupons. Pour un peu, il aurait crié de joie en la pénétrant d'un violent coup de reins.

— Je t'aime, comme je t'aime, Roland ! gémit-elle, transportée de plaisir, au bord de l'extase.

La violence presque bestiale de cet homme répondait à ses fantasmes les plus intimes, dont elle avait à peine conscience elle-même. Pourtant, une fois satisfait, il se montra tendre et câlin, ce qui la bouleversa.

— C'était affreux d'être séparé de toi, dit-il à son oreille. Une dure épreuve qui est terminée. Tu reviendras demain ? Jure-le !

— Oui, j'avais peur de tout, après la mort d'Annie. Je n'en dormais plus ; je n'osais pas sortir. Je me disais que nous serions suspectés. J'ai voulu te rayer de mon cœur, Roland, mais c'est fini. Tu me rends si heureuse !

Infiniment soulagé, le curé de Saint-Germain serra contre lui sa maîtresse reconquise. Il estima préférable de lui cacher ses démêlés avec le fils d'Annie.

Lorsque Mathilde quitta le presbytère après un ultime baiser voluptueux, Charvaz la regarda marcher dans la rue. Elle virevolta tout à coup et lui adressa un léger sourire apaisé.

Tous deux ignoraient qu'ils s'étaient aimés pour la dernière fois.

9

Le glaive de la justice

Saint-Germain-de-Montbron, vendredi 14 décembre 1849

De bon matin, une volée de coups autoritaires frappés à la porte de son bureau surprit Arnaud Foucher. Le maire, qui consultait un registre, répondit d'un ton agacé :

— Entrez !

Trois hommes firent irruption, en costume de ville, avec l'aisance et l'élégance propres aux notables. Ils se présentèrent comme des magistrats envoyés dans le village par le procureur général de la République.

— Mais quel est le problème ? demanda-t-il.

— Nous devons enquêter sur le décès d'Annie Meunier qui était domestique chez le curé, à la suite d'une plainte déposée par son fils, répondit l'un d'eux.

Malgré sa profonde stupeur, le maire approuva d'un signe de tête.

— Bien ! En quoi puis-je vous aider, messieurs ?

— Il faudrait nous accompagner au cimetière. Nous devons procéder à l'exhumation du corps de la défunte afin de pratiquer une autopsie. Nos praticiens attendent dehors ; il s'agit d'un médecin et d'un pharmacien d'Angoulême.

La nouvelle se répandit vite, grâce aux bavardages de la bonne des Foucher. Elle fut colportée ensuite par ceux qui s'étaient attroupés dans la rue à l'arrivée d'une grosse voiture tirée par deux chevaux noirs. Ce fut l'émoi dans tout le bourg.

On vit le docteur Colin de Salignac courir plusieurs fois du cimetière au presbytère et du presbytère au cimetière en passant par sa maison, tandis que son épouse se tenait derrière une fenêtre, un mouchoir à la main.

Mathilde n'était plus qu'angoisse et terreur. Son mari l'avait avertie pour l'autopsie ; elle en avait des tremblements involontaires et la bouche pâteuse. « Mon Dieu, mon Dieu ! se répétait-elle, nous sommes perdus ! »

Charvaz éprouvait le même sentiment de catastrophe imminente. Il avait eu du mal à cacher la panique qui l'envahissait, quand le médecin, lors d'un premier passage au presbytère, lui avait annoncé la chose.

— En voilà une histoire, mon pauvre ami ! Le parquet réclame une autopsie et je dois y assister. Ciel, ça ne m'enchante pas. Vous vous rendez compte ? Exhumer le corps, qui empestait après le décès ! Ce doit être bien pire au bout d'une semaine.

— Tout ça est ridicule, vraiment, avait concédé le curé.

Le sacristain assistait à la conversation, car il avait monté de son propre chef du bois pour la cheminée du presbytère. « Sûrement pour m'épier, s'était dit Charvaz. Annie a dû lui parler, à ce vieux fouineur. »

Il ne devait pas se trahir. Peu à peu, à force de volonté, il fut capable de montrer un visage serein à ceux qui le visitaient. Un défilé de curieux vint s'informer auprès de lui, les vieilles du bourg, le forgeron, l'instituteur lui-même, intrigué, la brave Toinette, ébahie d'apprendre qu'on avait le droit de déterrer les morts, et Suzanne, dépêchée par Mathilde.

— Madame s'inquiète, chuchota-t-elle au curé, elle pense que toute cette agitation doit vous peiner.

— Dites-lui que je vais très bien, ma fille.

Il mentait. Une peur sournoise commençait à le ronger de l'intérieur.

*

Le docteur angoumoisin, un dénommé Montembert, et un pharmacien conclurent après leur examen que la cause immédiate de la mort avait été une inflammation congestive du cerveau et une gastrite des plus intenses.

Mais l'un des juges décida qu'il fallait pousser l'enquête plus loin. Il prit à témoin Colin de Salignac, que l'épouvantable épreuve de l'autopsie avait rendu nerveux.

— Vous serez de mon avis, docteur, notre justice ne peut se satisfaire de ce premier constat. Il nous reste à déterminer si ces inflammations ont été spontanées ou causées par l'ingestion d'un produit toxique. Nous allons faire transporter le corps à l'Hôtel-Dieu d'Angoulême.

— Bien, très bien, bredouilla le médecin, éberlué.

— Je ferai appel à monsieur Gilles Sauveur, le chef des travaux chimiques à l'école de médecine de Paris, ainsi qu'à un de ses confrères pour procéder, en leur qualité d'experts, à l'analyse des membranes de l'estomac et des intestins, ainsi qu'à celle des liquides qui y étaient contenus.

— Bien, très bien, redit Colin, impressionné par la froide autorité du magistrat.

Il ne comprenait pas l'acharnement du juge, puisque les résultats de l'autopsie confirmaient son diagnostic.

— La congestion ! À ce sujet, j'avais prévenu Annie Meunier, très corpulente et portée sur la boisson. De plus, je songeais à une péritonite, ce qui pourrait se traduire par une gastrite.

On balaya sa remarque d'un geste de la main comme s'il n'était qu'un ignare. Dépité, le docteur rentra chez lui. Mathilde se rua vers lui, livide.

— Pourquoi t'ont-ils imposé d'assister à cet horrible examen ? gémit-elle. Et surtout, pourquoi ont-ils fait ça ?

— Que veux-tu, le fils Meunier a trouvé la mort de sa mère très suspecte. Les petites gens ont la dent dure. Il espère sans doute récupérer de l'argent, si je suis mis en cause, notamment. Les praticiens organisent le transport du corps, un manque de respect à l'égard de la défunte, selon moi.

La jeune femme crut sentir le sol se dérober sous ses pieds. Chancelante, elle se cramponna au bras de son mari.

— Tu n'y es pour rien, Colin, sois tranquille. Dieu merci, ces magistrats vont s'en aller.

— Pas avant d'avoir interrogé le curé, ma chérie. Je souhaite du courage à notre ami Charvaz. Ces beaux messieurs ne sont pas commodes.

Mathilde resta muette de saisissement. D'un pas hésitant, elle passa dans la salle à manger et servit un verre de cognac à son époux, après avoir avalé prestement une gorgée d'alcool. « C'est un cauchemar, pensait-elle. Ils vont trouver des traces du poison. Roland sera soupçonné, ou Colin, ou bien moi ! »

Vite, elle se réfugia dans les bras de son mari. Il l'étreignit avec douceur et la garda contre lui.

— Que tu es sensible, ma chérie, dit-il à son oreille.

*

Selon les termes de la lettre d'Ernest Meunier, le curé du village faisait figure de principal suspect. Les hommes de loi tenaient à se forger leur propre opinion. De surcroît, c'était un religieux que l'on accusait, et aucun des trois magistrats ne voulait commettre d'impair.

Roland Charvaz répondit à leurs questions d'un ton ferme, tout en gardant l'air surpris des honnêtes gens. Sa stupeur n'était pas feinte, car il ne s'attendait pas à un tel coup du sort.

— Je ne comprends pas en quoi je suis concerné, dit-il dès le début de l'entretien. Cette femme Meunier n'avait pas lieu de se plaindre de moi. Elle est entrée à mon service vers la mi-août. Au début, je l'ai trouvée correcte, mais elle a vite révélé sa vraie nature, cancanière, geignarde, lente au travail, difficile à vivre, malpropre, négligente et portée à la boisson.

Il ajouta, plein de tristesse :

— On me cherche des histoires bien à tort. Je suis prêtre ; j'ai donc évité toutes les querelles avec ma servante. Elle buvait tant qu'elle se montrait violente dès que je la contrariais. Une fois, elle m'a menacé avec les pincettes de la cheminée parce que je lui demandais de porter une lettre à Marthon, le village voisin.

Lorsque les magistrats, perplexes, abordèrent le dernier point, à savoir la maladie qui avait tué Annie Meunier, Charvaz s'exclama :

— Mais ce n'est pas moi qui la soignais ! Tous les médicaments et toutes les boissons qu'elle a pris ont été préparés chez le docteur de Salignac.

— Et à quoi attribuez-vous cette maladie subite ? lui demanda-t-on encore.

— Une voisine raconte qu'Annie aurait fait une chute dans l'escalier. Ce ne serait pas surprenant. Elle était très lourde et grosse ; elle se plaignait souvent de ses jambes. Mais je n'étais pas là. Cette voisine l'aurait aidée à remonter jusqu'ici.

— En effet, nous avons entendu parler de l'incident, par une dame du bourg. Et monsieur de Salignac nous a assuré qu'il avait fourni du laudanum et certains remèdes. Consulté, le docteur Montembert, chargé de l'autopsie, estime qu'une chute grave pourrait expliquer le décès, la commotion ayant causé des lésions.

L'interrogatoire s'acheva sur ce constat. Soulagé, Charvaz raccompagna les austères visiteurs sur le seuil du presbytère. En apparence très calme, il s'inclina avec courtoisie en leur souhaitant un bon retour. Intérieurement, il éprouvait une sorte de colère, comme s'il était innocent et soupçonné à tort. « L'affaire n'ira pas plus loin, j'en suis certain », songeait-il, demeuré dehors en haut de l'escalier.

Une silhouette féminine qui longeait la façade de l'église attira son attention. C'était une jeune fille très brune encombrée d'un gros sac en cuir. Sa mise modeste et son allure timide lui étaient familières.

— Marianne ! appela-t-il.

Sa sœur leva le nez et l'aperçut. Toute contente, elle agita la main. Charvaz descendit posément les marches, son rude visage illuminé d'un bonheur sincère.

— J'ai pris une patache. Je croyais que je n'arriverais jamais, mon cher Roland. Un des chevaux boitait. Les routes sont aussi mauvaises que chez nous.

— Ah, notre chez-nous ! dit-il. Notre belle Savoie, nos montagnes… Marianne, j'avais bien besoin de toi, de ta douceur et de ta gentillesse, sais-tu. La servante dont je te parlais dans mes lettres est décédée la semaine passée. J'étais affligé et très seul. Viens vite.

Ils s'embrassèrent. Marianne Charvaz était la réplique en plus délicat de son frère ; même chevelure sombre, même regard clair ourlé de cils très épais et très noirs. Mais il n'y avait chez elle aucune tendance au mal, plutôt une naïveté confiante. Dernière-née de la famille et peu instruite, elle admirait Roland qui avait étudié et s'était toujours montré affectueux à son égard.

— Je n'ai pas eu le temps de préparer un repas chaud, et je n'étais pas sûr que tu viendrais à la date convenue. Mais tu es là.

— Cette femme, de quoi est-elle morte ? Et où ? s'inquiéta sa sœur, d'un naturel superstitieux.

— Tu ne coucheras pas dans la pièce où elle logeait, j'ai un lit de camp sous les combles. Nous allons le dresser près de la cheminée.

La soirée se déroula dans une atmosphère tranquille. Le frère et la sœur dînèrent d'un morceau de pain et d'un bout de fromage, en buvant du vin de pays. Ils discutèrent longtemps au coin du feu. Attendri, Roland Charvaz évoqua Mathilde de Salignac.

— Tu dois me comprendre, Marianne, j'aime cette jolie dame, malheureuse en ménage. Elle m'aime aussi. Tu sais bien, toi, que je ne voulais pas être prêtre, mais je le suis et je respecte mes vœux sans pouvoir lutter contre mes sentiments. Nous ne demandons qu'une chose, être ensemble un quart d'heure de temps en temps, il n'y a rien de mal à ça ! Enfin, ce n'est pas l'avis de tout le monde. Cette malheureuse servante m'avait un peu sermonné à la manière d'une mère, mais je crains qu'elle se soit ensuite livrée à quelques commérages.

La jeune fille hocha la tête, émue. Elle était ravie de découvrir une région inconnue et de nouveaux visages. Elle se réjouissait en outre de partager le quotidien de son frère.

— Ne te fais pas de souci, mon cher Roland, avec moi, tu agiras à ta guise.

Il la remercia d'un large sourire, en lui prenant la main. De toute son âme, le curé de Saint-Germain aspirait à ne pas perdre son bien le plus précieux, sa liberté.

*

Angoulême, lundi 17 décembre

Ernest Meunier attendait impatiemment des nouvelles de l'enquête sur la mort de sa mère. Il avait reçu ce matin-là le rapport d'autopsie qui, assez détaillé, semblait valider la théorie du docteur de Salignac. Mais un autre feuillet indiquait qu'une analyse plus approfondie était en cours, sous la direction d'éminents médecins parisiens.

Tout le quartier de L'Houmeau s'intéressait à l'affaire. On s'arrêtait pour lui demander des nouvelles, on l'encourageait à ne pas lâcher prise. Elvina et son mari bénéficiaient du même soutien.

Vers midi, Ernest vit entrer dans sa boutique une dame au chignon blanc vêtue avec soin en qui il reconnut une ancienne camarade d'école d'Annie.

— Bonjour, mon garçon, dit-elle tout d'abord, comme si elle avait affaire à un gamin en culottes courtes. Sais-tu d'où je viens ?

— Non, madame.

— Je suis allée au tribunal faire une déposition auprès d'un huissier de justice. Ta chère maman, le mois dernier, m'avait confié un fait peu ordinaire, au sujet du curé chez qui elle servait. Oui, elle avait été témoin d'un adultère entre le père Roland Charvaz et madame de Salignac, l'épouse du docteur. Par devoir de mémoire pour ma vieille amie, j'ai voulu qu'il soit tenu compte en haut lieu de ces faits navrants.

— Merci, madame ! Vous avez écouté votre conscience. Pour ma part, je comptais en avertir les juges, mais seulement si l'autopsie révélait quelque chose d'anormal, ce qui n'est pas le cas.

— Donc, vous saviez également...

— Oui, maman nous en avait parlé. Elle était indignée, mais je lui avais conseillé de passer outre afin de garder sa place, du moins jusqu'à la Noël.

Sa voix se brisa sur ces derniers mots. Le cœur lourd, Ernest pensait à la joyeuse réunion familiale qui n'aurait jamais lieu. Il se reprocha soudain d'avoir manqué d'audace. Le jour même, avec l'approbation d'Elvina, il avoua au juge chargé de l'enquête les déboires de sa mère, qui devait tolérer la conduite scandaleuse de son maître, coupable d'adultère. Il n'omit aucun détail ; il parla du trou dans le plancher du grenier qui avait permis à Annie d'observer le couple pendant leurs ébats.

Le curé de Saint-Germain redevenait le suspect numéro un dans la mort brutale d'Annie Meunier.

Les magistrats se concertèrent et relancèrent l'enquête qui n'avançait guère. Deux juges s'installèrent chez le maire du village, accaparant le salon réservé aux mariages. La méthode changea. Secondés par un brigadier de gendarmerie et un soldat ordinaire[1], les représentants de la loi convoquèrent les gens du bourg afin d'entendre leur témoignage.

Quant à Charvaz, sommé de comparaître le premier, il fut prié de s'expliquer sur la nature de ses relations avec madame de Salignac.

— Une dame de L'Houmeau a fait une déposition à ce sujet, Ernest Meunier aussi. Votre servante s'était confiée à une amie et à ses enfants, affirmant que vous aviez une liaison avec l'épouse du docteur de Salignac. Annie Meunier trouvait votre comportement honteux en raison de votre statut de prêtre. Elle a pu vous menacer de tout révéler à qui de droit, c'est-à-dire à l'évêché ou au mari trompé. C'eût été un mobile suffisant pour la supprimer, pour la faire taire avec du poison, ce qui expliquerait ses maux de ventre.

L'ecclésiastique protesta, l'air offusqué par la hardiesse des propos.

— Jamais ma domestique ne m'a menacé de faire ce genre de révélations ! Et c'est normal, car il n'y avait pas de relations coupables entre madame de Salignac, une femme honorable, et moi-même,

1. À l'époque, les gendarmes étaient des militaires.

revêtu de l'habit ecclésiastique. Du reste, cette dame n'est jamais venue seule à la cure. Certes, je donnais des leçons de catéchisme à son fils de huit ans, mais souvent c'était leur bonne, Suzanne, qui amenait l'enfant ou le père, le docteur de Salignac, un ami. Je dînais chez eux tous les samedis en tout bien tout honneur.

— Vous dîniez ? Pourquoi parler au passé ? Vous n'êtes plus le bienvenu chez le médecin ? nota un des juges.

— Après le décès d'Annie, qui nous a tous chagrinés, la décence exigeait de renoncer à ces soirées.

On écoutait les déclarations de Roland Charvaz sans rien laisser voir de ce que l'on pensait, au fond. C'était sa parole contre celles de la défunte et de son fils Ernest, en somme.

Une chose était sûre, personne, hormis Annie, n'avait vu quoi que ce soit de bizarre ou de scandaleux entre le curé et Mathilde de Salignac. Les témoignages des uns et des autres en attestaient. Pourtant, les magistrats insistèrent, en convoquant leur suspect deux fois dans la même journée.

— Et la lettre au fils, datée du 7 décembre, annonçant la mort ce jour-là, alors que la malheureuse s'était éteinte la veille, soit le 6 ? Et ce silence étrange ? Pourquoi ne pas avoir fait prévenir la famille de votre servante durant sa maladie ? Et pourquoi avoir demandé le permis d'inhumer au maire à six heures du matin ?

Charvaz eut une explication pour chacune des attaques.

— Entêtée comme pas une, Annie ne voulait pas alarmer ses enfants ; elle croyait souffrir de simples coliques. Quant à la lettre, j'étais troublé, bouleversé par la mort de cette pauvre femme et je me suis trompé de date. Ça peut arriver à tout le monde, non ? Pour l'enterrement, je n'avais pas le choix, c'était urgent. La morte empestait. La veillée a dû être écourtée.

— Mais pourquoi, lorsque vous vous décidez enfin à prévenir un membre de sa famille, lui conseillez-vous d'attendre pour venir ?

— J'avais des comptes à arrêter pour les frais d'enterrement.

Imperturbable, Roland Charvaz garda le contrôle de ses nerfs devant les hommes de loi. Une fois dehors, quand il rentra au presbytère, il marcha la tête haute en saluant ses voisins avec un sourire tranquille.

Marianne l'accueillit, soucieuse. Elle veilla à lui préparer de bons plats et à égayer la maison d'une belle flambée.

— Merci, petite sœur ! Tu es mon réconfort, dit-il.

*

La tâche des juges délégués à Saint-Germain était ardue. Ils devaient démêler un écheveau de déclarations contradictoires, deviner les mensonges, traquer les non-dits. Les braves gens de la campagne répugnaient à donner leur avis, à accuser un homme d'Église, même si beaucoup pensaient que le père Roland serait bientôt arrêté.

Certaines langues se délièrent, néanmoins.

Le mardi 18 décembre, les magistrats avaient au moins une certitude, seul Charvaz avait l'étoffe d'un coupable. Il fut de nouveau convoqué et interrogé.

— Monsieur le curé, aucun témoin n'a confirmé vos dires, déclara l'un d'eux. Notamment, personne ne vous a entendu proposer à Annie d'avertir ses enfants de son état.

— Bien sûr, j'étais souvent seul avec elle.

— Je l'admets. Cependant, madame Meunier ne peut plus témoigner ; nous devons donc vous croire sur parole. Autre chose, le maire continue à affirmer que vous êtes bien venu chez lui à six heures. Il faisait nuit. Décidément, quelle hâte d'enterrer cette malheureuse ! De plus, nous avons appris que votre prédécesseur, le père Bissette, avait été accusé d'avoir des liens intimes avec la même dame de Salignac qui, semblerait-il, apprécie les soutanes. Sachant cela, les déclarations de votre servante deviennent plausibles.

À ces mots, Roland Charvaz se sentit pâlir. Il ne répondit pas, se contentant de prendre un air de martyr.

— Autre chose encore, monsieur le curé, reprit le juge. On vous a vu préparer un verre de vin blanc pour Annie Meunier, assoiffée par la maladie, un vin que vous avez sucré en prenant une pincée de sucre du bout des doigts. Quant à madame de Salignac qui, selon vous, ne venait jamais seule au presbytère, un témoin de confiance assure au contraire qu'elle vous rendait souvent visite sans son enfant.

— Il n'y a là rien de très nouveau, rétorqua Charvaz, presque moqueur. Vous répétez ce que je vous ai dit. J'ignorais que la justice se basait sur des commérages, des potins de village. Madame de Salignac en a suffisamment souffert, avant mon arrivée dans le pays. Je suis son confesseur et un ami de son époux.

Le magistrat hocha la tête. Il ne fit toujours pas allusion à l'histoire du trou dans le plancher, qui demandait à être vérifiée. Encore une fois, on laissa le curé s'en aller, son assurance et son calme étant bien de nature à semer le doute. Les preuves flagrantes faisaient défaut. Il était impossible de conclure à un acte criminel sans risque de se tromper. Le soir, ce fut au tour de Mathilde d'être entendue.

*

Colin de Salignac accompagna son épouse jusqu'à la mairie, car elle lui avait avoué qu'elle était très intimidée. La tête couverte d'une mantille en dentelle noire, la jeune femme s'accrochait désespérément au bras de son mari.

Un gendarme en faction devant la porte fit entrer la jeune femme, mais intima au médecin l'ordre de patienter dehors.

— Courage, lui dit-il. Je t'attends. Ne crains rien. Tu n'as qu'à répondre franchement aux questions qu'on te posera.

En d'autres circonstances, Mathilde se serait amusée de l'ironie de ces paroles. Mais elle devrait mentir, arborer un visage serein, feindre l'innocence, autant pour se sauver elle-même que pour disculper son amant.

Dès qu'ils la virent franchir le seuil de la pièce, les juges furent marqués par sa beauté et sa dignité. Elle paraissait très jeune et très fragile.

Un greffier, chargé de noter le verbatim de chaque témoignage recueilli, lui avança une chaise. Assise en face des magistrats, Mathilde se crut déjà au tribunal.

— Madame de Salignac, lui dit-on, nous avons écouté ici des témoignages qui ne plaidaient pas en faveur de votre vertu, celle qu'on s'attend à découvrir chez l'épouse d'un docteur respectable, doublée d'une mère de famille. Qu'avez-vous à répondre ? Il y a eu le cas du père Bissette, réprouvé par le clergé à cause de votre amitié commune et il y aurait eu, plus récemment, le même genre d'amitié scandaleuse avec le curé Roland Charvaz.

— Ce sont d'odieuses calomnies, répondit Mathilde d'une petite voix. Des ragots. Nous avons eu le tort, des amies et moi, d'inviter le père Bissette à un repas sur l'herbe ; tout de suite, nous avons été accusées de libertinage. Il n'est pas interdit de s'amuser.

La jeune femme reprenait confiance, déterminée à faire admettre aux hommes de loi qu'elle était victime de la vindicte populaire.

— Mon époux n'est pas seulement médecin, il porte une particule, ce qui déplaît. Il possède aussi beaucoup de biens dans le pays, des terres et des fermes. Nous avons un train de vie élevé, ce qui fait qu'on nous envie, messieurs.

— Continuez ! l'enjoignit un des juges, car elle soupirait, pensive.

— Oui, on nous jalouse, on nous critique. Si, en plein été, un jour de grosse chaleur, je sors en robe légère, je deviens suspecte d'indécence ; si, l'hiver, afin de me préserver du froid, je m'enveloppe d'une cape, je suis également soupçonnée de courir à un rendez-vous galant.

— Peut-être, hasarda le magistrat le plus âgé. Mais quand même, on vous a vue au chevet d'Annie Meunier pendant sa longue agonie et le sacristain a remarqué vos nombreuses visites au presbytère, qui coïncidaient avec les absences de votre époux ou celles de la servante.

— Mais je m'entretenais avec le père Roland de l'éducation religieuse de mon fils unique, s'emporta Mathilde, les joues roses de confusion. Nous échangions aussi des livres et nous discutions ensuite de nos lectures. Est-ce mal ?

— Oui ou non, madame de Salignac, étiez-vous au chevet de la susnommée Annie, la veille de son décès ?

— Non, mentit-elle sans réfléchir, tant elle voulait ne pas être mêlée à l'affaire. Le spectacle d'une pauvre femme qui endurait un calvaire m'aurait trop choquée. Et mon enfant gardait le lit ; je ne voulais pas le quitter.

Il y eut alors un conciliabule entre deux des hommes de loi. Troublée, Mathilde guettait leur expression, craignant d'avoir commis une erreur. C'était bien le cas.

— Comment expliquez-vous donc ceci ? L'instituteur, Jean Dancourt, affirme s'être tenu à vos côtés, ce soir-là, oui, dans la pièce où était alitée la servante. Vous étiez incommodée par l'odeur et lui aussi. Ensuite, monsieur Dancourt a discuté avec vous, dehors, car, tous les deux, vous aviez besoin d'air frais.

— Je ne sais plus, peut-être, j'ai oublié, bredouilla-t-elle. Nous étions tous tellement émus ! Surtout moi, qui connaissais bien Annie !

— Pour quelle raison ?

— Je l'avais rencontrée à Angoulême, dans son quartier de L'Houmeau, sur la recommandation d'un commerçant et celle de ma sœur aînée. Le père Roland cherchait une servante. Je m'étais occupée de trouver une personne capable et sérieuse. J'ai été déçue. Cette femme buvait beaucoup ; de plus, elle se montrait irritable, capricieuse et paresseuse.

— Le curé a déclaré la même chose que vous sur Annie. Pourtant, Ernest Meunier, le fils de la défunte, nous a brossé un portrait plus avantageux de sa mère, qu'il aimait de tout son cœur.

De plus en plus nerveuse, Mathilde regarda par la fenêtre. La branche noirâtre d'un tilleul dépouillé de son feuillage se balançait au vent sur fond de ciel gris. Un juge toussa. Un autre poursuivit d'un ton sévère :

— Vous auriez également fait porter une tisane à la servante par votre domestique, Suzanne Boutin.

— Où est le mal ? J'avais averti mon mari, qui ne s'est pas opposé à cette initiative. Les plantes utilisées étaient bonnes pour les coliques ; c'était de la menthe, de la verveine et de la badiane. Allez-vous me reprocher d'avoir voulu soulager les douleurs d'une malade ?

— Entre les soulager et y mettre fin, il n'y a qu'un pas, madame, trancha son interlocuteur. Mais vous pouvez disposer.

— Y mettre fin ? s'offusqua Mathilde. Comment osez-vous insinuer des horreurs pareilles ? En plus, vous basez vos soupçons sur de simples commérages.

Elle se leva et quitta la pièce, les yeux voilés de larmes, comme toute personne innocente qui aurait été injustement accusée.

Colin la prit dans ses bras, inquiet de sa pâleur.

— As-tu été vaillante, ma douce amie ?

— Autant que j'ai pu. Ramène-moi vite à la maison, je t'en prie. Je suis transie.

Le couple eut l'heureuse surprise de trouver la demeure en effervescence. Les parents de Mathilde étaient arrivés, ainsi que le petit Jérôme.

— Maman, maman chérie ! cria l'enfant en se jetant au cou de la jeune femme.

Mathilde cajola son fils, les yeux fermés sous le coup d'un bonheur amer. Elle se sentait menacée, suspectée à l'égal de son amant, et de longues heures d'angoisse s'annonçaient qu'elle devrait affronter sans faiblir.

*

Saint-Germain, les jours suivants

L'enquête piétinait, faute de preuves, comme le titraient les gazettes angoumoisines et le quotidien régional.

Les magistrats avaient quitté le village, au soulagement général. Ils s'étaient trouvés confrontés à un sérieux dilemme ; comment arrêter les coupables présumés en se basant sur de possibles commérages ? Il s'agissait de surcroît de l'épouse d'un honorable médecin et d'un homme d'Église qui, selon ses paroissiens, assumait ses fonctions avec zèle et ferveur.

Du côté de Saint-Germain, on redoutait l'ouverture d'un procès, qui amènerait les uns ou les autres à témoigner.

Ce fut peut-être à cette époque de l'affaire qu'on tenta d'établir de fausses vérités, d'influencer celui ou celle dont les paroles pouvaient faire basculer la balance d'un bon ou d'un mauvais côté.

Le docteur de Salignac, quant à lui, réunissait ses amis et ses patients dans son salon, où il plaidait en faveur de l'innocence du curé. Convié à participer à l'une de ces séances, Roland Charvaz déclina l'invitation.

— Je ne veux plus me mêler au monde, dit-il d'un ton humble. J'ai payé cher, puisqu'on me soupçonne d'être un mauvais prêtre, les moments agréables que j'ai osé passer chez vous, mon ami.

Mathilde fut rassurée de ne pas recevoir son amant sous le toit familial. Comme Roland, elle vivait au ralenti, en proie à l'anxiété. Ils ne s'écrivaient plus ni ne se rencontraient, car c'était bien trop risqué. Le moindre faux pas et le pays entier pourrait se retourner contre eux. Ils demeuraient chacun dans leur refuge par prudence, ignorant quand s'abattrait sur eux le glaive de la justice.

Souvent, la jeune femme se souvenait du jour pluvieux où Charvaz et elle avaient décidé d'empoisonner la servante afin de protéger leur amour et leur rang dans la société. Ils pensaient avoir été prudents, méticuleux, ils croyaient n'avoir commis aucune erreur, mais Annie avait parlé à son fils et à une vieille connaissance et cette sordide histoire d'adultère avait résonné aux oreilles des magistrats, une fausse note qui pouvait faire éclater la vérité.

*

La veille de Noël, le docteur de Salignac reçut une lettre anonyme dans laquelle étaient dénoncées les infidélités de sa femme. Il encaissa le coup avec vaillance, refoulant dans les tréfonds de sa conscience d'affreux doutes. Ses parents et ses beaux-parents séjournaient à Saint-Germain à l'occasion des fêtes ; ils furent témoins de son indignation.

— Un torchon, un ignoble torchon, s'égosilla-t-il en agitant une feuille de papier où l'on devinait quelques lignes. Qui a l'esprit assez tordu pour écrire de telles inepties ?

Mathilde, qui tricotait, jeta un coup d'œil inquiet à son mari.

— De quoi s'agit-il, Colin ? demanda-t-elle.

— Toujours les mêmes sottises, les mêmes ragots à ton sujet, marmonna-t-il.

Sur un geste du père du médecin, Suzanne emmena Jérôme à l'étage. Armand de Salignac appréciait sa belle-fille. Il donna aussitôt son opinion.

— Jette ça au feu, Colin, trancha-t-il. Nous savons comme ton épouse t'est dévouée et comme vous vous aimez. Nous sommes tous à vos côtés, car ces attaques que vous subissez sont odieuses.

La mère et le père de la jeune femme renchérirent, tandis que Mathilde fondait en larmes.

— Je n'en peux plus, avoua-t-elle entre deux sanglots. Pourquoi m'accuser ainsi ? Pourquoi nous vouloir du mal ?

— Ne pleure pas, ma pauvre petite chérie ! supplia Colin en la prenant par l'épaule.

Il la revoyait après la naissance de leur fils, prête à succomber. Il se rappelait sa frayeur de jadis, ses prières pour la garder en vie. Dieu l'avait exaucé. Il ne voulait pas la perdre, il l'aimait de tout son être.

— Tu es innocente et je te protégerai des médisants à n'importe quel prix, déclara-t-il tout bas.

Touchée par la dévotion de son mari, Mathilde se montra par la suite affectueuse et tendre à son égard. Cet homme solide et respecté devenait son héros. Ils feraient front dans le souci d'épargner leur fils. L'enfant ne devait en rien souffrir de ce scandale.

Au début du mois de janvier, à l'occasion de la fête des Rois, ils le confièrent de nouveau à ses grands-parents de La Rochefoucauld afin de le tenir éloigné le plus possible du pénible climat de suspicion qui agitait toujours le village.

*

C'était une sage précaution. En effet, le 17 janvier 1850, les experts rendirent leur rapport, après analyse des viscères et de l'estomac d'Annie Meunier. L'expertise avait été faite à l'aide des réactifs spéciaux, dûment vérifiés. Ce rapport disait textuellement :

Les liquides contenus dans l'estomac et les intestins, les parois de l'estomac et des intestins ainsi que le foie avaient fourni une grande quantité de sulfure qui se manifestait par des taches et de nombreux anneaux ; les eaux de lavage de ces organes ne contenaient pas d'arsenic.

Les symptômes observés pendant la maladie et les lésions des tissus indiquées dans le rapport d'autopsie offraient les caractères d'un empoisonnement par un poison irritant.

Nous sommes amenés, par ces considérations et par les résultats de l'analyse chimique, à conclure que la femme Annie est morte empoisonnée par une préparation arsenicale.

L'empoisonnement était prouvé. Cependant, une question se posait. Était-ce un crime, ou un suicide ? Les magistrats responsables de l'affaire décidèrent que ce point serait réglé plus tard. Il n'y avait plus à hésiter, l'enquête reprenait.

*

Roland Charvaz, lui, avait repris confiance. La présence de sa sœur apaisait ses nerfs torturés par sa séparation d'avec Mathilde et il espérait la revoir bientôt. « Les choses se calment d'elles-mêmes ; nous pourrons nous retrouver. La première fois, j'enverrai Marianne à Marthon pour être tranquille », se promettait-il.

*

Le 22 janvier, un juge se présenta d'abord chez le docteur de Salignac, accompagné d'un huissier. Suzanne fit entrer les deux personnages à la mine sévère et les conduisit jusqu'au cabinet médical.

— Nous devons vous poser une question, docteur. Avez-vous de l'arsenic en votre possession ?

— Oui, j'en ai acheté soixante grammes au début du mois de décembre, à Angoulême, répondit le médecin, un peu surpris. Mais je n'en ai employé qu'une quinzaine pour empoisonner les rats qui envahissaient le cellier et la cave. J'en ai également donné à mon métayer, Maurice, qui se plaignait également des rongeurs.

Le juge fit un rapide calcul avant de déclarer :

— Il doit donc vous en rester environ quarante-cinq grammes. Pouvez-vous nous les montrer ?

Colin, qui commençait à comprendre les raisons de cette visite, ouvrit avec amabilité le placard où étaient entreposés les produits toxiques. Il n'avait aucune crainte, sûr de trouver là le flacon bleu contenant les quarante-cinq grammes. Il s'en empara d'un geste paisible, mais, en l'examinant, il poussa un cri rauque, puis il perdit toute couleur et s'écroula sur le sol, comme foudroyé.

L'huissier s'empressa de ramasser le récipient en verre.

— Il est intact, murmura-t-il d'un air pincé. Je dirais qu'il manque vingt grammes sur les quarante-cinq annoncés. Et un gramme suffit à tuer une personne.

— Oui, en effet, soupira le juge, en jetant un regard circonspect au médecin, qui reprenait déjà ses esprits.

Il aida Colin à s'asseoir avant de le questionner sans hargne ni dureté.

— Docteur, savez-vous ce que sont devenus les vingt grammes manquants ?

— Mais non ! s'écria-t-il, je n'en sais rien du tout, et je ne comprends pas ce qui s'est passé.

— Confiez-vous parfois la clef de ce placard à votre femme ?

— Non, puisque Mathilde possède un double. Quand je pars pour mes visites, mon épouse peut fournir des remèdes aux patients que je soigne et que nous connaissons bien. Mais nous cachons les deux clefs au même endroit dans un souci de sécurité, à cause de notre fils.

Le magistrat consulta pour la forme les documents qu'il avait emportés. L'empoisonnement d'Annie datait en principe du mardi 4 décembre et l'achat d'arsenic, du 3 de ce même mois.

— Voudriez-vous me dire ce que vous cherchez encore ? implora le médecin, très nerveux.

— Plus tard, docteur, plus tard ! Des gendarmes nous ont escortés. Nous allons fouiller vos communs, notamment votre écurie.

Une inspection méthodique eut lieu autour de la maison, du pigeonnier au cellier ; les hommes s'affairèrent pendant deux heures. Effectivement, il fut découvert, dans le creux des tuiles posées à des endroits stratégiques sur le passage des rats, un produit compact d'un blanc verdâtre. C'était bien de l'arsenic et la quantité répandue pouvait correspondre aux déclarations de Colin. Mais il manquait toujours les vingt grammes fatidiques.

Mathilde, qui s'était réfugiée dans sa chambre dès l'arrivée des hommes de loi, dut répondre aux questions du juge. Elle expliqua d'un air innocent, en prenant son mari à partie :

— Mais souviens-toi, chéri, j'avais passé ce flacon à ma mère qui l'a rapporté presque vide et je l'ai vite rangé à sa place, sous clef. Elle aussi en avait besoin. Les rats pullulent ces derniers temps.

— J'en conclus, madame, avança le magistrat, que vous connaissiez l'existence de ce flacon d'arsenic, que vous l'avez manié, porté vous-même à votre mère et ensuite remis à sa place, dans le placard. Il était presque vide, dites-vous, mais vous ne l'avez pas signalé à votre époux.

— Je l'aurais fait tôt ou tard, répliqua Mathilde, qui faisait de terribles efforts pour garder une expression sereine.

La jeune femme poussa un profond soupir en voyant sortir l'huissier et le juge. Puis elle se retourna, sentant dans son dos le poids d'un regard. Livide, Colin de Salignac la fixait avec douleur et incompréhension.

*

Le docteur s'approcha de son épouse, un air terrible sur les traits. Elle affronta crânement son regard chargé de soupçons.

— Mathilde, où sont passés les vingt grammes d'arsenic ? Dis-moi, est-ce vraiment ta mère qui les a utilisés ? demanda-t-il d'un ton dur. Je peux partir sur-le-champ lui poser la question. Elle n'osera pas me mentir.

Bouleversée à juste titre, son épouse se mit à pleurer à gros sanglots, ce qui lui laissa quelques minutes pour réfléchir. Si elle accusait le curé, elle le condamnait et il pouvait très bien, en retour, la dénoncer, cela même s'il l'aimait. « Qui témoignera contre moi ? se disait-elle. Suzanne se taira, je lui ai donné assez d'argent. Je dois convaincre

Colin de mon innocence. Il me défendra tant qu'il me pensera hors de cause. »

— Parle donc, au lieu de pleurer ! ordonna le médecin en la secouant par un bras.

Effrayée, Mathilde se lança dans un discours véhément, à la mesure de son indignation et de son chagrin.

— Mon chéri, ne sois pas méchant, surtout avec moi. J'ai parlé de ma mère, car je lui avais promis de l'aider à se débarrasser des rats, mais ensuite j'ai oublié de lui remettre du poison. Il fallait dire quelque chose au juge... On nous veut du mal, voilà ! Je ne sais pas qui ni comment, mais je suis certaine qu'une personne nous a volé cet arsenic pour me faire accuser. Les gens sont tellement jaloux ! J'en ai même fait part aux juges, l'autre jour. Jaloux de notre amour, de notre position sociale, des biens que nous possédons. Et je suis la victime toute désignée, puisque des rumeurs m'ont salie.

— Crois-tu ? Vraiment ? s'étonna Colin en allumant un cigare, les yeux mi-clos, un peu rassuré par les propos de Mathilde, si jolie dans son émotion.

— Bien sûr ! Et puis, tu es au courant des soucis qu'a eus le père Roland à cause de sa servante, reprit-elle. Cette femme cachait son jeu, elle cherchait sans cesse querelle à son maître, à celui-là même qui avait augmenté ses gages. Elle était sale, paresseuse et bavarde ! Il n'en pouvait plus de la supporter. Il te l'a dit, un soir. Il lui a expliqué gentiment qu'elle devait quitter le pays et rentrer à Angoulême, car il avait demandé à sa sœur Marianne de venir tenir son ménage. Une jeune fille charmante, paraît-il. Suzanne a fait sa connaissance...

— Oui, oui, je sais tout ça, bougonna-t-il.

— Annie était furieuse, elle a inventé ces affreux ragots, tu sais de quoi je parle, à propos de moi et du curé ! Je t'ai juré sur la tête de notre fils que je suis pure et fidèle. Que ce soit Bissette ou Charvaz, il n'y a jamais rien eu de honteux ni de scandaleux, dans nos relations, mais les gens d'ici voient le mal partout. Regarde-moi, Colin, aurais-je ce visage si j'avais commis l'adultère ?

Il la contempla, soulagé. Elle avait raison, sous cette peau claire et soyeuse, sur ce front haut et distingué, au fond de ces beaux yeux tranquilles, il ne pouvait se cacher de tels vices. Il l'enlaça et l'embrassa sur la joue. Elle chercha ses lèvres et lui offrit un baiser.

— Ma pauvre chérie ! Heureusement, nous sommes unis contre l'adversité, dit-il en la serrant plus fort. Et nous devons trouver ensemble une explication à la disparition de ces vingt grammes d'arsenic pour couper court aux soupçons des juges.

Mathilde soupira, en essuyant ses larmes du bout des doigts. Soudain, elle cria, exaltée :

— Et si c'était Annie, la voleuse ! Nous sortons souvent le dimanche, quand tes parents ou les miens nous invitent. Suzanne a pu laisser la porte de derrière ouverte par oubli, la porte qui communique avec ton cabinet médical. Rusée comme je l'ai connue, elle se doutait que tu possédais des produits toxiques.

— Et ta clef ? Comment aurait-elle trouvé ta clef ?

— Si tu veux le savoir, une fois que tu avais pris les deux clefs par étourderie, et qu'un patient avait besoin de laudanum, j'ai réussi à ouvrir le placard à l'aide d'un couteau pointu. Annie a pu faire de même !

Perplexe, le médecin lui décocha un regard désemparé.

— Vraiment ? Dans ce cas, il faudra changer la serrure. Et pourquoi avait-elle besoin d'arsenic ? Le curé a un chat.

— Elle se plaignait sans cesse. Elle a voulu mourir, peut-être... Qu'en sait-on ?

— Bon sang, il y a des moyens plus radicaux et moins douloureux. Non, je n'y crois pas. J'ai vu son fils au presbytère, après son décès. Il aimait sa mère ; elle n'était ni abandonnée ni dans la misère.

La jeune femme s'affola. Son idée ne tenait pas et elle ne voyait plus de solution. Pourtant, il lui fallait ôter le moindre doute de l'esprit de son mari, car il était le seul à pouvoir la sauver.

— Colin, mon chéri, j'ignore où est passé le poison qui manque, mais je n'y suis pour rien, je le jure. Alors, protège-moi, je t'en supplie. Ils vont m'accuser, m'emmener en prison. Je ne te verrai plus, je ne tiendrai plus mon fils dans mes bras ! Ils peuvent le faire, tu sais ! Ils peuvent me traîner dans la boue et salir notre nom. Je ne m'en remettrai jamais. Mieux vaut la mort que le déshonneur.

Le docteur de Salignac posa ses larges mains sur la taille de sa femme. Il la sentait frémir, vibrer de révolte et de tendresse. Il l'étreignit à nouveau, éperdu d'amour.

— Calme-toi, Mathilde. Que deviendrais-je sans toi à mes côtés ? N'aie pas peur, on ne te fera pas de mal.

Le médecin s'écarta et fit les cent pas, songeur. Il n'était pas homme à supporter le mépris et la honte. De toute évidence, il n'y échapperait pas, car, au fond de lui, il doutait des allégations fébriles de son épouse. Il avait aussi le devoir d'épargner à son fils la diffamation autant qu'une séparation d'avec sa mère. Et, plus que tout, il refusait de vivre sans elle.

Mathilde se jeta à son cou, livide et les yeux écarquillés.

— Ne me laisse pas. Je suis innocente, je t'assure !

— Je ne t'abandonnerai pas, ma chérie. Tu disais, il y a un instant, que mieux valait la mort que le déshonneur, et tu as raison. Nous allons mourir ensemble, oui, tous les trois. Je me sens incapable d'affronter ce qui risque arriver à notre famille.

Elle s'écarta de son mari, horrifiée, cette fois.

— Es-tu fou ? Je ne veux pas mourir ! Et Jérôme ! Il a le droit de vivre de longues années encore…

— Mais ce serait la seule façon de prouver notre innocence et notre amour. Notre fils n'aura pas à pâtir de la cruauté de nos concitoyens ni de l'iniquité de la justice.

Colin la serra contre lui, le regard presque halluciné. Plus il songeait à la possibilité de disparaître, plus il était saisi d'un paradoxal sentiment de soulagement. La disparition de l'arsenic incriminait son épouse ou un de ses proches, si bien que le médecin anticipait des heures épouvantables, sans doute une arrestation et un procès.

Mathilde eut envie de s'enfuir. N'importe où. Elle se vit courant jusqu'au presbytère, se jetant à genoux devant Roland et le suppliant de les emmener au bout du monde, son enfant et elle.

Son époux l'embrassa sur le front et les joues. Il était au bord des larmes quand il chuchota à son oreille :

— Ne tremble pas, ma pauvre petite. Je ne suis pas fou, mais j'ai trouvé le seul moyen de nous protéger du pire, de ne pas salir mon nom, de clouer le bec de ces magistrats au long nez de fouine. Si tu es innocente, Mathilde, tu dois accepter, je t'en prie.

D'une voix basse persuasive, il lui expliqua alors comment ils se donneraient la mort. La jeune femme feignit d'accepter, tout en cherchant, désespérée, une solution pour faire échouer son plan.

Le lendemain, le médecin prépara le nécessaire. Suivant ses consignes, Mathilde annonça à Suzanne qu'elle était en congé et qu'elle pouvait partir sur-le-champ. Mais, en l'accompagnant dans le vestibule, elle lui remit une lettre.

— Je t'en supplie, fais au plus vite, expédie ce pli à mes amies de Marthon. C'est très grave ! Ne tarde pas. Mais tu n'en parles à personne.

Un peu surprise, la domestique promit de s'en charger immédiatement.

10

Un procès mouvementé

Saint-Germain-de-Montbron,
jeudi 24 janvier 1850

De bon matin, le maire de Saint-Germain fit prévenir l'un des juges chargés de l'enquête, qui s'était établi à l'auberge de Marthon pour limiter ses déplacements.

Le magistrat arriva une demi-heure plus tard, en calèche, escorté par la maréchaussée. Arnaud Foucher exigea de lui parler sans témoin.

— Monsieur le juge, un événement grave est survenu dans la commune. Les époux Salignac ont tenté de se suicider avec leur petit garçon. Dieu merci, leur vie à tous les trois n'est plus en danger.

— Qu'est-ce que ça signifie encore ? En voilà, une histoire ! gronda l'homme de loi en se dirigeant d'un pas décidé vers la maison des Salignac.

Un attroupement l'empêcha d'entrer. Il reconnut la domestique, Suzanne, en larmes, l'épouse du maire et sa servante, ainsi que l'instituteur et sa femme, une très jeune personne effacée.

— Quelqu'un peut-il m'expliquer précisément de quoi il retourne ? ordonna le représentant de la loi, d'un ton sec. Mademoiselle Boutin, je vous écoute.

Gênée d'être le centre de l'attention générale, Suzanne se tordit les mains.

— Eh bien, madame m'a donné un congé, ce qui n'est pas ordinaire. Hier en milieu d'après-midi, j'ai voulu reprendre mon service ; quand je suis arrivée, il y avait là deux dames de Marthon, des amies de madame de Salignac. Elles étaient très inquiètes, parce que la maison était toute fermée, que les volets étaient clos et que personne ne répondait. Pourtant ces dames avaient reçu la veille une lettre bizarre de ma patronne. Il paraît qu'elle leur demandait de venir la voir le plus vite possible.

— Où sont ces dames, à présent ? demanda le magistrat.

— Au logis de La Brousse, chez un ancien notaire, un ami de monsieur. Elles étaient tellement bouleversées, les pauvres ! Pensez donc, monsieur le juge, elles ont fait enfoncer la porte par le maréchal-ferrant, Antoine, et il est entré avec elles. Et là…

Un gros sanglot fit taire la domestique. Déjà au courant de tous les détails, le maire la remplaça.

— Ils sont montés tous trois jusqu'à la chambre à coucher et, là, monsieur le juge, au milieu d'une épaisse fumée et de la vapeur de charbon, ces dames ont découvert sur le lit le jeune garçon des Salignac, à moitié asphyxié. Le père et la mère s'étaient enfermés dans un cabinet de toilette, mais la porte a cédé facilement, grâce au maréchal-ferrant qui avait pris une barre de fer avec lui. Il paraît que ça faisait peine à voir, ce couple couché sur un matelas, qui commençait à ressentir les affres de l'asphyxie.

Le magistrat hocha la tête, puis il déclara, l'air songeur :

— En somme, c'est une chance que ces amies de madame de Salignac aient été prévenues à temps, et par une lettre de madame de Salignac, comme par hasard. Vous ont-elles montré cette missive, monsieur Foucher ? Car je suppose que vous avez été le premier averti du drame !

— Oui, c'est bien normal, vu ma fonction, répondit le maire d'un air hautain. Pour la lettre qui vous intéresse, ces dames ne savaient plus où elles l'avaient mise. Dans la panique, on peut les comprendre. Mais j'ai trouvé sur un meuble ces deux lettres de Colin de Salignac. Elles expliquent les raisons de leur acte désespéré. L'une est adressée à sa sœur, la seconde à ses parents.

Le juge s'éloigna un peu et parcourut les lignes d'un œil attentif.

Ma chère sœur,

Vous savez que, dans ma dernière lettre, je vous disais que, si Dieu me réservait de plus terribles épreuves que celles que j'avais soutenues, j'aurais besoin de plus de force. Eh bien ! Ces malheurs sont arrivés et les forces me manquent.

Nous sommes innocents, nous le jurons sur ce que nous avons de plus cher, sur notre salut même que notre action va compromettre. Dans ces circonstances, je ne vois pas pourquoi nous nous donnerions en pâture à une stupide populace, qui ne manquerait pas de se réjouir de nous envoyer au bagne ou à l'échafaud.

Une mort volontaire me paraît préférable. J'espère que moi et les miens serons délivrés par elle d'un monde exécrable, où la calomnie est si puissante que pas un honnête homme n'est sûr de ne pas éprouver notre sort.

Je meurs avec la conviction que ma femme est pure et innocente ; du reste, ma résolution le fait assez connaître. Je n'ai qu'un regret, c'est d'être obligé de sacrifier avec nous un être qui nous est si cher. Mais rassurez-vous, quoique très jeune, il a de la fermeté et il accepte notre proposition avec courage.

Les forces me manquent ; je ne puis que vous dire que je vous regrette tous ; et que je vous prie de prier Dieu pour moi.

Je désire que l'on prenne sur le peu que nous laissons une somme destinée à faire dire une messe tous les ans pour le repos de nos âmes. Soyez plus heureuse que nous ! Adieu pour toujours.

Signé : Colin de Salignac

La seconde lettre se lisait comme suit :

Mes chers parents,

Préférant la mort à l'infamie, et voyant que je ne peux éviter la seconde, j'ai recours à la mort. Je regrette de vous abandonner ainsi dans votre vieillesse, mais la conduite des magistrats me prouve que ma femme est jugée d'avance ; dès lors, j'aime mieux en finir.

Je donne à mon neveu tout ce que je laisserai après moi. Songez que c'est la parole d'un mourant et respectez-la. Je ne dois rien à personne que ce qui suit [...] Je suis bien malheureux d'être obligé de prendre une telle résolution, surtout pour mon pauvre enfant. J'espère que Dieu nous pardonnera.

Nous sommes innocents et nous pouvons le jurer au moment de comparaître devant Dieu qui voit, Lui, notre conduite, et qui, j'espère, nous sera miséricordieux.

Je désire qu'on nous enterre tous trois dans la même fosse, ma femme et moi bien à côté l'un de l'autre et notre enfant sur nous deux. Pauvre être ! Mon cœur se brise en songeant au sort que je lui fais.

Mais l'infamie le suivrait partout. Du moins, nous la lui éviterons ; il ne sera pas obligé de la supporter.

Dieu nous pardonne, ainsi que vous ! Mais le courage nous a manqué en nous voyant ainsi accablés, étant innocents. Les ennemis qui nous ont poussés à cette triste nécessité ne manqueront pas de se réjouir et de nous dire coupables. Mais que nous importera, alors ?

Je vous embrasse et vous prie de croire que je souffre beaucoup pour avoir recours à un pareil remède.

Signé : Votre fils, Colin de Salignac

Le juge replia les lettres et, perplexe, il les rangea dans son porte-document. Il observa la grande demeure silencieuse et scruta le visage poupin de Suzanne, absorbé dans une profonde réflexion. Soudain, il se redressa, la mine satisfaite. Il y voyait enfin clair ! Il attira le maire à l'écart afin de lui confier ses déductions.

— Le docteur a commis une lourde erreur, monsieur Foucher. En effet, pourquoi donc monsieur de Salignac, que personne a priori ne soupçonne, préfère-t-il mourir, surtout à seule fin d'échapper à l'infamie ? Sa chère épouse, quoique suspectée, n'était pas encore sous les verrous. Si le médecin était intimement convaincu de l'innocence de sa femme et du fait que la justice se trompe de cible, il aurait lutté, proclamant haut et fort ses convictions. Se suicider en famille, ça ressemble à un aveu. L'homme s'estimait perdu d'avance et il a choisi la fuite.

Après s'être réjoui, le magistrat céda à la colère.

— Sacrifier un enfant de huit ans, son propre fils ! cria-t-il au maire, qui sursauta. Et il prétend que le petit a bien voulu mourir. Quel père oserait proposer le suicide à son fils ?

— Certes, un enfant de cet âge ne comprend pas la gravité de la chose, avoua Foucher.

— Où sont-ils, nos suicidés ? aboya le juge. Je voudrais interroger le docteur.

Suzanne s'approcha de lui, rouge de confusion. Elle avait écouté en se tenant à distance. Elle crut bon de renseigner le magistrat.

— Ils sont là, dans la maison. Monsieur a eu la force de soigner madame, mais elle est encore très faible, murmura-t-elle timidement. Jérôme avait des maux de tête ; je lui ai donné du lait chaud et il dort, le pauvre. Toinette, une femme du village, se charge du nettoyage. Je vais prévenir monsieur que vous souhaitez lui parler.

Quelques minutes plus tard, le médecin recevait le juge. Colin de Salignac, pâle et les yeux cernés, avait tout d'un vaincu.

— Docteur, je serai franc, dit assez gentiment l'homme de loi. J'ai lu les lettres que vous laissiez à votre famille. Je conçois votre chagrin et votre souci d'éviter le déshonneur, mais votre geste de désespoir vous a desservi. Personne n'en vient à une telle extrémité sans être aux abois, certain que la partie est perdue. Si vous n'aviez pas redouté la justice, jamais vous n'auriez songé à sacrifier votre unique enfant et à entraîner votre épouse dans la mort. Je devrais arrêter tout de suite madame de Salignac, que je soupçonne d'avoir fourni l'arsenic au père Charvaz, mais elle est fort souffrante, m'a dit votre domestique, et je ne suis pas sans compassion. Bien entendu, deux gendarmes resteront devant chez vous en faction jusqu'à son rétablissement. D'après ce que je sais, votre femme a fait prévenir ses amies pour qu'elles arrivent à temps, sans doute dans l'espoir de sauver au moins votre enfant. Il faut tout de même lui accorder que c'est une bonne mère.

— C'est une bonne mère et une épouse exemplaire, affirma vaillamment Colin. Vous n'avez rien compris. Nous voulions prouver notre innocence.

— Il me semble que vous avez échoué, monsieur.

Le magistrat sortit sur ces mots, laissant le médecin en pleine détresse. Le maire patientait dans le jardin.

— Alors ? demanda-t-il.

— Madame de Salignac sera arrêtée ce soir. Quant au curé, il n'y a plus à prendre de gants. Monsieur le maire, si vous voulez bien m'assister, et vous aussi, brigadier.

La sentence venait de tomber et il ne restait plus qu'à l'exécuter. Consterné, Arnaud Foucher leva les bras au ciel. Il se demandait si un jour un prêtre digne de confiance viendrait enfin exercer son sacerdoce à Saint-Germain.

*

Roland Charvaz avait appris par Toinette la tentative de suicide du docteur, qui avait voulu emmener dans la mort sa femme et leur fils. D'après la voisine, ils étaient sains et saufs, mais il l'avait envoyée aux nouvelles, inquiet pour Mathilde et le petit Jérôme. En entendant frapper deux coups impérieux à la porte du presbytère, il crut à son retour, mais sa sœur le détrompa. Marianne avait couru à la fenêtre, d'où elle apercevait, sous l'avancée du toit, le maire et un homme très élégant. Des gendarmes montaient l'escalier, le brigadier en tête, la main sur la poignée de son sabre.

— Roland, mon Dieu ! ils viennent te chercher.

— Pas encore. Je vais me justifier, ne crains rien.

Le juge entra et ordonna aux gendarmes de perquisitionner. Pendant ce temps, il interrogea à nouveau son principal suspect, dont le visage ne trahissait aucune appréhension.

— Avez-vous de l'arsenic en votre possession, monsieur le curé ?

— Non, je n'en ai même jamais vu ni touché. Des gens l'emploient pour tuer les rats, mais, moi, j'ai un chat.

— Et du sucre en poudre ? En utilisez-vous ?

— Non, voyez par vous-même ! répliqua Charvaz en tendant au juge un sucrier rempli de morceaux.

— Pourtant, lors d'un précédent interrogatoire, à la mairie, vous m'avez dit avoir sucré le vin blanc destiné à votre servante.

— J'avais dû écraser un morceau à cet effet...

— Vous n'en êtes pas sûr et, d'après moi, ce n'était pas du sucre.

Marianne assistait à la scène, terrifiée par les bruits de botte dans les chambres et sous les combles. Elle eut l'impression que la fouille du presbytère durait une éternité. Le brigadier redescendit enfin du grenier, suivi d'un de ses hommes.

— J'ai trouvé le trou dans le plancher dont Annie Meunier avait parlé à son fils, monsieur le juge. Voici mon rapport. Le trou mesure vingt et un centimètres de long sur un centimètre de largeur, il donne vue dans la chambre de Charvaz, juste en aplomb de son lit. L'usure du bois est la cause de ce défaut, mais il semble avoir été agrandi.

— Bien, je vous remercie.

Le juge jeta un coup d'œil au curé qui regardait ailleurs, en apparence l'air paisible.

— Votre servante n'a donc pas menti à ses enfants, lui dit-il d'une voix dure. Elle a vraiment pu vous surprendre en flagrant délit d'adultère avec votre maîtresse, Mathilde de Salignac.

En entendant l'accusation, Marianne éclata en sanglots. Son frère lui avait menti. Là, il n'était plus question d'une chaste histoire d'amour.

— Annie voulait me nuire, s'écria Charvaz avec colère. Soit, le plancher du grenier est en piteux état. L'ayant constaté, puisqu'elle étendait du linge là-haut par temps de pluie, cette commère a dû regarder par ce trou et voir mon lit. C'était facile d'inventer une fable, ensuite. Enfin, monsieur le juge, si j'avais quelque chose à me reprocher, j'aurais pu m'enfuir et franchir la frontière italienne, ou espagnole, depuis plus d'un mois que dure cette affaire. Je suis resté ici et j'ai fait venir ma sœur, tant j'avais besoin d'un soutien moral dans cette terrible épreuve.

— Fuir la justice équivaut souvent à un aveu, le docteur du bourg vient de me le prouver encore une fois. Je vous crois assez malin, monsieur Charvaz, pour y avoir pensé.

Sur ces mots, le magistrat poussa un léger soupir. Il fit un signe discret aux gendarmes, qui encerclèrent aussitôt le curé.

— Monsieur Roland Charvaz, vous êtes en état d'arrestation. Par respect pour votre robe d'ecclésiastique, vous allez voyager dans ma voiture. Quant à madame de Salignac, si jamais vous étiez dans l'inquiétude à son sujet, sachez que je l'ai autorisée à rester chez elle jusqu'à ce que sa santé soit meilleure. En temps voulu, des huissiers viendront la chercher, mais elle sera traitée avec égards.

Roland Charvaz se demanda si le juge avait le mauvais goût de faire de l'ironie ou s'il se montrait vraiment compréhensif. Pourtant, s'il pensait être confronté à un couple d'amants, la charité pouvait lui dicter de telles paroles. Par prudence, il garda un air indifférent. Sa sœur l'embrassa et le regarda partir. « Pauvre Roland ! Il ne méritait pas un tel coup du sort, pensa-t-elle, le cœur brisé. Je suis sûre qu'il est innocent. Sans doute la servante aura tout inventé, comme l'a dit mon frère. »

*

Maison Salignac, le soir

Colin contemplait son fils endormi. L'enfant avait beaucoup pleuré quand sa mère était partie, après lui avoir dit au revoir en l'embrassant et en l'étreignant de façon anormale. Une fois seul avec lui, le docteur s'était efforcé de rassurer Jérôme. Lui-même avait le cœur brisé. Il était obsédé par l'image de Mathilde, si élégante, emmenée par des huissiers et surveillée par les gendarmes.

— Maman reviendra vite, n'aie pas peur. Tes grands-parents viennent te chercher demain. Tu seras mieux chez eux... Ce sont des histoires de grandes personnes que je ne peux pas t'expliquer, mais maman reviendra vite.

Là, accablé par le silence qui régnait sous son toit malgré la présence de Suzanne au rez-de-chaussée, le médecin réitéra sa promesse, à voix basse, une main posée sur l'épaule de son fils.

— Je vais me battre, mon petit. Nous nous retrouverons tous les trois et nous serons heureux. Si tu savais comme j'aime ta maman. Elle est plus jeune que moi, elle a peut-être commis des erreurs, mais elle est si jolie ! Je l'adore, mon petit, et je remuerai ciel et terre pour te la ramener. Si les gens osent nous critiquer encore, s'ils cherchent à nous nuire, nous partirons d'ici. Je suis riche et j'ai des relations. Alors, dors en paix, mon Jérôme, tout va s'arranger.

Colin se tut, aussi déterminé à tenir parole que désemparé. Lorsqu'il avait reproché à Mathilde d'avoir écrit à ses amies de Marthon, elle s'était contentée de répondre :

— Mais je ne voulais pas mourir et je devais sauver notre enfant...

— Ils vont t'arrêter, ma pauvre chérie, avait-il soupiré.

— Qu'ils m'arrêtent, je suis innocente ! s'était-elle écriée.

À cet instant, le docteur de Salignac avait décidé d'y croire. Désormais, il s'interdirait le moindre soupçon, le moindre doute, car il lui fallait convaincre toute sa famille et sa belle-famille qu'ils étaient victimes d'une erreur, d'un piège, même. Ce serait la condition première pour sauver Mathilde. Plus ils seraient nombreux à la défendre et à la soutenir, plus elle aurait de chance de paraître vraiment innocente.

*

Aux portes d'Angoulême, même soir

Mathilde gardait les yeux fermés pour ne pas voir les visages impassibles des deux gendarmes qui la surveillaient. Elle avait voyagé dans une voiture fermée, tirée par un robuste cheval au trot régulier.

Les cahots de la route et le balancement de l'habitacle avaient fini par la bercer et l'étourdir. Cependant, à certains détails tels que des bruits à l'extérieur, des éclats de voix et le grincement des roues sur les pavés, la jeune femme comprit qu'ils arrivaient en ville. Ce constat la tira de son abattement. « On va me mettre en prison ! » se dit-elle, épouvantée.

Depuis sa naissance, durant son enfance et sa vie d'épouse, Mathilde avait connu l'aisance, le confort et le raffinement. Les domestiques se chargeaient des tâches pénibles, des corvées, du ménage et de la cuisine. Elle était incapable d'imaginer ce qui l'attendait, même si elle avait lu des récits sur les bagnes et les cachots obscurs de certaines geôles médiévales.

— Tu seras bien traitée, lui avait affirmé Colin, désespéré, en la quittant. Je paierai ce qu'il faudra.

Malgré sa foi en son époux, Mathilde se mit à claquer des dents lorsqu'on la fit descendre de la voiture devant la haute et large porte d'un vaste bâtiment. Le vent soufflait du nord, glacial, la prison étant située sur un rempart d'Angoulême.

Muette et terrorisée, la belle maîtresse du curé parvint à dominer sa peur dès qu'elle dut marcher, encadrée par des gendarmes. « Je ne me donnerai pas en spectacle. Je dois leur montrer que je suis innocente », songea-t-elle en se redressant avec une expression hautaine indignée.

Un instant, elle s'interrogea sur le sort de Roland. « Colin m'a dit qu'il avait été arrêté ce matin. Est-il là, lui aussi, derrière ces murs ? Il le mérite, c'était son idée. Jamais je n'aurais pu me servir du poison, moi. »

On la conduisit dans une cellule propre, mais où régnait un froid pénible. Pendant que le gardien tenait une lanterne pour l'éclairer, Mathilde observa, effarée, la couchette garnie de paille, la couverture pliée au bout et le seau en métal dans un angle. Mais la porte se referma et les ténèbres l'enveloppèrent. Alors, sa bouche se crispa et les larmes jaillirent. « Colin, aide-moi, Colin, au secours ! »

Vite, à tâtons, elle alla se jeter sur le lit où elle sanglota éperdument.

*

Incarcéré quelques heures auparavant, Roland Charvaz occupait une cellule où se trouvaient déjà deux autres prisonniers. Dépouillé de sa soutane, en pantalon noir et chemise, il portait une veste en laine brune que sa sœur lui avait tendue quand on l'avait emmené. Après s'être étudiés mutuellement avec méfiance, les trois hommes avaient discuté.

Le curé de Saint-Germain était de loin l'individu le plus coupable, ses compagnons n'ayant commis que des vols et du brigandage, mais son attitude se voulait résolument celle d'un innocent.

— On m'a accusé à tort, le procès le prouvera ! affirma-t-il d'un ton net.

— Si tu le dis, répliqua Lotte, un gaillard au faciès de brute, l'œil moqueur.

Doté d'un instinct infaillible, Charvaz se promit d'amadouer ses codétenus, de s'en faire des camarades. C'était une condition indispensable pour supporter les semaines de captivité qui l'attendaient sûrement. La nuit venue, il s'interrogea : « Est-ce qu'ils ont amené Mathilde ici, elle aussi ? Si c'est le cas, elle doit être bien malheureuse, bien effrayée, aussi. »

Il s'attendrit un instant en évoquant sa maîtresse, puis il se perdit en suppositions quant à son avenir. Parfois il était certain que la justice manquait de preuves contre lui, alors qu'à d'autres moments il craignait les conséquences de son acte. Son passé pèserait lourd dans la balance, un passé dont on dévoilerait les pages les plus troubles au tribunal.

*

Le lendemain, en fin d'après-midi, Mathilde reçut la visite d'un avocat. Colin n'avait pas perdu de temps. Le petit Jérôme une fois confié à ses grands-parents, le docteur était venu à Angoulême et avait commencé à remuer ciel et terre pour son épouse.

Maître Donatieux, une relation de la famille Salignac depuis des années, trouva sa cliente en plein désarroi. La jeune femme avait un regard de bête prise au piège.

— Madame, nous devons préparer votre défense, dit-il gentiment après lui avoir baisé la main.

— Il faut que Suzanne, ma domestique, remette à mon mari une couverture plus chaude et mon châle en cachemire, balbutia Mathilde. Je vais tomber malade, ici. Sentez-vous le froid ?

— Je ferai le nécessaire pour améliorer vos conditions de détention, chère madame. Maintenant, j'aimerais connaître votre version des choses. Votre époux m'a raconté l'essentiel, mais il n'avait pas dormi et il était dévasté par le chagrin. Cette affaire me semble confuse. J'ai pu consulter le dossier du juge chargé de l'enquête. On n'a pas encore établi qu'il y a eu crime, qu'il s'agit là d'une affaire de meurtre. Annie Meunier se serait peut-être suicidée...

— Peut-être, oui, murmura Mathilde. Mais je n'ai rien fait. Je ne veux pas rester en prison, maître Donatieux.

— Reprenez-vous, madame, je vous en prie, l'encouragea-t-il d'une voix douce et persuasive. Le jour du procès, vous devrez donner des réponses claires, précises, et ne pas vous laisser intimider.

— Je suis victime d'odieuses calomnies, gémit-elle.

L'avocat approuva d'un air impénétrable.

Malgré ses recommandations, durant les premiers jours de son emprisonnement, Mathilde de Salignac demeura comme absente, abasourdie, presque incapable de tenir des discours cohérents. La rupture avec son existence habituelle, son isolement et le chagrin firent d'elle une sorte de fantôme aux yeux hagards. Souvent, le soir, une fois qu'elle était confinée dans la pénombre, des images lui revenaient, pleines de clarté... C'était au début du mois d'août, au cœur de l'été. Elle revoyait les toitures roses du bourg de Saint-Germain au soleil couchant. L'air était doux, et elle marchait sur le chemin qui faisait le tour du village.

Des parfums de roses, de raisins verts et d'herbes sèches montaient du sol sous ses pas et l'enivraient, lui donnant envie d'aimer. Par une ruelle, entre de vieux murs moussus et des potagers déserts, elle arrivait au presbytère. Sa robe moulait ses formes rondes ; son cœur battait plus vite.

Enfin, son amant lui ouvrait la porte. Sous le regard vert du chat assis au coin de l'âtre, ils s'enlaçaient. Ce Roland Charvaz, que bien des femmes auraient pu juger sans beauté, comme il avait de séduction, avec ses lèvres pleines et sensuelles, ses mains de montagnard, ses yeux aussi clairs que l'eau des ruisseaux !

Ainsi, ces courts instants de bonheur, d'extase, de griserie, elle devait les payer. « Mais lui, se demandait-elle, que pense-t-il, entre les murs de sa cellule ? Il doit sûrement se consumer de désir et de chagrin, car, depuis la mort d'Annie, nous ne nous sommes vus et aimés qu'une fois.

Séparée de sa famille et ainsi livrée à elle-même, Mathilde reprit courage et lucidité en s'abandonnant de nouveau à la passion amoureuse qui l'avait perdue. Pendant ses longues heures de solitude, elle repassait en détail tous ses rendez-vous avec Roland en cherchant à retrouver leurs sujets de conversation.

Forte de ces précieux souvenirs, elle se répétait que son cauchemar se terminerait bientôt. Roland obtiendrait sa liberté, elle aussi, et ils se reverraient.

« Colin m'a fait dire par l'avocat qu'il me sauverait », se disait-elle pour ne pas désespérer.

Le docteur de Salignac, certes, œuvrait dans l'ombre. Il rencontrait des gens influents que lui présentait son père ou que lui recommandait son vieil ami du logis de La Brousse en tant que notaire.

Mais, les derniers jours précédant le procès, les pensées de Mathilde se firent moins volages, moins confiantes en l'avenir. Elle succomba à la terreur d'être déclarée coupable et de monter à l'échafaud. Elle eut enfin conscience de son crime et s'en repentit, seule devant Dieu dont elle implora la clémence en priant jusqu'à s'étourdir.

— Pardon, Seigneur, pardon, je m'étais égarée, je le sais et j'en ai honte, mais je voudrais pouvoir rentrer chez moi retrouver mon fils. Accordez-moi au moins cette grâce, mon Dieu, et je serai ma vie durant une mère modèle de même qu'une bonne épouse.

*

Roland Charvaz avait su par un gardien que madame de Salignac était bien captive dans la même enceinte que lui, dans un quartier réservé aux femmes, tout en bénéficiant d'une cellule particulière. « Pauvre Mathilde, nous ne sommes pas si loin l'un de l'autre ! songea-t-il. Comment se comportera-t-elle devant le tribunal ? »

Ce point capital l'angoissait un moment, puis il se rassurait. Sa maîtresse l'adorait ; elle ne le trahirait pas.

Au fil des jours, ses compagnons d'infortune avaient eu droit à ses confidences. Sans cacher sa condition de curé, Charvaz leur avait raconté ses nombreuses aventures amoureuses, puisant dans l'évocation des plaisirs de jadis le courage de supporter l'enfermement et la chasteté.

Néanmoins, il n'avoua pas le crime dont on l'accusait, car il était loin d'être stupide. Quant à ses relations intimes avec la jolie épouse du docteur, il en faisait étalage à la façon d'un homme fier de ses conquêtes.

Privés de contact féminin parfois depuis des mois ou des années, ceux qui l'écoutaient se mettaient à rêver de chair nacrée, de poitrine arrogante, de dessous en dentelle.

*

Chez Ernest Meunier, Angoulême, 29 septembre 1850

Il était sept heures du matin. Ernest Meunier achevait de s'habiller sous le regard anxieux de sa sœur et celui, incisif et satisfait, de son beau-frère.

— Enfin, c'est le grand jour, la première audience du procès ! s'exclama Patrice Guérin. Presse-toi, Ernest, il y aura du monde dans les rues, devant le tribunal.

— J'ai été soulagée en apprenant l'arrestation de Roland Charvaz, murmura alors Elvina, mais, là, je suis terriblement émue. Vous deux, vous avez déjà vu cet homme et vous lui avez parlé, moi, non. J'ai peur de ne pas supporter sa présence dans la salle, j'ai peur d'entendre sa voix. Seigneur, il a tué notre mère.

— Il ne peut plus nuire à personne, petite sœur, affirma Ernest. L'issue du procès ne fait aucun doute, à mon avis ; il sera condamné.

— Et sa maîtresse aussi, trancha Guérin. Nous avons lu tous les articles sur l'affaire. La belle madame de Salignac a fourni le poison, c'est sûr.

Les enfants d'Annie Meunier seraient appelés à la barre, ils le savaient et s'étaient préparés à l'épreuve. Comme un grand nombre de leurs concitoyens, ils se mirent en chemin vers les hauteurs de la ville.

L'affaire du curé de Saint-Germain-de-Montbron avait fait durant des mois la une des gazettes et, ce matin-là, comme le supposait Patrice Guérin, une foule considérable de curieux avait envahi la place du Mûrier où se dressait le palais de justice d'Angoulême. L'opinion publique se partageait en plusieurs camps, les partisans du crime et, moins nombreux, les partisans du suicide, ceux qui défendaient le prêtre et ceux qui soutenaient l'épouse du docteur, dépeinte par les journaux comme une beauté.

Les accusés durent subir une pénible épreuve avant de se retrouver devant leurs juges. Le sinistre bâtiment étant fort éloigné du tribunal, on conduisit Roland Charvaz et madame de Salignac à pied par les rues d'Angoulême, encadrés par un solide peloton de gendarmes.

Colin avait tenté d'obtenir une voiture fermée afin de préserver son épouse des possibles bousculades, des insultes et des quolibets, mais on lui avait refusé cette faveur. Déjà, Mathilde avait eu le droit de se vêtir avec élégance, de se coiffer et de porter ses bijoux, sa mère ayant acheté la complaisance d'un gardien.

— Mon Dieu, j'ai peur ! Tous ces gens ! chuchota-t-elle dès le début du trajet.

Elle avait aperçu son amant et, vite, elle avait détourné les yeux, le cœur serré. Par prudence, Charvaz ne chercha même pas à la voir.

Les badauds s'en donnèrent à cœur joie, jouant des coudes pour apercevoir le curé et sa maîtresse. Roland Charvaz marchait tête haute, se contentant de garder les yeux baissés. Grâce à l'insistance de sa sœur, Marianne ayant payé dans ce but un des gardiens, il était vêtu d'un costume laïc, redingote et pantalon noirs, gilet noir à raies, cravate noire à rosette soigneusement élargie et col rabattu. Ainsi, il dégageait une impression de force, étant court et large de stature.

Dames et demoiselles se pressaient pour mieux le détailler. Elles examinaient, intriguées, ce jeune prêtre aux mœurs légères ou supposées telles. Elles remarquaient sa chevelure abondante, sa bouche charnue, ses pommettes saillantes, ses sourcils et ses cils fournis qui mettaient en valeur le regard clair et brillant.

Certaines frémirent à sa vue, car elles devinaient en lui une nature exigeante, des appétits violents. Il y en avait plus d'une pour chuchoter que madame de Salignac avait cédé à l'emprise virile de ce personnage qui, dépouillé de la soutane, ne ressemblait guère à un curé, bien qu'il en gardât les manières affectées.

Mathilde de Salignac intrigua tout autant. Les hommes étudiaient sa silhouette mince et son profil délicat. Elle leur paraissait fragile, réservée, distinguée, et on ne l'imaginait pas se livrant à la luxure.

Très digne, elle avançait dans une robe élégante en satin noir soutaché de velours vert. Sous le long voile posé sur ses cheveux d'un châtain blond, elle présentait à la foule bruyante des traits fins, pâlis et émaciés par le tourment. Son époux, la mine fière, lui donnait le bras, tandis que ses parents, sa sœur et ses amis se pressaient autour d'elle pour la protéger de la vindicte populaire.

Il fallut la présence d'une compagnie d'infanterie et de deux brigades de gendarmerie pour garder le palais de justice. Enfin, les deux accusés se retrouvèrent à l'abri de l'édifice.

La cour prit place. Tous les débats auraient lieu autour d'une table sur laquelle étaient exposées les pièces à conviction, qui attiraient bien des regards effarés, ou dégoûtés. Il s'agissait de gros bocaux remplis de formol qui contenaient des viscères et organes internes d'Annie Meunier, d'une vilaine couleur.

Lecture fut faite, après les formalités d'usage, de l'acte d'accusation qui retraçait point par point les événements précédents, et se terminait sur une note solennelle : *Le suicide écarté, reste le crime, et le crime ne saurait être imputé qu'à ceux qui avaient intérêt à le commettre, à ceux qui redoutaient de la part de la veuve Meunier des indiscrétions qui pouvaient les atteindre à la fois dans leur honneur, dans leur position, dans leur avenir, peut-être même dans leur existence ; à ceux qui l'ont entourée depuis la première atteinte de la maladie jusqu'à son dernier soupir ; à ceux qui ont préparé et lui ont présenté les breuvages où elle a puisé une mort lente, progressive et cruelle ; à ceux enfin qui avaient sous la main l'instrument du forfait.*

Ceux-là, ce sont le sieur Charvaz, curé de Saint-Germain, et la dame de Salignac, la complice de ses désordres et de son crime.

Auparavant, au soulagement d'Elvina et d'Ernest, assis au premier rang, il venait d'être démontré que l'hypothèse du suicide ne résistait pas à la simple logique. En effet, pourquoi une femme telle qu'Annie Meunier, assurée de l'affection de ses enfants, aurait-elle mis fin à ses jours ? On cita, même, une charmante lettre qu'Ernest lui avait écrite depuis Paris où il était garde mobile : *Tu me demandes, chère maman, si je pourrais te donner cinquante francs sur ce que mon oncle me doit. Je suis étonné d'une pareille demande de la part d'une mère ; car je ne crois pas qu'un enfant puisse refuser d'aider sa mère quand elle l'a élevé.*

Aussitôt après cette lecture, Ernest Meunier fut appelé à témoigner. Le tailleur se présenta, l'air grave, et en profita pour décocher une œillade méprisante à Charvaz.

— J'ai écrit cette lettre il y a longtemps, dit-il à l'invite des magistrats, mais, à l'époque où ma mère est partie pour Saint-Germain, je n'avais pas changé d'idée. Et je tiens à préciser ici un fait navrant, dont nous sommes encore affligés, ma sœur et moi. Notre chère mère devait rentrer définitivement chez nous, à L'Houmeau, pour fêter Noël. De travailler au presbytère pour un dévoyé lui était devenu intolérable et nous le comprenions fort bien.

Roland Charvaz tressaillit, Mathilde aussi. Sans se regarder, ils eurent presque la même pensée, qui pouvait se traduire par : « C'est trop bête ! Si nous l'avions su, rien ne serait arrivé. »

Ce fut au tour d'Elvina Guérin de témoigner. Sa beauté, son élégance et sa distinction confondirent le public. D'une voix posée aussi gracieuse que le reste de sa personne, elle voulut confirmer les propos de son frère, mais elle n'en eut pas le temps. La jeune femme n'avait pu s'empêcher de fixer un instant les immondes morceaux de chair corrompue qui avaient appartenu à sa défunte mère. Bouleversée, elle perdit connaissance et dut être emportée hors de ces lieux. Mathilde se signa, apitoyée, ce qui lui valut des murmures d'approbation. Pour sa part, elle évitait de regarder les pièces à conviction, redoutant d'être également victime d'un malaise.

*

Deux témoins furent encore appelés. Roland Charvaz, attentif au déroulement de l'audience, s'apprêta à affronter ce qu'il redoutait, son passé étalé au grand jour sans ménagement. Quand il se retrouva debout devant le président de la cour, il décida de subir l'épreuve tête haute. Il devait séduire les jurés et la foule. Mais les paroles du magistrat causèrent une impression qui lui était plutôt défavorable.

— Vous avez quitté Semur après quinze mois de vicariat ; le curé a exigé votre renvoi à Chambéry, dans votre pays natal. Il semble donc qu'il était mécontent de vous, vu que vous auriez eu une conduite incompatible avec vos fonctions à l'égard des jeunes filles de la ville. Le fait s'est reproduit ensuite à Charolles, en Saône-et-Loire, car vous auriez eu des relations scandaleuses avec une certaine madame Callières, une veuve de quarante ans.

En entendant ce nom qui avait souvent suscité sa jalousie, Mathilde eut envie de pleurer. Roland lui avait menti ; sa « douce amie » était bien plus jeune qu'il ne l'avait prétendu et elle avait sans aucun doute été sa maîtresse.

— Ce sont des calomnies, tonna son ancien amant. Madame Callières n'est pas de cette sorte de femme.

« Je le hais ! se dit Mathilde. Qu'il soit condamné, que je ne le revoie jamais ! »

Elle fit semblant de se moucher, car son mari l'observait. Colin était effaré, ayant été dupé de main de maître par son prétendu ami. « J'ai introduit ce serpent dans ma maison ! se reprochait-il. J'aurais dû me méfier. Tout le monde va penser que Mathilde couchait avec Charvaz. »

Le président enchaîna, narquois et hargneux :

— Pourquoi, en arrivant à Angoulême, avant d'être nommé du côté de Marthon, n'avez-vous pas dit que vous aviez été vicaire à Charolles ?

Charvaz déclara, avec un petit sourire surpris :

— Je ne croyais pas que cela eût de l'importance.

— Bien sûr ! C'était aussi sans importance de laisser votre paroisse pendant deux semaines pour courir auprès de cette même dame Callières ? Décidément, vous ne vous encombrez pas de moralité et vous déshonorez le clergé, monsieur.

On pouffa de rire dans la salle, mais les juges ne virent là rien de très drôle. Cette fois, Mathilde éprouva du dégoût et de la rancœur. Roland n'était pas en Savoie, il avait rejoint une autre femme. « Il ne m'a jamais vraiment aimée. Je n'étais qu'une conquête de plus ! se dit-elle, amère. Et maintenant, j'en suis là, en passe d'être jugée et envoyée au bagne à cause de lui. Mais je ne peux pas le dénoncer. Ça prouverait que je lui ai fourni l'arsenic. »

Charvaz, lui, n'osa pas la regarder, ce qu'il évitait d'ailleurs de faire depuis le début de l'audience. On le sentait très préoccupé.

— Venons-en à madame de Salignac. Niez-vous avoir eu avec elle une liaison adultère découverte par votre servante, avec les conséquences que l'on connaît ?

— Encore une fois, ce sont des calomnies, insista l'accusé, sans plus chercher à amuser la galerie.

Autour de Colin, ses parents, ses amis et ses beaux-parents échangeaient leurs opinions en chuchotant. La personnalité du curé les révoltait. Le médecin se promit, le soir venu, de défendre encore et toujours son épouse. « Charvaz est un pervers doublé d'un imposteur ! Sans doute a-t-il pu séduire Mathilde, mais il doit le payer cher. Les femmes sont si faibles, confrontées à un individu aussi retors ! »

Il en était venu à cette conclusion, en homme aveuglément amoureux.

*

Ernest Meunier avait suivi les débats avec une gravité discrète. Son beau-frère avait raccompagné Elvina à leur domicile. Remise de son malaise, la jeune femme s'était avouée incapable d'assister au procès. Il s'en félicitait, écœuré par ce qu'il apprenait au sujet du curé de Saint-Germain. « Ma pauvre mère ! Si seulement elle n'avait pas cherché une place, nous l'aurions encore auprès de nous, déplorait-il. Mon Dieu, elle voyait juste, Charvaz était un individu de la pire espèce, dangereux et sournois. »

Son second passage à la barre provoqua une vive émotion. La mise soignée et joli garçon, il exprima d'un ton ferme son chagrin, après avoir exposé les circonstances qui avaient amené Annie Meunier à travailler comme servante.

— J'ai eu confiance, monsieur le président, en sachant ma chère mère au service d'un homme d'Église. Je regrette bien, aujourd'hui, de l'avoir encouragée à rester au presbytère, même après avoir appris la conduite honteuse du prétendu curé. Elle a été assassinée, elle a souffert le martyre parce qu'elle a eu le malheur de découvrir un adultère répugnant. En conséquence, en mémoire d'elle, je réclame justice. Je désire que les coupables soient punis selon leur crime.

Bouleversé, ému, Ernest ne put en dire plus.

Les témoins continuèrent à défiler. Furent successivement appelés à la barre le métayer Maurice Jarron, l'instituteur Jean Dancourt et le sacristain de Saint-Germain. Endimanché et très nerveux, ce dernier leva le voile sur un fait précis, avec son franc-parler.

— J'ai eu ben de la peine, quand Annie est morte. Avant ça, elle m'avait causé de m'sieur le curé et de la dame du docteur. Elle croyait qu'ils se fréquentaient, comme on dit chez nous. Moi, je n'avais rien vu de louche. Le père Roland, j'avais de l'estime pour lui, mais ça me tracassait, les soupçons d'Annie. Alors, j'ai surveillé le presbytère et madame de Salignac, elle est venue avant la Toussaint, quand la servante du curé était partie en ville, enfin, à Angoulême... Et puis, je l'ai vue à l'agonie, la brave dame Annie, et ça m'a fait une grosse peine. Sûr que j'ai trouvé bizarre qu'elle tombe malade d'un coup ! Ah, aussi, un soir, j'ai ramassé un mouchoir dans la sacristie, par terre, avec les initiales de la femme du docteur.

Une rumeur s'enfla dans la salle, qui s'agitait de plus en plus. Colin trépigna de rage impuissante,

Mathilde parvint à garder une attitude indifférente, alors qu'elle aurait voulu disparaître. Pourtant, ce fut à elle de comparaître.

Bien qu'effrayée par le public en surnombre et par tous ces hommes de loi réunis pour la juger, elle conserva une attitude digne, se voulant courageuse.

Le président appuya sur ses mots pour demander :

— Madame, il nous reste à établir votre rôle dans la mort d'Annie Meunier, ainsi que la nature de vos relations avec Roland Charvaz. Vous êtes-vous trouvée quelquefois seule avec lui ?

— Rarement, et pas sans raison valable, comme le souci que j'avais de l'éducation religieuse de mon fils unique.

— Êtes-vous responsable de la disparition d'une quantité établie d'arsenic dans la pharmacie de votre mari ?

— J'ai constaté comme mon époux qu'il en manquait dans le flacon, mais j'ignore pourquoi et comment le poison a disparu. On a pu nous en voler.

Les gens avaient du mal à imaginer la jeune femme coupable de la moindre faute. Son air fragile et sa voix douce la faisaient paraître touchante et vulnérable. L'émotion fut à son comble quand elle avoua, un peu plus tard, que l'idée du suicide aux vapeurs de charbon était celle du docteur de Salignac.

— Mais je ne voulais pas mourir ! protesta-t-elle. Surtout, je ne voulais pas emmener mon enfant chéri dans la mort ! Je suis innocente !

Dans la salle, des mères de famille applaudirent. Colin trouva Mathilde parfaite et commença à espérer. Il déchanta quand le magistrat haussa le ton.

— Madame, vous niez vous être rendue seule chez le curé ? Quand Annie racontait ce qui se passait entre vous et lui, elle mentait donc ? Elle l'a déclaré à l'instituteur Dancourt, à son gendre, le coiffeur Guérin, à sa fille et à son fils ? Pour quelle raison l'aurait-elle fait, si ce n'était pas fondé ?

— Elle voulait me nuire, causer ma perte. Elle me l'avait dit. Comment aurait-elle vu quelque chose ?

Ernest se dressa, blême de rage, et affirma de sa voix bien timbrée :

— Ma mère avait peut-être des défauts, mais elle n'était pas menteuse. Je le répète, je l'ai vue de mes yeux, bouleversée au point d'en trembler, quand elle nous a confié la relation entre l'épouse du docteur et le curé. Je peux vous l'assurer, cette dame s'enfermait dans la chambre de Charvaz et on sait maintenant ce qu'elle y faisait.

Déroutée, Mathilde cacha son visage entre ses mains, toute tremblante de confusion et de honte. Des huées fusèrent, ainsi que des plaisanteries grivoises.

Le docteur Salignac, lui, était au supplice. Il aurait voulu s'enfuir avec sa femme, loin de l'immense salle où ils étaient livrés en pâture à la curiosité du peuple, toujours prêt à savourer les aventures des uns et les déboires des autres. Derrière son attitude hautaine, il cachait sa détresse et surtout son rêve le plus cher, celui de voir le cauchemar s'achever et de pouvoir choyer Mathilde. Par un de ces étranges détours de l'âme humaine, il l'aimait encore davantage et, ce jour-là, il en vint à prier : « Mon Dieu, faites que je puisse finir mes jours à ses côtés, élever notre fils auprès d'elle. Je lui ai pardonné comme vous pardonnez aux pauvres pécheurs que nous sommes. »

*

L'audience fut suspendue, chacun étant épuisé. Elle reprit le lendemain et Roland Charvaz vit poindre la défaite. Il chercha du réconfort dans le regard naïf de sa sœur. La jeune fille se tenait au quatrième rang, un foulard bleu ciel autour du cou ; ce carré de tissu parlait à l'accusé du ciel d'été et de sa liberté perdue.

N'ayant eu droit à aucune visite pendant qu'il était en prison, Marianne lui avait écrit. Il savait ainsi qu'elle avait fui Saint-Germain et qu'elle logeait dans une pension de famille à la sortie de la ville. « Par chance, je lui avais montré où je cachais mes économies ! pensa-t-il en lui souriant. Elle pourra rentrer chez nous, en Savoie. »

Le président appela l'accusé qu'il toisa sans aménité, avec une sorte de froideur menaçante.

— Charvaz, je voudrais éclaircir un dernier point. Plusieurs personnes de confiance vous ont vu sucrer un verre de vin blanc que vous avez fait boire à votre servante, alors qu'elle souffrait déjà le martyre. Interrogé sur ce sujet, vous avez d'abord nié que vous possédiez du sucre en poudre. Ensuite, lors de la perquisition effectuée au presbytère, vous avez montré du sucre en morceaux aux gendarmes. Je pense que vous êtes vraiment un individu odieux, sans scrupules, et que vous avez mis du poison dans le vin sans vous inquiéter des gens présents ce soir-là. Il n'est pas si difficile de se procurer de l'arsenic. Vous avez pu en dérober chez vos amis Salignac, surtout si madame de Salignac était votre maîtresse et vous avait confié certains détails. Vous avez pu aussi en demander à des fermiers des environs, qui en ont utilisé l'année passée à cause des rats en surnombre.

— Mais non, puisque j'ai un chat, un excellent chasseur, protesta Roland Charvaz, soudain blême.

Le vent de la justice tournait en faveur de Mathilde et en sa défaveur. Amer, il ferma les yeux sur les pensées qui le révoltaient. « Tout cocu qu'il soit, le docteur a dû acheter les juges, ma parole. Sa jolie petite femme va échapper à la loi. Pourtant, nous étions bien d'accord, tous les deux, pour supprimer Annie ! »

Il ne se trompait pas quant à l'issue du procès, même si le réquisitoire du procureur de la République n'épargnait pas sa maîtresse.

— Ce n'est pas la première fois que la justice a à lutter contre les passions que vous avez vues se démasquer devant vous ! Ce n'est pas la première fois que l'intérêt personnel froissé, l'esprit de corps mal entendu, l'amour-propre blessé forment contre la sainteté de la loi une coalition impie ! Ainsi, un prêtre indigne a souillé par l'adultère une maison honorée et une servante a surpris ce secret redoutable qui menace son maître d'une irréparable opprobre. Cette femme qui peut le perdre à jamais, cette femme obscure que rien ne paraît devoir protéger, il faut qu'elle meure ! Elle résiste à la mort ? Il redouble d'ardeur dans son projet, jusqu'à ce qu'avec le dernier souffle de sa victime s'envole sa dernière crainte. Mathilde de Salignac l'a-t-elle aidé ? Oui, c'est notre intime conviction. Elle a cédé à l'influence de l'homme qui l'avait égarée ; elle ne s'est pas décidée sans scrupule et sans hésitation à lui prêter sa main pour frapper la victime, mais elle l'a fait et elle restera un exemple à jamais déplorable du funeste aveuglement que provoquent les passions ! En présence de cette grande infortune qui atteint autour d'elle tant de destinées honorables, nous comprenons l'indulgence, mais nous ne comprenons pas l'impunité.

Mathilde fondit en larmes, soutenue par son avocat et son mari. Charvaz haussa les épaules, le regard noir, renonçant à dissimuler sa rude nature de montagnard. Devant le crime, lui et sa maîtresse semblaient, en effet, intimement liés, mais c'était aux jurés de trancher. Ils se retirèrent pour délibérer sur les questions cruciales qui résonnaient encore en eux, après avoir été scandées d'un ton monotone, répétitif.

— Roland Charvaz est-il coupable d'avoir attenté aux jours d'Annie Meunier en lui donnant des substances pouvant causer la mort ? Mathilde de Salignac est-elle coupable, tout au moins de complicité dans le crime, en ayant fourni à Roland Charvaz les substances qui ont donné la mort en toute connaissance de l'usage qui devait être fait de ces substances ? Mathilde de Salignac est-elle coupable d'avoir aidé délibérément à l'empoisonnement commis par Charvaz ?

Le temps que prirent les délibérations parut interminable à Mathilde. La même stupeur morbide dont elle avait souffert au début de son emprisonnement la terrassait. « Est-ce que j'irai au bagne ? s'interrogeait-elle. Ou bien pourrai-je rentrer à la maison serrer Jérôme dans mes bras ? »

L'approche du verdict la terrifiait. Elle tendit la main vers Colin, et lut dans les yeux de son mari la même terreur.

La vaste salle d'audience, seulement éclairée par quelques bougies allumées dans l'enceinte du tribunal, grouillait d'une foule impatiente, mais à peine visible, tant il faisait sombre. Charvaz semblait impassible. Pourtant, il ressentait maintenant une légitime frayeur.

Deux heures plus tard, les jurés revenaient. Afin de se conformer à la loi, on conduisit les accusés dans un étroit couloir. Ceux que les journaux surnommaient souvent les *amants maudits* ou les *amants diaboliques* furent proches l'un de l'autre une dernière fois. La présence des gendarmes et leur angoisse respective les empêchèrent d'échanger le moindre mot, mais ils se regardèrent intensément, certains qu'ils ne se reverraient jamais. « Tu ne m'as pas trahi ; tu dois m'aimer encore un peu ! essayait de lui dire Roland de son œil clair.

Moi je t'aime, malgré tout ce que tu as entendu. » Mathilde lui dédiait sa panique, sa peur viscérale du châtiment. « C'est ta faute ! Tu m'as séduite, tu m'as poussée à voler le poison, tout est ta faute. Je te hais ! »

Au même instant, on la rappela. Charvaz lui adressa un sourire sincère et tendre, qu'elle ne devait jamais oublier.

Une fois dans la salle, elle attendit, l'air fragile, livide et éperdue. Quand le président prononça son acquittement, elle poussa une plainte, puis éclata en sanglots. Aussitôt, Colin se précipita vers elle et la serra dans ses bras. Ses parents et ses amis se précipitèrent vers elle pour la conduire parmi les honnêtes personnes. Là, une tante libéra Jérôme qui courut vers sa mère en pleurant. La jeune femme eut juste le temps de l'embrasser, tremblante, avant de s'écrouler, évanouie. On l'emporta dans une pièce adjacente, dont la porte se referma sur une famille au comble du bonheur.

Les protestations virulentes du public, les huées ou les clameurs de félicitation ne comptaient plus. Mathilde était sauvée.

*

Ce fut au tour de Roland Charvaz d'être ramené à l'audience. Ne voyant plus Mathilde sur le banc des accusés, il ne put retenir un mouvement de joie incrédule et il s'avança d'un pas ferme ; si elle était acquittée, lui aussi le serait.

Le procureur de la République déclara alors :

— Monsieur Charvaz, vous êtes condamné aux travaux forcés à perpétuité.

Le curé de Saint-Germain porta la main à son front. Après l'espoir, le verdict lui parut encore plus cruel.

— Mais pourquoi, pourquoi ? bredouilla-t-il.

Une voix frêle exhala une plainte déchirante. C'était Marianne qui se lamentait. Elle voulut rejoindre son frère, mais elle le vit qui se laissait tomber sur le banc des accusés.

— Roland ? appela-t-elle, sourde également aux hurlements farouches du peuple qui conspuait le criminel. Roland ?

Deux gendarmes la repoussèrent assez brutalement. Elle s'éloigna, vite happée par la cohue. Charvaz n'y prêta même pas attention. Il était perdu. Ses yeux clairs, exorbités par l'incrédulité, se voilèrent progressivement et se remplirent de larmes, des larmes abondantes qui coulèrent longuement. « J'ai nié, pourtant, et ils n'avaient pas de preuve, se disait-il, accablé. Pourquoi moi ? Les travaux forcés à perpétuité, non ! non ! »

Le président fit signe aux gendarmes de reconduire l'accusé à la prison, mais la foule en ébullition, à l'intérieur et à l'extérieur, ne se décidait pas à quitter les lieux.

On voulait voir le coupable. Escorté par une troupe de gendarmes, un Charvaz abattu et hagard dut traverser à pas lents la masse encore considérable des curieux. Sa sœur tenta de lui faire un dernier signe d'adieu qu'il ne vit pas, car il gardait la tête basse dans le silence revenu. Les insultes et les huées n'étaient plus de mise, puisque le criminel allait être puni.

Tout au long du procès, le curé de Saint-Germain s'était comporté en galant homme, n'impliquant à aucun moment la belle Mathilde de Salignac. Le poids de leur faute commune devait dorénavant peser sur ses seules épaules...

*

Saint-Germain-de-Montbron, le 1er octobre 1850

C'était une magnifique journée d'automne. Le soleil jouait à cache-cache avec les nuages d'un blanc pur et un vent frais agitait les feuillages à peine roussis des chênes, sur la colline.

Un gros chat tigré, perché sur le faîte d'une muraille, observait une calèche qui entrait dans le bourg par la route venant du logis de La Brande. Il n'était pas le seul curieux. Quelques villageois guettaient depuis le matin l'arrivée du docteur de Salignac et son épouse, mais avec une sorte de prudence superstitieuse. Le sacristain, Alcide Renard, restait dans l'entrebâillement du portail de l'église, tandis que la Toinette, un panier de linge calé sur la hanche, s'abritait sous le lavoir couvert.

Mathilde, son fils serré contre elle, s'empressa de baisser sa voilette. Elle ne tenait pas à subir les regards curieux des villageois, encore moins à écouter de bonnes paroles ou à être assaillie de questions.

— Ne crains rien, ma chérie, lui dit Colin. Je rentre la voiture dans la cour. Suzanne nous attend.

En revoyant sa belle demeure, le jardin où fleurissaient des asters mauves et quelques dernières roses, la jeune femme réprima un sanglot. Amaigrie, nerveuse et très pâle, elle ne parvenait pas à croire à sa chance. « Je reviens à la maison ! C'est un miracle, car je suis coupable, moi aussi. Moins que Roland, mais coupable quand même ! se dit-elle. Mais, lui, il est condamné. »

Elle s'était promis de ne plus penser à son amant, le *curé diabolique,* comme titrait la presse au-delà du département. Comme elle l'avait promis à Dieu, la veille du procès, elle se consacrerait désormais à son époux et à son enfant.

— Crois-tu vraiment que nous pouvons rester ici, à Saint-Germain ? murmura-t-elle.

— Nous ferons ce qui sera le mieux pour nous et pour notre fils, répliqua le médecin.

Suzanne sortit, en tablier blanc, la mine ravie. Mathilde lui adressa un petit signe de la main. Cinq minutes plus tard, la famille et la jeune domestique disparaissaient derrière la porte bien close de la maison aux rideaux tirés.

Le chat se lécha la patte et la passa derrière une oreille. L'instituteur, qui flânait au bras de sa femme, lui désigna l'animal.

— Le matou du curé ! ironisa-t-il. Il en sait, des choses, cet animal !

Le couple croisa le maire, devant la maison à balet. Monsieur Foucher poussa un soupir de perplexité en chuchotant :

— Vous avez vu, ils sont de retour ! À votre avis, madame de Salignac est-elle innocente ?

— Allez interroger le chat, blagua Dancourt d'un air malin. Enfin, nous n'aurons plus de scandale dans le pays. Le prêtre que nous a envoyé l'évêché n'ira pas conter fleurette aux jolies dames... Pensez donc ! À quatre-vingt-deux ans !

Les deux hommes échangèrent un clin d'œil. Le chat sauta du mur, comme agacé par le son de leur voix. Il s'étira, se faufila entre les herbes folles du talus et darda son œil clair sur un mulot qui trottinait non loin de lui.

Le calme était enfin revenu à Saint-Germain-de-Montbron.

Épilogue

La condamnation de Charvaz fut confirmée en cassation, le 30 janvier 1851.

Cet enfant de Savoie, curé par contrainte, puis par opportunité, fut emmené le 5 avril 1851 au bagne de Rochefort-sur-Mer, sous le matricule 1063. Un an plus tard environ, le 21 mai 1852, il fut transféré à Brest sur le navire *Le Laborieux*.

Après les vertes collines du Montbronnais et les ruelles herbues de Saint-Germain, le curé libertin qui aimait trop les jolies femmes découvrit, les fers aux pieds, les rivages escarpés de la Bretagne.

Il traversa l'océan Atlantique à bord du bateau *Le Duquesne* pour arriver à Cayenne le 23 août 1852. De là, on le conduisit sur les Îles du Salut d'où aucun forçat n'avait jamais réussi à s'évader, puis dans les baraquements insalubres de la Montagne d'Argent, le 5 juillet 1853.

Que se passa-t-il pour lui durant ces longs mois de captivité, sous des climats bien différents de ceux de la France et dans des conditions de détention extrêmes ? Nul ne le sut jamais.

Ce fut son dernier voyage, puisqu'il s'éteignit là-bas, le 5 février 1854, à six heures du matin, entre les murs de l'hôpital de la Montagne d'Argent. Il avait trente-trois ans lors de son décès. Maladie ? Accident ? L'histoire des bagnes ne le dit pas.

En s'installant au presbytère de Saint-Germain, en terre charentaise, Roland Charvaz ne se doutait sûrement pas qu'il allait rencontrer, dans ce village tranquille, les deux femmes qui le perdraient. L'une était belle, jeune et d'un milieu aisé, l'autre était une simple servante déjà âgée, obèse et soi-disant d'humeur difficile.

Mathilde de Salignac l'aima trop, avec jalousie et sensualité. Annie Meunier dut le détester à la façon dont les domestiques, jadis, considéraient parfois leurs maîtres, comme des tyrans.

Le curé Charvaz, que nous appellerons enfin de son vrai nom, Laurent Gothland, fut-il un criminel ? Il semble, en effet, qu'il n'hésita pas à se débarrasser d'un témoin très gênant. Mais qui, en réalité, avait songé en premier, un jour de l'automne 1849, à empoisonner la servante ?

Cela, nous ne le saurons jamais.

Table des matières

Composition et mise en pages réalisées
par IND - 39100 Brevans

Achevé d'imprimer par N.I.I.A.G.
en mai 2015
pour le compte de France Loisirs, Paris

N° d'éditeur : 81300
Dépôt légal : juin 2015